本书为湖北省教育厅哲学社会科学研究项目"传统文化与中国……项目来略研究"的研究成果（编号：21G106）

网络小说与现实人生

李 静 著

辽宁大学出版社
·沈阳·

图书在版编目（CIP）数据

网络小说与现实人生/李静著．--沈阳：辽宁大学出版社，2023.3
ISBN 978-7-5698-1095-0

Ⅰ.①网… Ⅱ.①李… Ⅲ.①网络文学-文学研究-中国 Ⅳ.①I207.999

中国版本图书馆CIP数据核字（2023）第019564号

网络小说与现实人生
WANGLUO XIAOSHUO YU XIANSHI RENSHENG

出 版 者：	辽宁大学出版社有限责任公司
	（地址：沈阳市皇姑区崇山中路66号 邮政编码：110036）
印 刷 者：	辽宁盛通印刷有限公司
发 行 者：	辽宁大学出版社有限责任公司
幅面尺寸：	170mm×240mm
印 张：	14
字 数：	200千字
出版时间：	2023年3月第1版
印刷时间：	2023年3月第1次印刷
责任编辑：	李珊珊
封面设计：	徐澄玥
责任校对：	吴 颖

书 号：	ISBN 978-7-5698-1095-0
定 价：	50.00元

联系电话：024-86864613
邮购热线：024-86830665
网　　址：http://press.lnu.edu.cn

目录 Contents

导 论 ………………………………………………………… 1

一、网络小说的文化性 ……………………………………… 1

二、网络小说的跨媒介融合 ………………………………… 3

三、网络小说中的传统文化 ………………………………… 3

四、网络文学走向国际化 …………………………………… 5

第一章 我们都一样——万物平等 ………………………… 7

一、无私的爱（《镜》系列）………………………………… 7

二、宽恕的爱（《散落星河的记忆》）……………………… 16

三、平等的爱（《我的鸵鸟先生》）………………………… 29

第二章 青春的江湖——成长之路 ………………………… 42

一、出身无法选择　初心始终如一（《诛仙》）…………… 43

二、性格决定命运　谨慎选择道路（《昆仑》）…………… 59

三、成长充满羁绊　梦想是其动力（《悟空传》）………… 68

四、人生有起有落　学习永无止境（《斗破苍穹》）……… 71

— 1 —

第三章　历史的戏说——古韵今唱　79

　　一、熠熠生辉的历史英雄（《明朝那些事儿》）　80

　　二、美妙奇特的历史文化（《芈月传》）　97

　　三、沧桑厚重的历史事件（《遍地狼烟》）　104

　　四、细致入微的历史知识（《长安十二时辰》）　107

第四章　成人的童话——爱情不老　118

　　一、古典爱情的美好与守护（《三生三世十里桃花》）　119

　　二、当代爱情的现实与无奈（《致我们终将逝去的青春》）　129

　　三、理想爱情的希望与坚持（《何以笙箫默》）　139

　　四、爱情不再的忧伤与失落（《失恋三十三天》）　146

第五章　梦中乌托邦——女性觉醒　152

　　一、人格独立（《欢乐颂》）　153

　　二、两性平等（《绾青丝》）　167

　　三、精神自由（《知否？知否？应是绿肥红瘦》）　172

第六章　人生多烦恼——世情百态　184

　　一、人生路多歧　情义为先（《琅琊榜》）　185

　　二、职场竞争　友情何去何从（《后宫·甄嬛传》）　198

　　三、爱恨情仇　人生如何选择（《D级危楼》）　211

参考文献　217

导 论

网络小说属于文学的范畴，也自然拥有所有文学作品的基本属性。但在此基础上，因为互联网的发展，以及文学网站商业化的经营模式，网络小说逐渐形成了独有的创作特点和文化特征。近几年，随着网络小说的爆发式发展，特别是当互联网资本介入，打造 IP 产业以后，网络小说更是遍地开花，与影视、游戏、动漫等文化产业相融合，现在已成为中国文化产业的重要组成部分。

一、网络小说的文化性

在大多数人眼里，文学的经典、内涵、文化价值大多来自中国古代文学、现代文学和外国文学。而诞生于当代、成长于互联网中的网络小说，因为写作的零门槛、创作者年龄层次偏低，长期以来被传统文学的精英立场所诟病，被主流文化拒之门外，也一直被认为没有经典性和文化性。实际上，网络小说与文化和传统小说与文化一样，也是密不可分的。在网络小说的发展初期，所谓"网络作品"，只是作者将原本进行线下发表的作品搬到了线上，真正改变的是阅读方式，而不是作品内容本身，当时的网络小说和传统小说并没有太大的区别。而随着网络阅读的普及和作品发表的零门槛，在文学创作中，作者尝试用键盘写作，利用互联网发表作品，作品没有字数的限制、没有完成时间的限制，甚至没有内容质量的要求。同时，由于互联网的即时性，作者与网民的互动会更强一些，网络作品在创作过程中，网民的留帖、建议、看法，会在一定程度上对作者后续创作产生影响。这就使网络小说形成了自己独特的文化性和表现性。相对而言，传统小说被认为应该承载文化育人功能和发挥文化引领作用，从而就忽略了其消遣娱乐功能。网络小说的娱乐性、商业性恰恰又与传统小说之间存在着很大差异。但是，从文学本身来看，这种差异并不会造成传统文学和网络小说之间的差别和对立，实际上彰显了两者之间的很重要的同一性——文学的文化价值是其作为文化的功能表现。

　　文学是社会文化的重要内容，对社会主流价值观的形成有促进作用，也是传承传统文化的有力载体。网络小说一直以来被认为缺少思想深度、艺术美感，所以没有太多文化性和文化价值，被传统文学拒之门外，这种观念失之偏颇。网络小说的功能在于为大众生活提供娱乐，表达了大众的趣味和审美的价值和标准。根据大众文化理论，"大众文化的意义仅仅存在于它们的传播过程中，而不是存在于其文本中；在这个过程中，这些文本是至关重要的，需要将它们放在与其他文本和社会生活的关系中来理解，而不是因为或通过它们自身来理解"①。因此，网络小说的文化功能，就是读者在阅读过程中，将自己的身份、职业、理想、兴趣及生活的现状和文本产生关联后，通过想象性体验来实现的。因此，尽管网络小说的思想性、艺术性、文化性饱受诟病，但这个过程仍然具有重大的文化价值和文化意义。

　　综上得知，网络小说的文化价值和文化功能可以潜移默化地对读者产生精神影响，虽然其表达、阅读、传播方式与传统文学有别，但仍然可以对人的精神成长、人格建构起着重要影响。又因为网络小说被资本介入后进行产业化发展，其传播面、影响性会更大更强，所以，重视网络小说的文化价值，发挥网络小说的文化功能就显得尤为重要。

---

　　① 桫椤. 网络文学的文化价值［N/OL］. 文艺报，2017-11-27［2017-11-27］. http：//www.china writer.com.cn/n1/2017/1127/c405170-29668433.

二、网络小说的跨媒介融合

网络小说依托网络媒体而生，本身就带有媒介属性。媒介是网络小说生产、传播的纽带。近十年来，在资本的运作下，网络小说走上了商业化生产模式的道路。网络写手为了吸引读者和盈利，每天必须要不断更新文章。虽然这种方式产生了大量庸俗化、标准化的作品，许多作品风格相似、内容枯燥、形式单一，但也正是因为这种运营模式，促使网络写手要想让自己的作品在千万部作品中脱颖而出，就必须保证作品的质量和创新性。例如，现已成为网络上最大的原创文学平台的起点中文网，它的口号就是"读书在起点，创作无极限"。每个创作者身后都蕴藏着巨大的消费潜力，这也为文化产业带来了生机。

从2011年热播的《步步惊心》开始，网络小说开始借助影视、纸质书籍等其他媒体的传播力量，拓宽自己的传播空间，寻求更大的经济效益，谋求更长远的发展。在这期间，网络小说产生了以类型小说为主的局面。而各文学网站对网络阅读的收费行为和网络小说出版、影视改编的行为使IP成为社会文化的热点，也引发了各媒体对IP的追捧，资本开始介入网络小说市场，围绕网络小说的版权进行产业链布局，开发各种衍生产品，如影视、动漫、玩偶、游戏等，形成品牌。近年来，荧屏上的火爆影视作品均改编自热门网络小说，而且随着互联网的介入，IP产业链的传播渠道由文学拓展到影视、游戏以及周边商品，并带来了巨大的商业利益价值，从而使影视、媒体、网络小说、游戏、动漫深度融合，改变了传统的文化产业，使网络小说走上产业化、商业化的道路。我国网络小说也成为新时代文化产业的重要类别。

三、网络小说中的传统文化

2014年，习近平总书记在文艺工作座谈会上曾经指出："没有中华文化繁荣兴盛，就没有中华民族伟大复兴。一个民族的复兴需要强大的物质力量，也需要强大的精神力量。……文艺是时代前进的号角，最能代表一个时代的风貌，最能引领一个时代的风气。……实现"两个一百年"奋斗目标、实现中华民族伟大复兴的中国梦是长期而艰巨的伟大事业。伟大事业需要伟大精神。实现这个伟大事业，文艺的作用不可替代，文艺工作者大有可为。……互联网技术和新媒体改变了文艺形态，催生了一大批新的文艺类型，也带来文艺观念和文艺实践的深刻变化。……要适应形势发展，抓好网络文艺创作生产，加强正面引导力度。……用全新的眼光看待他们，用全新的政策和方法团结、吸引他们，引导他们成为繁荣社会主义文艺的有生力量。"

  网络小说作为最直观、最贴近大众生活的文艺作品，它的时代使命是要自觉肩负起社会责任和文化担当，传承中华传统文化，为增强我国文化软实力做出应有的贡献。网络小说的主题价值、文化价值、情感价值都应该和现实精神密不可分。例如，对于网络历史小说，创作者要深入学习中国历史，提升自己的历史文化水平，在创作时要不歪曲、不篡改历史，不能向读者传递错误历史信息，并弘扬中华历史中所蕴含的伦理道德、精神信仰；网络武侠小说要书写诚信守诺、为国为民侠之大者的侠义精神；网络玄幻小说，它的来源和古代的神魔小说、传统武侠小说有密切的关系；网络仙侠小说，往往以儒、道、释中的哲学思想作为创作元素。这些网络小说的创作素材，都和传统文学和传统文化密不可分。《2021中国网络文学发展研究报告》显示，网络小说对传统文化的继承和发扬呈现出新特征。第一，网络小说在创作过程中，会更主动、更有意识地借鉴我国传统文化资源，并将我国古典文学元素融入作品中，同时有效地将传统文化与现代精神相结合。例如：网络仙侠类型小说，往往会以《山海经》和《搜神记》作为小说的时空或环境背景。第二，网络小说中主人公个人的奋斗经历往往与家国叙事融合在一起，而随着当前我国国力和民族自豪感的提升，网络小说中的"侠"与"义"的精神内核也在发生转变。例如，在穿越类型网络小说中，主人公们在逆境时的斗争过程，体现出他们的个性价值与生命意义，凸显出个体自强不息的精神。

我国的传统文化是中华民族五千年世代积累的历史经验，凝聚着民族的力量和智慧，我们每个人都应该多去了解和学习。而网络小说可以看作联系读者大众和传统文化的纽带，作品往往以最简单且能打动人心的文字，给读者造就一个容易带入的氛围，让读者能够身临其境地了解中华民族的传统文化和经典文学。

四、网络文学走向国际化

我国的社会与产业发展环境为早期的网络小说提供了"野蛮生长"的土壤，使以小说为主的网络文学的发展呈现出一种完全自然化的生态结构，同时，也给网络文学30多年的发展注入了很多创造性的崭新的可能。这种发展的结果就出现了两种情况：一方面，网络文学影响力越来越大；另一方面，网络文学的整体创作水平显得良莠不齐。但是，近年来，在国家政策的支持、网络文学平台规范化、网文企业转型的背景下，网络文学逐渐走出国门，进入国外市场，例如，《择天记》《庆余年》《后宫·甄嬛传》等热门IP作品，陆续登上海外主流媒体平台，正在把中国好故事、中国传统文化传播到全世界。

《2020年中国网络文学出海研究报告》显示，目前，我国网络文学"出海"呈现出三大趋势：第一，翻译规模扩大。截至2019年底，已经输出海外的网络文学作品数量达到3452部，在政策与行业的引导下，各大网文企业的商业化模式是激励创作、拉动传播、创新经营的推手，出海作品的规模也在持续扩大。第二，原创作品全球开花。与网络小说"走出去"相对应的，是涌现出越来越多的海外创作者和读者。例如，起点国际网自从2018年开通海外创作平台以来，吸引了超过10万名海外创作者，创作的网络小说达到16万多部。第三，网络小说IP产业协同出海。IP改编可以突破文字的局限，通过影视剧、游戏、动漫、音乐等形式，让网络小说得到更多的显示和展现，让读者可以身临其境地感受网络小说的故事内涵，也让网络小说的价值得到了提高。

网络文学走向国际化，既是我国一种文化贸易，可以传播我国传统文化，展示我国文化软实力，也是一种文化产业经济的拓展，有助于推动网络文艺在全球的传播贸易交流中起更大的作用。

第一章

我们都一样——万物平等

在中国的传统哲学思想中,"天地与我并生,而万物与我为一",人与自然界的万物都是由道而生,万物与人都是一个本体。"以道观之,物无贵贱",用道的角度来看,人和万物都没有高低贵贱之分,地球上的不同国家、人和人、人和其他生物之间是平等的,也应该和平共处。可是古往今来,历史上因地域、宗教、文化等差异,导致了无数次的国家民族之间的矛盾冲突。对于这样一个沉重又敏感的话题,既有专家从政治层面进行评论,也有学者从学术角度进行研究,还有更多的专业著作叙述了人类追求平等的美好愿望。不同种族之间、人类和其他生物之间、人和人之间应该如何相处?面对丑陋、残缺,我们能否采取平等的态度和价值观?我们又该如何做出选择?这些答案我们都可以在网络小说中找到,我们可以透过网络小说的故事,看到中国传统文化中的精粹,善良、仁爱、宽恕、平等……

一、无私的爱

《镜》[1] 系列

作者沧月,本名王洋,2001 年在"榕树下"发表了第一篇小说《星空战记》。后入驻清韵书院、四月天以及晋江文学城。2005 年 7 月,出版

---

[1] 沧月. 镜·双城 [M]. 天津:天津人民出版社,2007.

奇幻武侠作品《镜·双城》。《双城》是沧月的奇幻小说《镜》系列中的第一部（目前共六部），几本书的先后顺序是《镜·双城》《镜·破军》《镜·龙战》《镜·辟天》《镜·神寂》、外传《织梦者》。2022年被改编成同名电视剧和动漫上演。

沧月是在20世纪末武侠小说处于低迷时期后，在21世纪初被誉为"大陆新武侠"开山立派的作家之一。作为以女性的视角写男性世界的武侠小说作者，她的作品中所表现出来的价值观、情感态度有别于男性作家。作品中的女性无论是主角还是配角，都有自己的个体身份、自我意识、情感和选择。她的小说，不再囿于传统武侠小说的审美风格——大团圆结局，她的小说中，人物情感的遗憾、命运的悲壮更能打动人心。

【简介】"地之所载，六合之间，四海之内，照之以日月，经之以星辰，纪之以四时，要之以太岁，神灵所生，其物异形，或夭或寿，唯圣人能通其道。"①

在古老的传说里，除了天阙山麓与中州相连外，云荒大陆四方临海。七千年前，空桑星尊大帝灭亡了海国，又将冰族赶出了大陆，统一了分裂的云荒六部，从此空桑王朝统治云荒大陆长达七千年。一百年前，生活在浮槎海上的冰族重归大陆，将空桑人亡国灭种，将海国鲛人当作奴隶。此后，只能以冥灵形体在黑夜行走的空桑人和海国鲛人开始各自踏上了复国的回家之路。就在此时，热情开朗的苗人少女那笙为躲避中州乱世，长途跋涉来到了梦想家园——云荒。然而云荒真的就是传说中的世外桃源吗？伴随着她深入云荒的每一步，上演着一幕幕光怪陆离又惊心动魄的血雨腥风，而一个个性鲜明、卓然不群的传奇人物也竞相登场，演绎了一幕幕凄美动人的神话故事。

---

① 山海经［M］.冯国超，译注.北京：商务印书馆，2009.

第一章 我们都一样——万物平等

【节选】

《镜·双城》

第十章 分离

炎汐却是缓缓摇了摇头，放开了她的手，眼神复杂，忽地苦笑："不，正是因为这样，注定了我们必然无法并肩战斗、成为朋友。"

"为什么？"那笙诧异。

"几千年的血仇！复国军中规定：所有空桑人都是鲛人的敌人——遇到一个杀一个！"鲛人战士的眼睛陡然冷锐起来，看着那笙，"我们鲛人如何会求助于皇天的力量？而皇天想必也不会回应你这样的愿望——你必然和空桑王室有某种联系。所以……"

"所以你要杀我？"那笙吓了一跳，忍不住往后退了一步，看着他。

炎汐也看着她，苦笑摇头："我们鲛人怎么会对有恩于自己的人做出任何伤害？但是，非常遗憾，我们终究无法成为朋友。我和我的兄弟姐妹，都无法接受和空桑人有什么联系。我不能陪你走下去了，我们该分道扬镳了。"

……

炎汐看着如意夫人，美妇脸上的笑容是沧桑而悲凉的，对着他点头叹息："我们终将回归于那一片蔚蓝之中——但是，希望我们年轻的孩子们，能够自由自在地生活在我们本来应该生活的国度里……左权使，那便是我们的希望，其他的，都不重要。"

那笙在因缘际会中戴上了空桑王室的圣物皇天戒指，又相救于鲛人战士炎汐。明明知道那笙是云荒大陆之外的人，就因为她戴上了空桑皇室的象征皇天戒指，炎汐拒绝了这份友谊，理由是如意夫人所说的：为了能回归于那一片蔚蓝之中，为了能自由自在地生活，其他的，都不重要。在这句话中，既有面对国仇的无奈和面对友谊的两难选择，同时又表现出海国战士们为了复国而战的坚定的理想信念和坚韧不拔的意志。如意夫人所说的"其他的，都不重要"，指的是为了复国任务的海国鲛人战士们，他们放弃了自己的尊严、生命、自由、情感、友情，等等，为的是让家人们可以自由生活在蓝天白云之下。这种精神和我们传统文化中"人生自古谁无死，留取丹心照汗青"一脉相承。

【节选】

《镜·双城》
第十六章　往事

那笙咳嗽着，泪水在眼眶里打转，最后终于挣出话来："又不是、又不是我要害炎汐！……你、你好不讲理，咳咳！我喜欢炎汐，有什么、有什么不可以么？"

她拼命地咳嗽，捂着脖子上涌出的血。

然而，那样大胆的表白，却让所有人都沉默下去。

"不会有好结果。"苏摩漠然说了一句，"他是鲛人，而你是皇天的持有者。"

"那、那有什么相干！"那笙不服，然而脖子上的血急速涌出，带走她的力气，"戴皇天也好、后土也好，和我喜欢炎汐有什么相干！咳咳……我就是喜欢鲛人……你好不讲理。真讨厌……炎汐要叫你这样的人少主。"

然而尽管这样，倔强的少女却仍不肯收声，一直喃喃："有什么……不可以？……汀、汀喜欢西京大叔……慕容有鲛人妈妈和中州的爸爸……为什么不可以？是不是嫌我没有鲛人好看？好没道理……对了，你、你也不是和他……"

"收声。"白璎冗长的咒语被她打乱，一弹指，让倔强的少女沉沉睡去。苏摩在一边看着，仿佛瞬间神色有些恍惚，居然没有再度出手。

可这样的话，却让房内的人相顾失色。

赤王红鸢仿佛想起了什么，不自禁地微微点头，有感慨的表情。慕容修一直神色紧张地看着那边瞬息万变的情况，却无插手之力，此时才舒了口气。西京看向一角死去的汀，肩膀一震，正在发呆的真岚几乎跌了下

◆ 第一章　我们都一样——万物平等 ◆

去，断手连忙伸出，抓住掉落的头，扶正。然而空桑皇太子的眼里，也有诧异的神色。

——皇天挑中的居然是这样的一个女孩……能力低微、却有着一双不带任何尘垢的眼睛。

或许这就是那只有灵性的戒指作出选择的原因。

这个沉积了千年污垢的云荒，需要这样一双来自外族、一视同仁的眼睛，来重新审视和分配新一轮的格局变更。

"这孩子眼里，没有鲛人和人的区分。"白璎止住那笙颈中的血，抬起头看了苏摩一眼，淡然，"莫要吓着她——看来她是真的喜欢你们复国军的左权使。"

这部分章节回忆了海皇苏摩、空桑太子妃白璎源于百年前的情感纠葛，以及海国和空桑、冰族三者之间的国仇家恨。在面对共同的敌人冰族时，海皇苏摩和空桑皇太子真岚之间暂时放下仇恨，缔结空海之盟，可彼此之间仍然充满了猜疑和不信任。就在此时，胆大热情的少女那笙坦率真挚地表明了她对鲛人战士炎汐的爱慕之情。在其他人眼里，这种情感是不可能的，原因只有一个，他们不是同一种族，而且还面临着不同种族间深深的历史矛盾与隔阂。但是少女那笙却说"戴皇天也好、后土也好，和我喜欢炎汐有什么相干！……有什么不可以……"这番话震惊了众人，也说出了众人心中因种族偏见而怯于说出和行动的真实情感。因为这是一双不带任何尘垢的眼睛，没有任何偏见，用你我都是一样的眼光看待万事万物，才能有如此单纯、真挚的情感。情感的产生和你是什么人无关，"情不知所起，一往而深"，情感的产生不会因身份、地位、种族的差异而停止。在小说中，鲛人和中州商人、鲛人战士和冰族战士、鲛人和空桑皇族之间都产生过美好的爱情，可皆因种族矛盾、流言和歧视，这种爱情表现得小心翼翼、低下卑微，最后的结果要么是被抛弃，要么是死亡。唯有那笙能勇敢地喊出："我就是喜欢鲛人。"

【节选】

《镜·神寂》
第十四章 光辉岁月

禁城已经成了一片废墟，到处都是倒塌的、布满了乱箭的房子，火苗在那些房子里明灭地燃烧，伴随着鲜血和脂肪燃烧的味道。这一座城池，在相隔了百年之后，再度遭到了灭顶的灾难。

"妈妈……妈妈！"有孩子凄厉的哭声传来。真岚回过头，看到那个衣着华丽的妇人横死在大路旁，头骨破裂，面容扭曲，手里却紧紧地握着一截断裂的银索——显然，她是在抱着孩子攀爬上伽楼罗逃生时，银索因为承载不住那么多人的重量而断裂了，于是这一对母子就从百尺的高空生生摔了下来。

然而令人惊讶的是，尽管母亲摔得脑浆飞溅，而怀里的孩子却只是擦破了点儿皮。

"十巫！"认出了那个女人衣服上双菱形的族徽，空桑人发出了一阵怒喝，无数战靴朝着那个孩子踢去。

——仿佛知道死亡就在顷刻间，那个不到十岁的男孩儿停止了哭叫，靠着母亲的尸首，用冰蓝色的眼睛死死地盯着那些没有面孔的冥灵战士。

那双稚嫩的眼睛里有愤怒，有悲痛，却独独没有恐惧。

"住手！"在刀剑一起举起的瞬间，却传来了一个女子的声音，"都给我住手！"

"太子妃！"所有的刀剑顿时归鞘，战士们齐齐俯首。

"战斗已经结束了，"白衣白发的女子拦在了士兵面前，声音低哑，"胜利已经到来，可以收起你们的刀剑了，战士们！屠戮妇孺不是空桑人的光荣。"

冥灵战士们没有回答，仿佛还在和内心的愤怒憎恨做着搏斗。

"收起刀剑吧。"王者的声音忽然响起，抵达众人的耳畔，"战斗的确

第一章 我们都一样——万物平等

已经结束了。"

倒转辟天长剑，"刷"的一声归入鞘中，皇太子真岚从虚空中落下，踏上了百年未曾踏足的伽蓝帝都的地面，声音威严而低沉："所有人，归队。"

"是！"虽然心有不甘，但毕竟不敢违抗皇太子的命令，六王低声领命。白璎看了真岚一眼，手轻轻扶上了光剑的剑柄，对着丈夫悄然颔首致意。

"谢谢。"她在他走过自己身边时，轻声道。

"不用。"真岚的唇角微微扬起，"你看，我——"然而，话音未落，他的脸色忽然变了，来不及多想便一把将妻子猛然往路旁一推，随后侧身覆住了他。只听"嚓"的一声响，一道银光直接钉入了他的后背！

"殿下！"四周的战士齐齐回首，发出了震耳欲聋的惊呼声。

那个十来岁的孩子手里握着一支从母亲尸体上拔出的箭，死死盯着他们，冰蓝色的眼珠里透出了某种令人恐惧的光芒。

"谁说战斗结束了？才没有结束！"那个孩子握着箭，对着空桑的王者大叫起来，声音颤抖而愤怒，"还有我呢！还有我呢！只要有一个冰族人还活着你们就没有赢……你们这群杀不尽的卑贱的空桑人！"

军士哗然，四周传来一阵刀剑出鞘的可怕之声。

然而，空桑皇太子看着那个站在母亲尸体前的孩子，眼前却涌出了某种痛苦的光。摇了摇头，阻止了周围军士的异动。

是的……没有结束。永远也不会结束。

冰族和空桑，这两个民族本是同根而生，却在几千年里背道而驰，越走越远，最终成为势不两立的敌人。两族间的仇恨已经绵延了上千年，葬送过成千上万的人，如今也不会终结——它还会延续下去，驱使一代又一代的人手握武器，前赴后继地投入战斗，相互厮杀，直到最后一个人死去！

这一瞬，某种深不见底的悲哀攫住了空桑的王者，真岚望向白璎，两人的眼里都有着悲痛的光芒。

而在空桑军团入城的时候，复国军战士悄无声息地撤离了伽蓝帝都，在龙神的带领下回到水底深处，为回归万里之外的碧落海做着准备。

即便是曾经默契配合过，但长达千年的压迫和奴役打下的烙印无法消除。两族之间积存了太多的敌意，一旦共同的外敌瓦解，那些仇恨便会显露出来，仿佛火药一般，一触即发。

作为海国的最高精神领袖，龙神也明白这一矛盾是多么危险。然而，即使是神祇也无法迅速消弭这累积了千年的仇恨。因此，带着族人从云荒大陆上离开，回到那片碧海蓝天之下，这也许是最正确的决定。

毕竟，能化解仇恨的，除了爱，或许还有时间。

……

大司命终于明白过来，长久地沉默了下去，苍白的须发在夜风里飞扬。沉默良久，他还是颤抖着嘴唇，劝说道："陛下，您……您是皇室的最后一个嫡系子孙，难道您打算空桑的帝王之血自此断绝么？"

"那就让它断绝吧。"真岚淡淡道，语气中并无波澜，"以血统来甄别一个人的高贵和低贱，本身就是可笑的——一直以来，我都觉得自己不过是一个西荒牧民的孩子而已。"

大司命还是不肯放弃："可是若陛下无后，帝王之血的力量就要失传……"

"帝王之血？"真岚顿了一下，看着左手无名指上的那枚银白色的戒指，忽地笑了起来，"后土已经不在皇后的手上，那皇天又有什么意义？如今的云荒上神魔皆灭，从此将是'人'的天下，没有宿命，没有神魔，也不再有帝王之血。"

在小说《镜》系列的结尾部分，空桑人经过了百年的复国努力，终于重新踏上了伽蓝帝都的土地。可这是最后的胜利吗？这是真正的胜利吗？

不，冰族孩子眼里透出的恨意让人害怕，这种仇恨绝不是用宽恕就能化解的。虽然皇太子真岚和太子妃白璎能够消除自身的种族偏见，用宽宏的心对待俘虏，但民众间延续了千年的仇恨敌视绝不会轻易消散，也不会因为国家间的短暂结盟而能真正消除隔阂。因此冰族暂时退出云荒大陆；海国则明智地选择了迅速离开，回到遥远的碧落海之中。但这种民族间的矛盾会消失吗？战争还会重新上演吗？谁也无法知道，这种仇恨也许永远无法抹去，也许只有用爱和时间可以化解。

小说的最后，当太子妃白璎离开，太子真岚面临后继无人、空桑皇族高贵的帝王之血就要断绝的局面时，真岚说道："以血统来甄别一个人的高贵和低贱，本身就是可笑的。"以血统划分人的等级和贵贱，在东西方许多国家的历史中都真实存在过，即使是在高度文明的现代社会，依然有些地区还在以姓氏或血统作为社会等级的区分标准，这是一个现实的存在。小说《镜》系列的主题实际上就暗含了我国传统文化观点："天地与我并生，而万物与我为一。"人和宇宙万物之间没有什么区别，人和人之间更没有高低贵贱之分，如果说有，那应该是从道德上、人格上和思想上区分。高低贵贱不在于人的地位和贫富，而在于人的思想是否纯洁，品性是否善良，道德是否高尚。真岚作为一个皇太子，对异族始终充满着同情和宽容，对白璎和苏摩的爱情始终报以理解与祝福，这种高贵人格让他的人物形象魅力十足，受到众多读者的喜爱。

小说《镜》系列创造出一个庞大而又充满幻想的奇妙世界，有驾驭天马的亡魂，有骑虎而行的山鬼，有被灌注了强大力量的戒指，有操控傀儡的流浪人，有眼泪是珍珠的鲛人，有手持光剑战斗的灵魂武士，还有精于星象卜算的巫士。《镜》系列的每一部都有独立的主人公和故事情节，每部作品彼此之间又有着千丝万缕的联系。小说中的每个人都会因家国立场做出违背道德良心的事情，却又会因人性的善良本色而闪耀出动人之光。小说中的人物形象丰满立体，性格鲜明。很多读者在阅读后，不禁为海皇苏摩对白璎隐忍的爱而感动，为始终面带微笑、洒脱的空桑太子真岚而叹息，为历经屈辱却始终对师父含有孺慕之情的冰族战士云焕而遗憾，为苗人少女那笙最终成为海国的第一位人类新娘而欣慰。但是，爱情不是这本小说的主旋律，小说中的主角和诸多配角，因为他们每个人都有自己明确的身份，所以身上也都肩负着自己的人生责任和人生目标。当情感价值和人生责任目标相悖时，他们在面对抉择时的犹疑、行动时的动摇、选择后的坚定，真实地反映出了人们的思想情感——责任、道义、守护……而最后起决定作用的皆是他们心中有爱。

二、宽恕的爱

《散落星河的记忆》

作者桐华，本名任海燕，中国女作家、影视策划人。2005 年，桐华开始在晋江原创网连载长篇"清穿"宫廷小说《步步惊心》，在 2011 年被改编成同名电视剧。2006 年，桐华创作第二部长篇爱情小说《大漠谣》，2014 年该小说被改编为古装电视剧《风中奇缘》。2008 年，出版第三部长篇小说《云中歌》（全 3 册），是《大汉情缘》三部曲系列的第二部，在 2015 年被改编成古装电视剧《大汉情缘之云中歌》。2009 年，出版首部都市爱情小说《被时光掩埋的秘密》，2012 年再版时更名为《最美的时光》，并改编成电视剧。2010 年 1 月，出版校园小说《那些回不去的年少时光》。2011 年，桐华推出神话故事"山经海纪"系列第一部《曾许诺》。2013 年 3 月，出版"山经海纪"系列第二部《长相思》。

桐华的绝大多数作品都被改编成了影视剧，她也被称为文坛新言情小说"四小天后"之一，被封为燃情天后。《散落星河的记忆4：璀璨》获选 2018 年度"中国好书"。"中国好书"由中宣部出版局指导，中央电视台、中国图书评论学会主办，是图书出版界最重要的奖项之一。2018 年，该奖项首次把网络文学纳入评选范围，设立了网络文学类奖

◆ 第一章 我们都一样——万物平等 ◆

项，桐华是第一个获此殊荣的网络作家。颁奖词中对这部作品的评价是："这不仅仅是一个关于爱情和复仇的故事，更是一个关于家国天下和人类命运的构想。作品想象独特，叙事畅晓，是一本具有科幻元素的优秀网络言情小说。"

【简介】随着地球环境恶化、能源枯竭，人类不得不走向星际寻找新的家园。在生死存亡之际，基因研究的大门被彻底打开，人类为了获取更强壮的体魄、更强大的力量、更多的生存机会，对自己的基因进行了编辑改造。但当时间流逝，各种修改过的基因之间彼此交融，潜藏在基因内的问题渐渐浮现，人类才发现基因修改在增加生存机会的同时，也带来了一些毁灭性的问题。那些因为融合其他物种基因而获得异常力量的人群，被叫作"携带异种基因的人类"，遭受到越来越严重的排斥和驱逐。尤其是那些外在体貌和人类有异的族群，被轻蔑地叫作"异种"。为了躲避人类的歧视和仇恨，"携带异种基因的人类"，也就是异种，在奥丁联邦执政官殷南昭和七大公爵的治理下，聚焦在阿丽卡塔星过着和平的生活。可基因变异的潜在性威胁随时可能爆发，人类和异种间的摩擦不断，在未来，异种和人类能否共存？在异种获得强大战斗力的同时，究竟是人类统治异种还是异种统治人类？一个基因纯粹却没有记忆的女子和携带异种基因的男人相遇，他们的爱情能走多远？一个拥有超强基因修复能力的女子和异种的执政者相遇，他们的选择又是什么？

在浩瀚无垠的星际中，桐华的想象力尽情驰骋。异种、基因编辑、星际战争，以及科幻元素的加入使得故事跌宕起伏、悬念丛生。小说《散落星河的记忆》[①] 系列共四卷，分别为：第一卷《迷失》、第二卷《窃梦》、第三卷《化蝶》、第四卷《璀璨》。

---

① 桐华. 散落星河的记忆4：璀璨［M］. 湖南：湖南文艺出版社，2018.

【节选】

第四卷 璀璨

第十三章

楚墨悲笑。

辰砂击毁了阿丽卡塔星的屏障小双子星，下一步就是进攻阿丽卡塔星，和他正面对决。

冥冥之中，一饮一啄，皆有前缘，可是他的因缘结果呢？

他舍弃了最爱的女人，舍弃了最亲的兄弟，并不是因为一己私欲，只是想为异种争取一条出路，命运却好像总是不肯帮他。

难道他错了吗？

不！不可能！

他已经反复研究论证过，奥丁联邦看似如日中天，实际却是一座牢笼。这座牢笼越强大，异种走向灭亡的速度就越快。各种各样层出不穷的基因病，爆发频率越来越高的突发性异变，都在暗示异种的命运，奥丁联邦即使能打败所有人类星国，最终却会灭亡于自己的基因。

如果异种不想灭绝，就必须继续进化！

……

一场战争的输赢并不能决定异种的未来，决定异种未来的是异种自身的基因。

楚墨像是进入了另一个世界，他的耳畔只有药剂发生反应时的神奇声音，他的眼里只有元素相遇时的分子变化，他的脑里全都是方程式。

各种元素排列、组合、变化。

各种方程式拆解、重组。

……

一秒秒、一分分、一刻刻。

外面已经翻天覆地、惊涛骇浪，实验室里却一片寂静。

◆ 第一章　我们都一样——万物平等 ◆

楚墨一直全神贯注地做着实验。

作为奥丁联邦的七位公爵之一、一名基因修复天才的科研人员，楚墨的人生不是由他选择的。他和奥丁联邦的军队指挥官辰砂有过最真挚的兄弟情义，他对主管教育和科研的封林公爵有过最纯真的爱恋，可这一切都敌不过他肩负的责任。他是奥丁联邦最负盛名的科学家楚天清的儿子，为了生活在奥丁联邦、被人类遗弃的异种能够不受基因变异而灭亡，为了研究基因进化问题，楚墨走上了和他父亲一样的道路，他放弃了亲情、爱情、友情，就是为了将人类变成异种，只有全星球的生物都成了异种，才能保证异种的安全性，所以他选择了背叛兄弟、情人。这部分章节叙述了失去记忆的辰砂在领导人类军队攻占阿丽卡塔星之时，楚墨存有必死之心，但仍专注于自己的基因病毒研究之中，仍坚定认为自己的选择是对的。

小说的第二卷，封林基因异变而死，辰砂异变成野兽，甚至辰砂父母身亡都与楚墨和他父亲有关。他的选择是错的吗？奥丁联邦的另一位公爵百里苍，在面对人类军队时，勾结楚墨，使自己变成异能兽，让自己的身体成为钢铁身躯，只是为了多杀几百个敌对的人类，他说："不为自己的荣耀而战，不为战争的胜利而战，只为自己的种族而战。"因为他的背叛，害了几个自己的同族，却杀了大量的敌对种族的人，那么他又错了吗？小说中的楚天清和楚墨父子、百里苍和左丘白两个公爵，始终把异种放在人类的对立面，始终抱有"不是你死就是我亡"的信念，他们坚定地维护自己异种的身份，也是为了异种的生存，这种信念是错的吗？桐华向我们传递着这样一个观念，没有绝对的对与错，只有立场的不同。

【节选】

第四卷　璀璨

第十五章

洛兰离开议政厅，安步当车，一边走路，一边思考问题。到众眇门时，刺玫已经等在那里。

洛兰走到栏杆前，眺望着远处说："我想让你去曲云星。"

"好。"

"不用再回来了。"

刺玫太过惊讶，反倒不知道该说什么，只是疑惑地看着洛兰。

洛兰说："叶玠就死在这里，我现在站立的位置。"

刺玫沉默不言，因为她知道没有任何语言可以安慰洛兰。她比洛兰年长，亲眼看着洛兰和叶玠相互扶持着一步步走来，他们不仅仅是血缘至亲，还是并肩战斗的生死之交。

洛兰说："你一直跟着我做研究，应该已经猜到我的最终目的，我想知道你的真实想法。"

刺玫安静地思索了一会儿，回答："我一出生就有严重的基因缺陷，如果想要治好病必须去经济发达的星球做基因修复手术，治疗费是一笔天文数字，父母无力为我治病，绝望下把我遗弃了。在遇见您的母亲前，我碰到过各种各样的人，有普通的人类，也有体貌异常的异种。我的经历让我非常肯定，基因能决定我们身体的好坏，却不能决定我们灵魂的好坏。"

洛兰不置可否："继续。"

刺玫索性大着胆子把心里的想法全部倒了出来："人类有一句古老的话'人生而平等'，其实不是，基因让我们生而就不平等。不要说原生家庭的贫富贵贱，就是最普通的身体健康都不是人人拥有。我以前没有想过这辈子要做什么，毕竟我这样的人能活下来已经很幸运，但这几年，在研究药剂的过程中，我突然明白了自己想做什么。作为曾经被遗弃的一员，我愿意用毕生之力去减少这种写在基因里的生而不平等。"

洛兰转身，目光灼灼地看着刺玫，"你愿意出任我在曲云星设立的基因医院的院长吗？"

刺玫像是还在雇佣兵团中，双腿啪一声并拢，站得笔挺，对洛兰敬军

第一章 我们都一样——万物平等

礼："我愿意！"

在小说里，人类阿尔帝国的皇宫中有一处地方名叫"众眇门"。这个地名取自《道德经》第一篇"玄之又玄，众妙之门"。无和有，是宇宙天地万物奥秘的总门。万物不过无和有，而人生不过生和死。洛兰和她哥哥叶珩经常在众眇门仰望星空，思索人生的终极意义。当骆寻成为辛洛时，她就知道了自己的人生意义和目标，而当辛洛回归成了洛兰，她只能披荆斩棘，在追寻目标的道路上艰难跋涉。所以，她悉心培养每一位有天赋的研究者，即使他们都是带有基因问题的异种。刺玫只是小说中的一个小小配角，但在她的话中，说出了一个残酷的事实，人不是生而平等的，出生就注明了贫富贵贱之别，更何况是基因的缺陷、身体的残缺，世上一定会有种种的不平等。可是我们要始终知道自己的目标，知道自己要做什么，要为减少这种不平等的现象而付诸努力。洛兰让她出任基因医院院长，这是对她能力的肯定，也是对所有人的平等相待，她也必将不会辜负这份信任与期望。桐华通过小说中的诸多配角命运的改变，告诉我们：不管你是何人何身份，只要生活有目标，愿意努力奋斗，就一定会改变自己的命运。

【节选】

第四卷 璀璨

第十八章

她压下心中翻涌的情绪，放缓了语气："你应该已经找人在研究絜钩计划，等你看完资料就会明白那份资料究竟是怎么回事。希望到时候，我们能心平气和，再好好谈一谈。"

"谈什么？"

"异种和人类的未来。"

"什么样的未来？"

"你很清楚，我能治愈异变，让异种基因和人类基因稳定融合。只要奥丁联邦投降，成为阿尔帝国的附属星，接受英仙皇室的管辖，我可以向阿丽卡塔星以成本价出售治愈异变的药剂。"

辰砂讥讽："先让我们失去家国，再用药剂控制我们，方便人类可以继续歧视、压榨异种吗？"

洛兰不知道该怎么和辰砂交流这个问题。

人类对异种的歧视根深蒂固，是几万年来形成的全社会价值观，形成不是一朝一夕，改变也不可能是一朝一夕。即使洛兰是皇帝，也无法保证给予异种和人类一样的公平待遇。

目前而言，奥丁联邦的覆灭，对生活在奥丁联邦的异种的确是巨大的灾难，但对整个异种不见得是坏事。

没有改变，怎么可能有新生？不打破，怎么可能有重建？

她是从基因学家的角度看问题，种族的繁衍和生存才是重中之重，为了未来完全可以暂时牺牲眼前；而辰砂是用军事家的角度看问题，异种的自由和平等才是第一位，为了这个生命都可以抛弃。

洛兰说："你是很能打，我相信即使在阿尔帝国占据绝对优势的现在，你依旧可以保住阿丽卡塔星，和我们僵持下去，但阿丽卡塔星的普通居民呢？这场战争在奥丁星域已经持续数年，对奥米尼斯星没有任何影响，但对阿丽卡塔星影响巨大，在人类的全面封锁下，阿丽卡塔星的生活肯定不容易。执政官阁下，执政可不只是打仗！"

在小说的第一卷《迷失》和第二卷《窃梦》中，奥丁联邦公爵之一、拥有全星际最强战斗力的辰砂，曾经也是一个坚定维护异种、仇视人类，非黑即白的十分纯真的人。他在被骆寻的善良真诚所感动时，却被楚墨陷害，异变成兽类小角，之后幸被奥丁联邦的执政官殷南昭所救，在恢复人身却失去记忆后，小角又跟随辛洛反复进行基因研究试验。只因在辰砂心中始终拥有的那份纯真，使他在恢复辰砂记忆后，执政奥丁联邦时，能冷静思索人类和异种的未来命运。洛兰却一直在为研究控制基因异变而努

◆ 第一章　我们都一样——万物平等 ◆

力,她之所以愿意从科学家辛洛回归成阿尔帝国的女皇英仙洛兰,主要的目的是想打破横在人类阿尔帝国和异种奥丁联邦之间的障碍。仅仅靠着隔离、靠着两国之间的仇视,彼此之间是不可能独善其身,也不能做到真正的自由和平等,只有解决基因异变问题,化解异种危机,让异种和人类共同生活在一个世界中,让异种和人类彼此交流融合,才能真正做到自由平等。

异种和人类有什么样的未来?是征服还是和平共处,谁也不知道。尽管双方的最高统治者都能宽容接受与自己不一样的族群,但偏见根深蒂固,价值观的改变也不是一朝一夕。在寻求真正的平等的道路上,必然有牺牲,什么是值得牺牲的?什么又是要誓死捍卫的?桐华在小说中一直在追寻着答案。

【节选】

第四卷　璀璨

第十八章

洛兰,你好。

给你说这些话时,我在你的屋子里,坐在你曾经坐过的椅子上,看着你曾经看过的风景。

今天,我来到你曾经生活的地方,走了你走过的路,爬了你爬过的树,看了你看过的书,听了你听过的歌。

我想象着过去的你是什么样子,想象着未来的你会是什么样子。可惜,我无法窥视过去,也无法预见未来。

虽然能抓住零星痕迹,却始终描摹不出你具体的样子,但不管什么样子,你始终都是你,坚强、勇敢、聪慧、执着。

我认识你时,你是骆寻。

我承认,我是因为小寻才来到这里。

我爱她。

爱让人快乐、让人幸福!爱也让人贪婪、让人恐惧!

……

因为你有一位睿智仁慈、包容大度的父亲，她才会对异种没有丝毫偏见，用包容仁慈的心对千旭，对其他所有异种。

因为你有一位坚毅果决、大胆无畏的母亲，她才会敢于挑战世俗价值，孤身留在奥丁联邦，才会无视我是克隆人，毫无芥蒂地接纳我。

因为你曾经拥有这世上最丰厚的爱，她才会心中没有丝毫阴翳，毫不吝啬地给予我、给予这个世界最厚重的爱。

因为你曾经见过这世上最幸福的婚姻，她才会相信爱情的美好，相信人与人之间的忠诚信任，给予我最完美的爱情，最坚贞的誓言。

……

洛兰，站在这个屋子里，想象着你曾经拥有过的幸福，我的悲痛无以复加。

我十分难过，因为我夺走了英仙穆华的生命，间接导致英仙穆恒夺走了你父亲的生命，让你从无忧无虑的小辛变成了有神经性胃痛的洛兰。

我十分难过，因为我夺走了你母亲的生命，让你从和哥哥一起捡胡桃的洛兰变成了独立撑起一片天空的龙心。

这两件事，一件是我在完全清醒下的不得不做，一件是我在失去神智后的不知而做，但不管是不得不做，还是不知而做，都是摧毁了你幸福的罪魁祸首。

你的恨，我完全接受，甘愿承受一切来自你的惩罚。

……

我不知道你怎么一步步走到了这里，但我知道那一定是一段漫长、艰辛、痛苦的路。

不过，一如我想象，不管多么艰难痛苦，你终会走到这里。

伤口，是完美上的裂缝，可也是让阳光照入的地方。

一个蛹破茧成蝶、一粒种子破土发芽，都要经过毁灭性的破坏、重

◆ 第一章 我们都一样——万物平等 ◆

建。从丑陋到美丽，从黑暗到光明，几乎是截然不同的两个世界，可又是息息相关的同一个世界。

  如果把这部小说当成言情小说，女主人公骆寻是作者桐华笔下最常见的女主模式，善良聪慧，受到诸多人的爱慕，拥有完美的爱情，喜欢她的男性又都具备强大、优秀、深情的特质。可是它绝不是一部单纯的言情小说，从善良的骆寻，到看似心狠手辣的辛洛，到霸气果敢的英仙洛兰，这是女主人公的一部成长史。初到奥丁联邦的骆寻邂逅了化名千旭的奥丁联邦执政官殷南昭。殷南昭经历过苦难，身处黑暗，心向光明，有一颗真正通透慈悲的心，他一直守护着人类和异种的和平，在骆寻的成长过程中，他一直引导、保护、陪伴。殷南昭用自身的行为诠释了"勇气不是不害怕，而是明明害怕，仍然心藏慈悲、手握利剑、迎难而上"。在殷南昭去世以后，每当骆寻遇到了困难，就会想起这句话。骆寻终于在第三卷《化蝶》中找回了记忆，回到了前生，做回了洛兰。她好似忘掉了骆寻、忘掉了殷南昭、忘掉了在阿丽卡塔星上的一切。但曾经遇到的这些人、经历的这些事，却已经深深地刻入骨髓，以致改变了她最初的人生目标。对于恢复记忆后的她来说自己承受的痛苦不比任何人少。如果可以，她一定会愿意与殷南昭生死相随。但她选择了生，为了她死去的爱人活下去。为他们共同的目标，她宁可痛苦地生，也不愿痛快地死。她历经困难、误解、委屈，在辰砂恢复记忆回到奥丁联邦后，她面临巨大压力，谁都不理解她为什么要攻打阿丽卡塔星，谁也不明白她想要统治阿丽卡塔星的真正原因。在情绪即将崩溃之际，她回到了自己的出生地，看到了这封殷南昭写给她的信。这部小说延续了桐华爱情小说的一贯手法，女性的成长要在爱情中完成。在女主人公还是骆寻时，奥丁联邦的执政官殷南昭陪伴她，鼓励她，教会她什么是真正的勇气；当殷南昭去世后，骆寻找到了自己的记忆，成为辛洛时，又是失去记忆的辰砂化名为小角，不离不弃充当了十年的基因试验体；最后女主人公终于回归成为阿尔帝国的皇帝英仙洛兰。殷南昭的这封信告诉她从破坏到重建、从黑暗到光明,实际上都是同一个世界,而女主人公终要从蚕蛹破茧成蝶,散发出璀璨的光芒。

【节选】

第四卷 璀璨

第二十三章

洛兰跌跌撞撞地跑回宴会厅。

她仰头看向监视器,满脸血污,狼狈不堪。

"林坚元帅,记录这个屋子里发生的一切,我有话要告诉全星际的人类。"

站在监控屏幕前的林坚明知道洛兰看不到,也听不到,却双腿并拢、含着泪敬礼:"是!"

洛兰下意识用仅剩的一只手整理了一下头发,却发现手上全是血,把自己弄得更狼狈了。

她站在几百具尸体中间,一只手没了,穿着鲜血浸透的裙子,头发蓬乱,脸上满是血痕,形容狼狈不堪,可是,她背脊笔挺,就好像不管多大的风雨都不能令她低头弯腰。

"我是阿尔帝国的皇帝英仙洛兰,很抱歉让你们看到这么血腥残酷的画面,但之所以有今天,是因为你们每个人、我们每个人的错误。长久以来,正常基因的人类把携带异种基因的人类视作低人一等的异种生物,歧视他们、压榨他们、奴役他们,没有人会接受这样的命运,所以,有了一次又一次战争,有了今天最极端的反抗。这一次,我会制止惨剧的发生,但只要现状一天不改变,反抗就一天不会结束。"

宴会厅的舱壁上传来咚咚的撞击声。

洛兰面不改色地继续。

"请英仙二号上所有军人见证,请全星际所有人见证,我以阿尔帝国皇帝的身份宣布我的女儿英仙辰朝是阿尔帝国皇位的第一顺位继承人,我的儿子英仙辰夕是阿尔帝国皇位的第二顺位继承人。

身为母亲，应该照顾、保护他们长大，但是，我不仅仅是他们的妈妈，还是阿尔帝国的皇帝。我希望奥米尼斯星上每个像他们一样的孩子能健康平安地长大，我希望阿丽卡塔星上每个像他们一样的孩子能健康平安地长大，我希望英仙二号上每个像我一样为人父母的人能回到他们的孩子身边，我希望北晨号上每个像我一样为人父母的人能回到他们的孩子身边。

我有一个梦想世界，在那个世界，人们尊重差异、接受不同，不会用自己的标准否定他人，不会用暴力强迫他人改变，每个人都可以有尊严地生活。很可惜，我没有机会实现自己的梦想，麻烦你们，麻烦英仙二号上的每一位军人，麻烦每一位听到这段话的人，请你们帮我实现！"

她却依旧平静地对监视器说："毁灭一切的雪崩是由一片片雪花、所有雪花一起造成，可巍峨美丽的雪山也是由一片片雪花、所有雪花一起造成，不论你是异种，还是人类，都请做一片凝聚成雪山的雪花，不要做造成雪崩的雪花！"

"废话真多！"

随着男人的讥讽声，一个奇形怪状的东西出现在宴会厅的天花板上。一大团软绵绵的息肉组织，像是堆积的棉花一样，中间嵌着一颗人脑袋，四周伸出千万条长短不一的触须。有的像是垂柳一般从高空垂落，有的像是藤蔓一般缠绕在吊灯上、攀附在墙壁上，还有的像是蜥蜴的舌头一般不停地卷起弹开。

洛兰仰头看着左丘白，遗憾地说："你以前长得很好看，现在变得很丑陋。"

左丘白淡定地说："这个星际没有好看、丑陋，只有生存或死亡。"

"也许星际中只有生存和死亡，但人类有对和错，有高贵和卑鄙，正因为我们人类有这些，所以，我们才不仅仅像其他物种一样只是在星球上生存，我们还仰望星空，追逐星光，跨越星河，创造璀璨的文明。"

在小说的结局中，奥丁联邦公爵左丘白用楚墨研究出来的病毒，想要把英仙二号战舰上的全部人类变成异种，洛兰以自身作为诱饵，将已经异变成怪物的左丘白困在了战舰的宴会厅，选择了同归于尽。除了生存与死亡，人类有情感，有爱，所以，我们的任务不仅仅是生存，更要创造璀璨的文明。

在未来，当机器人全面进入我们生活时，当病毒战争、生化战争也许就在我们身边时，当人类基因缺陷问题越来越严重时，我们面对残酷的现实会如何行动？作为地球统治者的人类会如何选择？小说中的人类尽管战斗力不强，但天生的优越感使"他们把仇恨异种当成自己失败人生中唯一的荣耀，以正义为名，理直气壮地做着最邪恶的事"[①]。这样的心理、这种现象，在我们现实社会中是不是还存在？即使我们同属一个种族、同在一个国家，但天生的优越感、自以为的高人一等，也常常让人产生歧视、鄙夷，甚至欺凌的行为，也常常会让我们站在道德的制高点指责他人的行为、滥发意见。这些所有的冲突矛盾，其实都是违背了孔子提出的两条原则："己所不欲，勿施于人。""己欲立而立人，己欲达而达人。"这两条原则合在一起就是忠恕之道，就是仁爱之方。小说中的殷南昭、洛兰、变成小角的辰砂、紫宴……这些人物身上的仁爱之心让他们无一不闪烁着人性之光。仁爱是我们行为的原动力，是保证人和人和谐相处的基本原则，是社会和谐的根本保证。

桐华的小说都以女性为主人公，以描写爱情为主线，小说中女主人公爱情的完美是她言情的一大特色。虽然在《散落星河的记忆》中，言情披上了科幻的外衣，但不可否认的是，小说中除了描写爱情的美好，更多地表现出对个体生命的关爱，蕴含家国天下的情怀，映射了人类命运共同体的价值理念。

---

① 桐华. 散落星河的记忆3：化蝶 [M]. 长沙：湖南文艺出版社，2018.

三、平等的爱

《我的鸵鸟先生》[1]

作者含胭，浙江杭州人，东北财经大学毕业。擅长创作都市类言情小说，行文朴实细腻，故事温暖动人。已出版作品：《明知故爱》《拥抱我吧，叶思远》《情深何以许棠心》《我在怀念，你不再怀念的》。

【简介】《我的鸵鸟先生》讲的是鸵鸟先生顾铭夕和螃蟹小姐庞倩两个年轻孩子青梅竹马的故事。干练精明的庞倩，出差时因为遭遇雪灾飞机延迟起飞，无聊的她在闲逛书店时，发现了一本漫画《鸵鸟先生和螃蟹小姐》，就此展开了她与鸵鸟先生的故事。

【节选】

第四卷　我心似海洋
第十七章　并肩而行　梦想成真

董源打量着顾铭夕和庞倩，庞倩化着妆，穿得也很漂亮，顾铭夕的衣着却很简单，灰色大衣黑色裤子，他个子似乎高了一些，肤色看着有点黑，但是一张脸还是挺帅。董源的视线又刮到了顾铭夕的大衣袖子上，如记忆中一样，他的两条袖子笔直又空瘪地悬垂着，袖口什么都没有。

董源的妻子小梁身材中等，长得倒还面善，一直好奇地打量着顾铭夕，董源给她介绍说："这是我表哥，顾铭夕，是顾梓玥同父异母的哥哥。"

四个人一起坐电梯上楼，走出电梯时，董源取了一支烟点燃，烟盒递向顾铭夕，问："抽烟么？"

顾铭夕摇头："我不抽烟，谢谢。"

董源眯着眼睛看了他一会儿，问："舅舅说你前些年在Z城念书，是

---

[1] 含胭. 我的鸵鸟先生 [M]. 江苏：江苏凤凰文艺出版社，2015.

么？什么时候回来的？"

"嗯。"顾铭夕并不想多说自己的经历，回答，"回来才几个月。"

"我听说，你妈妈去世了？"

顾铭夕点点头。

"你以后就留在E市了？"

"对。"

"找到工作了么？"董源问，"这些日子你都住哪儿呢？"

顾铭夕一点儿没撒谎："没找工作，我回来以后一直住在庞倩家里。"

董源点头："你这个情况的确不好找工作。我现在在超市上班，做仓管，我们超市也有几个残疾人，有几个理货的是聋哑的，仓库里还有个儿麻，回头我帮你去问问，像你这样的情况，我们超市有没有工种适合你。"

顾铭夕笑着说："不用了，我近期不打算找工作。"

董源一愣，问："难道你想让庞倩养你呀？"

庞倩也不和他计较，开玩笑地说："不行吗？我愿意养！我乐意！"

听到她的话，董源的眼里透出了一股莫名的神情，庞倩在边上看得分明，那眼神里夹着怜悯、同情，甚至还有一丝鄙夷。

……

庞倩带着礼物去了餐桌边，一样一样地送给长辈们，顾铭夕则与她站在一起，"爷爷奶奶、姑姑姑父"地喊过去。顾爷爷顾奶奶都已经80多岁了，精神倒还健旺，顾奶奶看到顾铭夕后流了眼泪，顾爷爷神色有些复杂，问了几句顾铭夕的现状，就闭目养神了。

顾国英看着顾铭夕的眼神很是微妙，甚至还与丈夫交头接耳地说了些什么。

……

庞倩把新衣服送给顾梓玥，她看都没看一眼就丢在了一边，看向顾铭夕和庞倩的眼神明显带上了敌意。

◆ 第一章 我们都一样——万物平等 ◆

顾国祥把一切都看在眼里，板起脸说："梓玥，你这是做什么，这是你的哥哥，哥哥给你买礼物了，你该说什么？"

顾梓玥当作没听见，扭头就往爷爷身边跑，被顾国祥一把抓住："梓玥！说谢谢哥哥！"

顾梓玥愤愤地瞪了他一眼，紧咬着牙关不开口。

顾铭夕和庞倩都有些莫名其妙，顾国祥又训斥了顾梓玥几句，小姑娘眼圈就红了，眼泪吧嗒吧嗒地掉下来，顾国英连忙过来把她拉走，嘴里不停地哄着她，"乖囡，宝囡，玥玥小心肝，梓玥小公主"地喊了一遍，顾梓玥才止住了哭，她回头瞟了一眼顾铭夕，用不大不小的声音对顾国英说："姑姑，我妈妈说我有个哥哥是残废，是没有胳膊的，是不是就因为他，我爸爸才和我妈妈离婚的？"

……

顾国英对于庞倩和顾铭夕的交往很好奇，在她的眼里，顾铭夕身体残疾，没有学历，没有工作，肯定也没房没车没钱，庞倩这么一个漂漂亮亮的女孩子，干吗要和他在一起？图的是什么？

她不动声色地问："铭夕和倩倩处了多久的对象了？"

……

顾爷爷喊顾梓玥："梓玥乖乖，到爷爷这里来。"

他拉过顾梓玥的小手，看着她白净纤长的手指头，叹气道："我们家的孩子，源源念书不好，铭夕又没了胳膊，都没什么出息。"

顾国祥简直是里外不是人，偏偏顾国英不罢休，还要继续说："其实，像铭夕这样的情况，是不是可以申请低保困难户的？"

小梁在社区上班，顾国英追着问了几个问题，小梁脸红地看一眼顾铭夕，说："的确是可以办的。"

"还可以申请廉租房，对不对？"顾国英觉得自己真聪明，帮顾铭夕和庞倩想到了一个好主意，"铭夕，你和倩倩可以申请廉租房结婚的，先登

— 31 —

记，把困难家庭办出来，就能申请房子了。房子虽然比较远，但是一个月才几十块钱租金，哎哟，你是条件符合，我们想申请都申请不了呢！"

董源说："其实铭夕也能像我一样申请经济适用房。"

顾国英驳斥了他："经适房买一套也要20多万呢，铭夕拿得出来么！"

董源说："20多万，舅舅能帮忙啊，我买房舅舅都给了我5万呢。"

顾国英慌张地喊他闭嘴："你个傻小子，胡说什么！你舅舅是借我们的！我们要还的！"

庞倩这时候已经一点也不生气了，反倒觉得很有趣，自从说出了那句谎话，她就像是在看一场跳梁小丑的表演。她本来想在最后，把事实告诉大家，说她只是在开玩笑，她和顾铭夕已经有婚房了。

……

他帮庞倩圆谎，顾国英愣愣地问："哪儿的房子？"

"盛世北城。"

董平惊讶极了："市中心那个盛世北城？"

顾铭夕点头："对。"

顾国英又问："房子多大？那儿的房子得要2万多一方吧。"

"不大，138方。"顾铭夕笑道，"以后条件好一些，再换大房子。"

众人："……"

说着，他就和庞倩一起离开了包厢。

几秒钟后，顾国英才反应过来："吹牛的吧，给杂志画画能赚多少钱啊，以为我们是土包子呀！"

董源也说："妈，都怪你，你也太不给铭夕面子了，他只能找个借口走了，估计以后也不会再和我们一起吃饭了。"

顾国英撇嘴："不吃拉倒，谁还扒着他了。"

小说的情节线索在现实生活和女主人公的回忆之间交替进行。在男女主人公失散几年后再次相遇时，两人的感情水到渠成，必然就要涉及双方的家庭及亲属间的各种关系。男主人公顾铭夕因为残疾，导致父母离婚，母亲不久病逝，父亲在离婚后重新组建家庭并有了一个女儿。而父亲这边的亲人们也因他的残疾很少与他有联系。这篇节选就是多年后父子亲戚间的第一次相聚，这一次的家庭聚会实际上也是儿子第一次带着未婚妻与家长们见面。在中国传统习俗中，这种聚会非常隆重，出席的必须都是近亲，要符合礼节。这次的相聚都是顾铭夕最亲的人，爸爸、爷爷奶奶、姑姑姑父及表弟一家。可是，顾家亲戚们的态度又是怎样的呢？表弟用可怜、同情、鄙夷的眼光看向自己的表哥；爷爷觉得没有手的人是不会有出息的，是没用的人；姑姑则是警惕、怀疑自己的侄子是不是为了钱才回来的；同父异母的妹妹本应是单纯可爱的，可从小受到大人们的影响，对哥哥充满了敌视；爸爸的情感态度充满了矛盾，既有父亲对儿子的怜悯之情，又蕴含着诸多的失意等复杂情绪，只因残疾儿子让自己没面子，不想让别人知道自己有个残疾儿子。在餐桌上，亲人们的一问一答，揭露了亲情中最残酷的一面：当你的残疾、你的病痛成为家庭的负担时，你要面临歧视，要忍受异样的眼光，甚至有可能被家人所抛弃。爱不都是温暖的，不平等的爱更容易伤害他人。

【节选】

第一卷　我又想起你

第一章　青梅竹马　两小无猜

顾铭夕又看了她一会儿，继续抬脚往前走，两只空袖子无精打采地垂在身边，他的语气很是平静，平静得都不像一个11岁的孩子，他说："我知道我爸爸妈妈是喜欢我的，只是……我没了手以后，我爸爸大概觉得有些丢脸吧。"

庞倩愣住了。

顾铭夕回头看她一眼，笑了起来，两颗小虎牙显得特别可爱，他问："庞庞，你觉得我丢脸吗？"

庞倩把头摇成拨浪鼓，顾铭夕笑得更开心了，说："我自己也没觉得我有哪儿丢脸的，真的。"

庞倩坐在课桌前，托着下巴发着呆，想着上学路上顾铭夕说的那句话，他说，他爸爸觉得他有些丢脸。

这句话就像一根针般地刺进了庞倩心里，虽然这些年来，她早已习惯了顾铭夕的样子，也习惯了他特别的做事方法，但不能否认，只要离开熟悉的生活环境，比如学校和金材大院，顾铭夕就百分百地变成了一个引人注目的焦点。

难道就是因为这样，顾叔叔才从来不带顾铭夕去外面玩么？

顾铭夕并不害怕出门。

学校里每一年的春游、秋游、运动会、看电影等活动，他都会参加。课余时间，他也曾经和庞倩一起坐公交车去过少年宫，还去过博物馆、图书馆，只是每一次，都会有素不相识的路人半好奇半同情地来和他们搭话，问顾铭夕的胳膊是怎么一回事。

庞倩对此觉得很烦，那些人认都不认得，有些大妈居然还会伸手去摸摸顾铭夕残缺的肩，在他躲开以后啧啧地感叹着，说这小孩儿真可怜。

令她不能忍的是，顾铭夕居然从来不对那些人黑脸，他倒不至于详详细细地诉说自己失去双臂的经过，但也会简单地说一句："小时候被高压电打的。"

有人会追问："几岁的时候呀？"

顾铭夕答："6岁。"

顾铭夕在六岁的时候为了帮庞倩捡羽毛球而被高压电击中失去了双臂，所以从小学起庞倩成了他的固定同桌，老师同学们也习惯于他用双脚代替手进行学习。因为年龄小，他没有过多自卑，庞倩也并没有觉得他有什么与众不同，又因为一直生活在家属院，所以邻居们也不会觉得他的特别之处。但离开了固定的生活圈，他一定是个引人注目的焦点，大家都会把眼光过多地停留在他的身上，更有好事者会表示出同情怜悯。在日常生活中，这种表现是我们对弱者表示同情关心的一种常见态度，好像我们都是一个有爱心的人，我们会主动去关爱他人。但实际上，这是一种怜悯的爱，或者说有一点点优越感的爱的关注。真正平等的爱是无视对方的特别，是一种不动声色的帮助，是恰到好处的解围。

【节选】

第二卷　那年的情书

第八章　她的温暖　他的叛逆

四月中旬时，因为五四青年节马上就要到来，E市教育局组织了一个活动，评选各个辖区里的优秀小团员。在青年节到来之前的两个礼拜，会在E市教育台做一个系列节目，每天介绍一位优秀的同学，时长20分钟。

相较于肖郁静、吴旻这样单纯学习优异的学生，学校显然更乐意推荐顾铭夕。

"身残志坚"这样的评语最容易入选，每一次类似的评比，总有几个学习优异的残疾小孩成功获奖。当然，推选之前，戴老师也问了顾铭夕的意见。

其实，要说服顾铭夕十分简单，戴老师说："顾铭夕，如果你获得了这个奖励，将来高考时，就会作为你升学的筹码。因为这是社会主流价值对你的肯定，任何大学如果因为你的身体原因拒收你，你都可以凭这个教育局的奖励去诘问他们，甚至可以向媒体求助。当然，这是最坏的情况，我们现在要做的，就是让你从高一开始，就成为区里、市里学生们的榜样，这样对你往后的升学，绝对是有利无弊的。"

顾铭夕回家问了李涵的意见，李涵思考以后，给戴老师打了电话，同意了这件事。

于是，四月下旬的一天上午，庞倩背着书包来到学校，就发现了很新奇的一幕，教室门外多了几个人，有人扛着摄像机，有人拿着遮光板，还有个漂亮姐姐拿着话筒在边上补妆，庞倩好奇地多看了几眼，正要进教室，被戴老师拉了过去。

……

她是从前门进去的，一抬头就看到了坐在第一排的顾铭夕，他在用脚整理桌上的东西，这一天的他穿一件雪白的衬衫。

……

课程也因采访而做了调整，第一堂是英语课，所有的同学都成了群众演员，只为了体现主角的完美和优秀。庞倩终于知道了戴老师的用意，摄像机就竖在顾铭夕和肖郁静面前，他们两个站在那里，流利并响亮地做着英语对话练习。

第二堂是语文课，语文老师出了一道题，让顾铭夕站起来回答，庞倩看到那摄像机都快要贴他脸上去了，顾铭夕就像个没事人一样，照样站在那里侃侃而谈。

第三堂是化学课，大家转战实验室，顾铭夕还在肖郁静的帮助下用脚操作了实验，全过程都被摄像机录下。

只是，酒精灯是肖郁静点的，也是肖郁静灭的。庞倩傻傻地想着，干吗不让顾铭夕来做这个呢，他明明做得很熟练。

庞倩和顾铭夕在一起时，顾铭夕可从来不会让她碰火。

第四堂，是体育课。电视台的人说要拍顾铭夕的室外活动，优秀小团员嘛，可不能只会学习，应该劳逸结合。

平时，顾铭夕也会去上体育课，他会参加跑步和跳远。当其他男孩打球、引体向上或是投掷时，顾铭夕就会坐在边上静静地看。

这一次，老师让男生们排成一列跑步，顾铭夕跑在最后，摄像师站在场边，镜头一直跟着他。同时跟着他的，还有庞倩的视线。

顾铭夕跑步的样子很奇怪，因为没有手臂，他的白衬衫袖子不停地在身边飞舞。他的头发在头顶跳跃着，脸上的神情平静似水。

第一章 我们都一样——万物平等

庞倩看了一会儿后别开了头去,这时,肖郁静走到她身边,小声说:"螃蟹,放学的时候,你陪一会儿顾铭夕吧,他今天心情挺不好的。"

庞倩一愣,问:"他干吗心情不好?"

肖郁静把声音放得更低:"刚才戴老师说,电视台的人一会儿还要拍他用脚吃饭的镜头,总之就是拍一些他的生活方式,他挺不乐意的,但是没办法。"

庞倩:"……"

午餐时,摄像师果然跟着顾铭夕去了食堂,这一次,换周楠中帮顾铭夕打饭,一桌四个清一色男生,顾铭夕右脚搁在餐桌上,低着头默默地吃饭。

摄像师说:"顾同学,吃饭的时候和同学们聊一聊,脸上表情开心一点。"

顾铭夕很无语,但也只能扯开嘴角笑了笑,对汪松说:"你的大排……好吃吗?"

汪松一愣:"好、好吃,你要吗?我帮你去打一份。"

顾铭夕依旧笑着摇头:"不用,我不爱吃猪肉。"

汪松:"……"

到下午上课前,日常拍摄总算完成,女记者对顾铭夕进行了一个简短的采访,问到了他的理想。

顾铭夕站得笔直,面前是摄像机,他对着话筒说:"我想好好学习,考上一所理想的大学,学一份我的身体情况能承受的专业,毕业后找一份工作,自力更生,做一个对社会有用的人。"

女记者问:"身体残疾以后,你有没有感到崩溃绝望过?"

顾铭夕摇头:"没有。"

"从来没有过吗?"

"从来没有。"

女记者愣了愣，回头对摄像师说："等一下，这段重来。"

她对顾铭夕说："顾同学，你考虑一下这样回答，身体刚刚残疾以后，你对生活丧失了信心，整个人濒临崩溃边缘，后来因为母亲的照顾，老师的鼓励，同学的帮助，你逐渐学会了用脚做事，慢慢地才树立起了信心。"

顾铭夕皱眉："为什么要这么说？"

"因为……"女记者想了想，"这样，整个故事才有高潮起伏啊，我相信，你在受伤初期，心里肯定是很绝望的，对吧。"

这是他的人生，在别人眼里，却只是一个故事。

……

肖郁静对着镜头笑眯眯："我是顾铭夕的同桌，与他认识快一年了，我特别地佩服他，他学习十分刻苦，从不迟到早退，画画还画得很棒，总之，我们用手能做的事，他用脚都能做到。我希望他能考上一所心仪的大学，我相信他一定能成功。"

周楠中："顾铭夕用脚写的字比我们用手写的都漂亮，冬天很冷，他都是光着两只脚做事，太让人佩服了。"

汪松："顾铭夕除了学习好，兴趣爱好也很广泛，平时也会和我们一起去踢球，他一点儿不内向的，挺好相处。"

庞倩眨巴着眼睛："……"

女记者："同学，你说话啊！"

庞倩对着话筒："说什么呀？"

"说说你对顾铭夕同学的印象。"

庞倩想了想，说："顾铭夕这个人……这个人……他……他人挺好的，他成绩很好，我成绩差，他老是帮我讲题，有点儿……好为人师？每次考得好，他嘴上不说，但我知道他心里挺得意的。他脾气很好，就是稍微有些爱自作主张……"

"……"女记者打断她，问，"顾铭夕同学没有双臂，你觉得他是如何克服困难，才取得了如今的成绩？"

庞倩默了一会儿，说："我从来都是觉得，他的成绩和他有没有手臂，没有关系。"

"行了，同学，我们录完了。"美女记者要收话筒，"收工了收工了。"

庞倩突然抢过话筒，说："我再说最后一句行吗？"

"？"

庞倩抱着话筒，对着摄像机说："在我眼里，顾铭夕一点儿也不特别，他就和我一样，和你们都一样。他要是能评上优秀团员，是因为他本身就特别优秀，而不是，而不是因为他的身体……"

女记者抢过话筒，奇怪地看着庞倩："同学，我们真的录完了。"

随着人类社会文明的发展，越来越多的人、团体组织加入到关爱残疾人的行列，关爱残疾人是每个人的社会责任，也是社会进步文明的表现。在这部分采访录像的章节中，电视台的做法我们在日常生活中经常能看到，也有可能是我们曾经做过的，我们认为的对特殊群体的关爱。因为身体的残缺，所以生活不易，他们取得的一点点成绩会在身体的残缺下被无限放大。作为学校、教育局想要树立青少年典范，本身出发点无可厚非，也确实是为了照顾男主人公顾铭夕的现实需求，有了这个奖励，他才有可能顺利升学，有可能获得和其他人一样的教育甚至就业的权利。确实，他们的出发点是好意，目的也是帮助和关爱。但顾铭夕给予的这种关心和帮助是不是他所需要的，是不是真正的关心，而不是为了显示自己的崇高；这种关心和帮助是不是建立在平等人格和享有平等权利的基础上的，而不是廉价的施舍和同情。对于特殊人群，消除社会的歧视，帮助他们创造自己的价值，这才是平等的爱。

含胭的作品从类型上应该属于都市言情类，文中的男主人公大多都是身体残缺却心理健康、能力较强的男生，最后往往以自己独特的人格魅力和深情赢得了女主人公的芳心，从而收获一段美好的感情。故事的核心还是传统言情小说套路，难得的是能把笔触指向残疾人群，关注到特殊人群的情感生活，同时也从侧面提示我们，如何正确、平等地对待他们。

从古老九州大陆里面人、神、海族、巫士的神奇浪漫，到人类未来星际太空世界的科技战争，自由平等是亘古不变的主题。回归到现实社会，回到我们身边，在日常生活中你我都是一样的吗？从宏大叙事的作品到青梅竹马的小甜文，从不同的角度都提出了同一个问题，因为种族、家庭出身、个体基因、个人天赋、社会关系的不同，我们不一样，我们一定会面临诸多的不平等，我们该怎么办？这三部小说回答了这个问题：

第一，接受它。比尔·盖茨曾说过一句话："人生是不公平的，习惯去接受它吧。"在竞争如此激烈的现代社会，我们会随时面对生活中的种种不平等待遇，要明白世界上没有完完全全的绝对平等，要能接受现实并找到自我、平衡心态，否则就会陷入无尽的烦恼和痛苦之中。《我的鸵鸟先生》中，顾铭夕从一个健康活泼的儿童，因故变成了没有双臂的残疾人，他没有太多的埋怨和颓废，而是接受现实，调整自己的生活习惯，去完成他能完成的一切活动，所以庞倩及同学、老师们并没有觉得他有什么和别人不一样的地方，阳光积极的心态也推动着他努力改变命运，收获了生活的幸福。反观他的父亲及亲属们，却始终接受不了他是个残疾人的事实，对他诸多回避，既同情又鄙夷，一直处于矛盾痛苦之中。生活中的这种事例数不胜数。我们无法摆脱残酷的命运，就只能正视它，接受它，努力生活、工作，尽量缩小这种不平等的差距。

第二，改变它。"宝剑锋从磨砺出，梅花香自苦寒来。"苦难往往伴随着成功，苦难在前，成功在后，这个不变的规律已被一代又一代的人证实。仅仅只是接受不平等还不够，还要改变自己，改变这种状况，让自己变得强大，变成生活的主宰者。《散落星河的记忆》中，配角刺玫说道："我突然明白了自己想做什么。作为曾经被遗弃的一员，我愿意用毕生之力去减少这种写在基因里的生而不平等。"只有知道自己想要什么、想做什么，为之努力奋斗，让自己变得强大，才有能力改变不平等的现状，才有能力享受更多平等的权利。美国当代作家海伦·凯勒因生病变成聋盲人后，曾经有过一段消极失望的生活，后来在莎莉文老师耐心的指导下，凭着不屈不挠的精神，她慢慢地学会了说话、写作，进入哈佛大学后，在老师的帮助和她个人的努力下，最终她以优异的成绩大学毕业，还掌握了英、法、德、拉丁和希腊五种文字，出版自传《假如给我三天光明》。马克·吐温说过，19世纪出了两个了不起的人物：一个是拿破仑；一个就是海伦·凯勒。

第三，消灭它。综观人类文明发展史，不平等总是客观存在的，不平等带来的不公平也是客观存在的。这种不平等、不公平，有的是物质上的，有的是精神上的。因此，人类社会一直在追求平等、公平的道路上艰难跋涉，社会平等是我们的理想，也是社会文明进步的表现。

第二章

青春的江湖——成长之路

在 21 世纪初期，中国的部分网络写手从模仿西方奇幻小说开始，逐步创作出具有中国特色的玄幻类型网络小说。在这种类型小说中，充斥着现实的白日梦、青春的狂想及少年人的梦想。和传统文学小说相比，玄幻类型网络小说曾经被学术派教授认为是一种装神弄鬼的类型。[①] 不可否认的是，玄幻小说在经过自身的发展后，借鉴中国神话故事背景，吸取中国传统文化元素，继承了中国武侠小说的侠义之风，试图从另一个角度表达传统文化，抒写青春，现在则形成了独具特色的中国网络类型小说。

玄幻小说的创作者在整体网络类型小说创作群体中偏向年轻化，其阅读者大多是青少年。这个群体正是追求自由、充满热血豪情、想要仗剑走天涯的年纪，也正是处在被压抑又冲动、有梦想却迷茫的人生阶段。但是在现实生活中，青少年的成长模式和轨迹几乎从一出生就已经由家长、学校给安排好了，他们缺少自我表达的空间和话语权，网络小说为他们提供了一个表达青春梦想的空间。在玄幻小说中，主人公们都是具有性格或能力缺陷的普通少年，在成长过程中，通过不断修炼、提升最终成长为一名并不完美的少年英雄。这些玄幻小说中，既有中国旧派武侠小说［还珠楼主（李寿民）的小说《蜀山剑侠传》］、新派武侠小说（金庸等创作的武

---

① 陶东风. 中国文学已经进入装神弄鬼时代［J］. 当代文坛, 2006 (4)：8 - 11.

侠小说）中的武功招式，又有中西方神话故事的展现，还融合了历史、言情、西方魔幻等元素，从而拼凑出一个光怪陆离的玄幻世界。这样的文化氛围颠覆了传统的、伟大的英雄叙事结构，极大地拓宽了青年们的话语表达范围，所以一个不容忽视的事实是，尽管外界批评得很厉害，但是玄幻小说照常创作不误，网上的点数照常飙升。[①] 在玄幻小说的虚拟空间里，不仅仅寄托了少年的青春梦想、成长道路，更是一种阅读青春、享受青春的过程。

一、出身无法选择　初心始终如一

《诛仙》

《诛仙》[②] 被称为"网络三大奇书之一"，于2003年在"幻剑书盟"网站上连载，2007年全部创作完成。2008年在内地全面出版。从2008年到2019年十余年的时间中，《诛仙》热度不减，数次被改编成电影、电视剧，同名网游也广受欢迎，被称为"后金庸时代的武侠圣经"。《诛仙》的风靡也带动了其他玄幻小说的走红，使玄幻小说成为网络小说中的重要类别。

【简介】《诛仙》讲述了主人公张小凡从一个在大竹峰上劈柴做饭遛猴的平凡少年，到掀起天下腥风血雨的鬼王副宗主，最后成为拯救正道苍生的英雄的修道之路。修道不易，友情、亲情、爱情与波澜壮阔的正邪搏斗，与个人命运交织在一起，经历险恶江湖，游历神奇天地，给人心灵以极大的震撼。

[①] 玄幻小说自创作以来，出现了一些比较有名的专业网站，如：起点中文网、幻剑书盟、若雨中文网、龙的天空、天鹰文学、逐浪网、旧雨楼——清风阁、玄幻书店、天下书盟、清新中文网等。从网络文学创作的角度来看，2005年可以被称为"玄幻年"。2007年，网上列出网络小说、玄幻小说排行榜等。

[②] 萧鼎. 诛仙（全6册）[M]. 长春：时代文艺出版社，2012.

【节选】

第一册

第五章 入门

张小凡与跟着进来的林惊羽立刻都认出这人是草庙村里一个樵夫，姓王，排行老二，为人善良，整日笑呵呵的，对他们一班小孩也是极好，平日上山打柴之余，都会带些山间野果分给众小孩。

张小凡想也不想，冲了过去，跑到王二叔身边，用力抓住他的肩膀，大声道："王二叔，究竟发生了什么事？为什么村里的人都、都死了？还有，我娘呢，我爹呢，他们怎么样了？你说啊！"

……

张小凡还待追问，却被一旁的林惊羽一把抓住。

张小凡不解回头，却见林惊羽眼角有泪，凄然道："没用的，他已经疯了！"

张小凡脑中"轰"地一响，愣在当地，作声不得。

林惊羽比他大了一岁，心思较为细密，向大殿中人看了一眼，见场中众人都身着青云门衣着，有男有女，有道有俗。多数人身有兵刃，以长剑居多。其中在椅子上坐着的六个人，更是气度出众，卓尔不群。这六人中有三道三俗，尤其坐在正中那位身着墨绿道袍，鹤骨仙风，双眼温润明亮的，自然便是大名鼎鼎的青云门掌门道玄真人了。

林惊羽当下更不多话，拉上张小凡，跑到那六人跟前，对着道玄真人跪了下去，"砰砰砰"叩头不止。

道玄真人细细看了他二人一眼，微叹一声，道："可怜的孩子，你们起来罢。"

林惊羽却并不起身，抬头看着这神仙一流的人物，悲声道："真人，我二人年幼无知，突然遭此大变，实在是不知如何是好。您老人家神通广大，能知过去将来，请一定要为我们做主啊！"

◆ 第二章　青春的江湖——成长之路 ◆

张小凡没他那么会讲话，而且此刻脑中乱成一团，也跟着道："是啊，神仙爷爷，你要做主啊！"

众人听了，脸上都不禁露出微笑。张小凡自是童言无知，但随后众人的眼光都落在了林惊羽的身上。

林惊羽小小年纪，身处大变，又面对道玄真人这般名动天下的高人，说话仍是井井有条，条理清楚，这份冷静远胜过寻常孩童，更不用说那一无所知，还把道玄看作神仙的张小凡了。

……

道玄真人想了想，道："田师弟言之有理。他二人小小年纪，遭此大变，我们当要好好化解他们心中怨恨，如此的确不宜让他们共居一处。那就需要两位师弟来收留他们了。"说着，他向众人看去。

只见其他五脉首座，以苍松为首，田不易等人的目光几乎同时都落在了林惊羽的身上，溜溜打转，不肯离去，却无人去理会一旁的张小凡。

……

此外，名师固然难求，但资质上乘的弟子同样难得，林惊羽天资过人，根骨奇佳，这青云门各脉首座自是一眼便看上了。

……

道玄停了一下，又道："那这另一位……"

商正梁咳嗽一声，闭上眼睛；天云眼看大殿的天花板，似乎突然发现那里的图案特别美丽；田不易嘿嘿干笑了一声，忽然睡意来袭，便要沉沉睡去；而刚才还没插上嘴便已被人抢走的另一脉"风回峰"首座曾叔常干脆便入了定，似乎从一开始便没理这里的事。

只有大获全胜的苍松道人冷冷看了众人一眼，但眼里却都是笑意。

……

第一册

第六章 拜师

宋大仁走到堂前,恭声道:"师父、师娘,弟子把小师弟带过来了。"

田不易哼了一声,颇有些不耐烦,倒是那美妇苏茹多看了张小凡两眼,道:"大仁,他睡了一天一夜,怕是早就饿了,你先带他去吃些东西吧。"

宋大仁道:"回禀师娘,我刚才已经带小师弟去厨房吃过了。"

苏茹点了点头,看了田不易一眼,不再说话。田不易又是冷哼一声,道:"开始吧。"

张小凡不明所以,只听宋大仁在身后悄声道:"小师弟,快跪下磕头拜师。"

张小凡立刻跪了下来,"咚咚咚"连磕了十几个头,又重又响。

"呵呵。"却是那小女孩田灵儿忍不住笑了出来。苏茹微笑道:"好孩子,磕九个就可以了。"

张小凡"哦"了一声,这才停下,抬起头来,众人见他额上红了一片,忍不住都笑了出来。但在田不易眼中,张小凡却更是傻不可耐,一想到以后要教这等白痴,他原本颇大的头似乎又大了一圈。

"好了,就这样吧,"田不易心情极糟,挥手道,"大仁,他就由你先带着,本派门规戒条,还有些入门道法,就由你先传授。"

宋大仁应了一声"是",随后有些迟疑,又道,"不过师父,小弟年纪还小,这入门弟子的功课……"

田不易白眼一翻,道:"照做。"说完站起身,头也不回,便向后堂走去,众弟子一齐鞠身,道:"恭送师父。"

中国传统武侠小说中主人公的出身大多平凡普通却又历经坎坷。最典型的就是《射雕英雄传》中的郭靖和《倚天屠龙记》中的张无忌。张小凡的人物形象塑造就有这两人的影子,性格特点和郭靖如出一辙,憨厚老实；在自我修炼成长的道路上，又和张无忌一样，将正邪功夫融会贯通，自成一家。张小凡是普通农户家庭出身，年少时人生发生剧变，成为孤儿无家可归。这时候他的表现是绝大多数普通少年的模样，头脑一片混乱，手足无措。而他的小伙伴林惊羽的表现则是冷静克制，思路清晰，善于抓住机会，寻求依靠。和朋友林惊羽相比，他显得木讷且迟钝。两个资质截然不同的孩子站在面前，众人的眼光都被林惊羽所吸引，差点上演一番抢人大战，谁都想有一个聪颖伶俐的弟子将师门发扬光大。可是面对张小凡的时候，众人却表现出装睡、回避视线、入定这种态度。"入门"章节的描写就告诉了我们，张小凡极其普通的出身，一个没有任何出彩特点的孩子，他的起跑线要远远低于他的小伙伴。最后张小凡拜入大竹峰首座田不易名下，成为他的最小弟子。田不易被迫收了一个这样的弟子，看上去又傻不可耐，实在气闷，连传授功课都不想亲为。张小凡的拜师行为，实在像极了《射雕英雄传》中的郭靖，又傻又憨。但是，中国有句老话"憨人有憨福"，这种人大多思想单纯，做事专注，性格坚韧，不轻易动摇自己的初心，所以傻小子郭靖成了国之大侠，张小凡成功地集佛、道、魔于一身。张小凡就像我们绝大多数普通人，出身、长相、才能、天赋都没有任何突出的地方，是芸芸众生中的你我他，但个人的成长、成败更多和自己的性格有关，俗语说"性格决定命运"，张小凡的性格特点和处事原则，让他能克服诸多人生磨难，让他在身处魔窟化名鬼厉时，不忘自己的初心，始终保持着憨厚善良的本性，最终成就了他的人生。

【节选】

第一册

第九章　佛与道

张小凡送走了宋大仁，返身回到屋里，关好房门，心下说不出的兴奋，连早上砍竹的疲劳也不知丢到哪儿去了。

他深深呼吸，静下来，慢慢走到床上，按宋大仁传授的姿势打坐，闭上眼睛，在心中把宋大仁传授的太极玄清玉清境第一层的法门从头到尾想了一遍，正要按之修习，忽然心中一动，猛地睁开双眼，失声道："不对啊！"

……

这种修习法门，本是青云山数千年来千锤百炼之法，绝无任何差错疑义，但此刻张小凡心中，却如急风暴雨，摇摆不停。这一切都是因为他今日所听到的，与当日普智和尚传给他的那套口诀，修行方式竟是截然相反。

……

这般艰深枯涩的道理，张小凡此时自是不能理解得清楚，但两般修习法门根本不同，他却是分辨得出的，当下心乱如麻，不知如何是好。

……

"究竟哪样是对的呢？"

张小凡跳下床来，在房内来回走个不停，只觉得脑中一片混乱，胡思乱想，又不敢问人，最后只得呆呆坐在床边，长叹一声，作声不得。

他本不是聪慧之人，出身农家，年纪又小，更无什么见识决断，这等大事他想来想去，徒劳半天，却仍是想不出一个所以然来。到了最后，张小凡在心中对自己道："算了，反正当初普智师父也没说过这种情况，我两样一起修炼，也就是了。"

……

两套法门截然相反，却弄得张小凡苦不堪言，在接下来的三个月中，他除了每日风雨无阻上山砍竹，便用心修炼这两大法门。只是他练太极玄清刚有小成，全身孔窍初开，灵气入体，接下来的大梵般若却又要强关上各处孔窍，入寂灭之境，不由得前头努力，几乎尽付流水。

三月之后，田不易一日忽来兴致，前来探察张小凡修炼情况，不料一问一试，生生把他气个半死。按常识论，普通人修习太极玄清，以第一层之粗浅，三个月后都当有小成，可以初步引天地灵气入体，运行三到五个周天。不料张小凡资质之差，当真罕见罕闻。修炼足足三月，居然连全身

◆ 第二章　青春的江湖——成长之路 ◆

孔窍也不能控制自如，至于引灵气入体更是勉强，更不用说什么运行几个周天了。

……

而从那次开始，田不易便对张小凡不闻不问，宋大仁开头还问了他几次修习情况，只是时日越久，张小凡的进境却是慢无可慢，到最后连宋大仁也灰了心，不再问他了。

张小凡自己倒不在意，自知资质不好，虽然有时也会想会不会是两种法门一起修炼所致，但每念及此事，都会想起普智和尚的音容，心中一热，便又坚持了下去。虽然这一路上练得是艰难无比，但他性子执着倔强，还是撑了下来。

他居处僻静，白天修行太极玄清，深夜再练大梵般若，如此时光悠悠，忽忽而过，不觉已过了三年。

张小凡在入青云门之前，因缘巧合救了天音寺的普智和尚，普智为了报恩，在临终前认张小凡为弟子，并传授他佛门大法，要求他每天练习。普智和尚传授功课的初衷并不仅仅是报恩，还有一个更重要的原因是，"只要有人身兼两家之学，必可突破万年来长生不死的迷局"。一个人身上能不能两家相融，如何相融，谁也不知道，张小凡则成了这个试验品，不知是幸，还是不幸。普智和尚传给张小凡的是天音寺的至高功夫——大梵般若。张小凡每晚不敢懈怠，勤耕不辍。这样的故事情节又借鉴了《射雕英雄传》中郭靖隐瞒师傅跟着全真七子的老大丘处机每晚练习功课，不同的是，丘处机的功课对郭靖的潜能挖掘是有益无害，而张小凡练习的天音寺功课却与青云山的无上妙法太极玄清截然相反，修习方法根本不同。张小凡和郭靖一样，重信守诺，他答应了普智，决不将修习天音寺功夫的事情外传，所以他也不敢问"究竟哪样是对的呢？"每当他练太极玄清刚有小成，全身孔窍初开时，在接下来的大梵般若却又要强关上各处孔窍，导致他前头的努力，几乎尽付流水。等到师傅田不易要来检查功课时，发现他学习了三个月居然连全身孔窍都不能收放自如，师傅及师兄均对他失望

— 49 —

至极。可张小凡也不在意，知道自己资质不好，那就只能加倍努力。性子执着倔强的他，尽管在修炼过程中艰难无比，却还是决不放弃，每天坚持练习不懈。

在学习的过程中，如果我们是不聪明伶俐的孩子，得不到老师的指导，也没有同学的帮助，更没有同龄的小伙伴可以交流，我们会如何去做，又会采取什么样的学习态度呢？张小凡告诉了我们应该怎么做。张小凡是个简单的人，也很听老师的话。两种不同的功课，不管是否相反、可行，他只知道每天是需要反复练习的，要完成每天的功课。因此这种人往往目标明确，信念坚定，执行力强，即使遇到困难，也会通过坚强的意志坚持行动。中国古语说："锲而不舍，朽木不折，锲而不舍，金石可镂。"坚强的意志可以克服一切困难，这种意志会对人生产生重大的影响，也会促使人走向成功。

【节选】

第二册

第八十四章　血咒

法相失声道："张师弟，快快丢了那个邪棒，你已经被邪力所侵……"

"哈哈哈哈哈哈……"

张小凡仰天惨笑，声音凄厉："什么正道？什么正义？你们从来都是骗我。我一生苦苦支撑，纵然受死也为他保守秘密，可是，我算什么……"

他张开双臂，仰天长啸："我算什么啊——"

这惨厉声音，回荡在天地之间，动人心魄，催人泪下。

场中之人，无不变色，法相飞身而上，急道："张师弟，快放弃此物，否则你就要堕入魔道，万劫不复……"

张小凡昂首望天，仿佛一点都没注意到法相冲来，众人一时屏息，眼看法相要抓到这个烧火棍，不料半空之中一声娇喝，一道白光从横里袭

第二章　青春的江湖——成长之路

来，法相猝不及防，半空中闷哼一声，倒飞了回去。

众人大惊，只见绿影一闪，碧瑶赫然现身在张小凡身前，面对着前方无数正道高手，竟是凛然不惧。

她眼眶之中微微泛红，显然为了张小凡而伤心，更不管其他人，转身一把抓住张小凡的手，急道："小凡，你跟我走，这些人面兽心的家伙，全部都在害你！"

张小凡混混沌沌地应了一声，但面前这个女子，不知怎么，却是在这个天地孤寂的时刻，他所唯一相信的所在，不由自主地抓紧了那只温柔的手，跟着她走！

……

今日青云门死伤无数，尽拜魔教所赐，与魔教实是血海深仇，不死不休。片刻间已有人将去路挡住，更有人喝问出来，开始怀疑张小凡是否真的与魔教有关系？

……

道玄真人目视全场，双目如要喷火一般。一日之内，往昔神圣不可侵犯的青云山被这些魔教中人杀来杀去，真是青云门建派以来的奇耻大辱。

但更重要的却是眼下的困境，在这个片刻间，他又下了什么决心，抬起了手臂。

魔教中四大宗派的宗主此刻都未下场，眼光几乎全部盯在这个道玄真人身上，一看便知这老贼又想拼死再度催动诛仙剑阵，岂能让他顺意，片刻间四道身影如电芒射至，不约而同地向道玄真人扑来。

……

天地之间，突然便只剩下了那道诛仙毫光，闪烁着璀璨光芒，越来越盛。伴随着阵阵颂咒之声，那柄灿烂无比的七彩气剑，再度出现在天空，不断分离出单色气剑，流光溢彩。

魔教中人无不失色，毒神狠狠一跺脚，急道："这阵法威力实在太大，不可力敌，我们先退。"

……

此刻诛仙剑阵已然笼罩在通天峰顶，天地渐渐暗了下来，鬼王宗有人看到碧瑶与陆雪琪战在一起，立刻便回头帮忙，正道这里也纷纷出手，顿时又乱作一团。

张小凡心中痛苦不堪，只觉得一股凶戾念头在脑海中呼啸狂喊，一种要将无数人性命屠灭的可怕却诱人的毁灭感觉，充斥在他脑海之中。

烧火棍也仿佛随着主人心意，红、青、金三色光芒轮转流换，但很明显地，那片红光越来越盛。

法相在一旁看了大急。从当日空桑山见到张小凡开始，因为当年那个秘密的缘故，他就对张小凡另眼相看，此刻无论如何不愿见张小凡堕入魔道，一闪身便向张小凡手中的烧火棍抓来。

碧瑶大急，但被陆雪琪等人缠到，只得急叫道："小凡，小心！"

不料张小凡仿佛什么也没听到一般，任由法相抓住了烧火棍。法相大喜，但片刻之后突然脸色大变，只觉得烧火棍上凶猛戾气如潮水一般涌来，而面前那个原本老实质朴的张小凡，突然现出了狞笑，如恶鬼一般的狞笑。

"啊！"法相大声惨呼，被张小凡用烧火棍重重一击打在胸口，口喷鲜血倒飞而去。

张小凡仰天长啸，双目赤红，纵身杀入战团，抢到碧瑶身边。烧火棍红芒大盛，仿佛也狂欢不已，与主人一起狂笑着扑向死亡与鲜血。

……

道玄在半空之中，已然看到张小凡堕入魔道，刚才他与法相、陆雪琪等人交手时刻，出手狠厉无情，且此刻神态疯狂，显然已经完全不可理会。

但此人身上，却怀有青云门和天音寺两大真法，手中更有不世出的邪物，若放虎归山，只怕将来造成的杀孽，远远胜过寻常魔教之人。

道玄在心中低声叹了口气，但心意在这片刻间已然决定。纵然日后自

第二章 青春的江湖——成长之路

己被天下人议论,也绝不能留下这绝世祸胎。

……

张小凡瞪红双眼,人为无形剑气笼罩,挣脱不得,心中悲愤恨意难以抑止,眼睁睁看着天空那柄恐怖巨剑带着无边杀意迅疾落下,张口狂呼。

"啊啊啊啊啊啊啊啊啊啊……"

这声音震动四野,天地变色,唯独那诛仙奇剑却仿佛是诛灭满天神佛的无情之物一般,依旧毫不容情地向他击来,眼看着张小凡就要成为剑下亡魂,粉身碎骨。

忽地,天地间突然安静下来,甚至连诛仙剑阵的惊天动地之势也瞬间屏息……

那在岁月中曾经熟悉的温柔而白皙的手,出现在张小凡的身边,有幽幽的、清脆的铃铛声音,将他推到一边。

仿佛沉眠了千年万年的声音,在此刻悄然响起,为了心爱的爱人,轻声而颂:

九幽阴灵,诸天神魔,以我血躯,奉为牺牲……

她站在狂烈风中,微微泛红的眼睛望着张小凡,白皙的脸上却仿佛有淡淡笑容。

那风吹起了她水绿衣裳,猎猎而舞,像人世间最凄美的景色。

……

隐约中,一个苗条而凄婉的身影,从半空中缓缓落下。

天地间,忽然全部安静下来,只有一个声音,撕心裂肺一般地狂吼着。

"不啊……"

无尽的黑暗,笼罩着整个世界,他在黑暗中发抖,不敢动弹,不敢面对,不敢醒来!

……

青云山。

小竹峰。

夜已深。

陆雪琪默默站在山峰上，向着远方眺望，但见夜色冰凉，满天星光闪耀，仿佛讥笑世间俗人挣扎于红尘之中。

脚步声响起，她熟悉而尊敬的师父声音，在她背后响了起来："琪儿，你怎么又站在这里？"

陆雪琪没有说话。

水月望着她，忽地叹了口气，走到她的身边，低声道："你又想起了那个人？"

陆雪琪沉默着，面上忽有痛苦之色，道："师父，本来不应该是这个样子的，本来不会变成现在这个样子的啊！"

水月仿佛也沉默了下去，半晌才柔声道："这都是命，琪儿。日后你与他再见时候，便是不共戴天的仇敌了，你自己要记得清楚。"

张小凡因受普智和尚恩惠，从小练习大梵般若功法，并携带普智和尚的遗物——魔教宝物噬血珠。正是因为他重情重义，倔强坚韧，从没告知其他人他和普智和尚的关系，所以他在成长的过程中，饱受欺凌和嘲讽。在一次偶然机遇中，张小凡得到了摄魂棒，摄魂棒与噬血珠和他的精血三者融合成一根烧火棍，成为张小凡的法宝，由此他的武力大增。在青云山的会武比赛中，张小凡结识了曾书书、陆雪琪等朋友。张小凡等人为了完成师门任务，离开青云山寻找魔教踪迹。在此期间，张小凡遇到魔教鬼王的女儿碧瑶，和魔教产生了一些说不清楚的关系，他发现魔教中不全都是邪恶的坏人，碧瑶则更是对他产生情愫，对他有诸多维护，两人在江湖上历经患难，产生了真挚的情谊。与此同时，为了解救师姐田灵儿，张小凡使出了青云山太极玄清功和天音寺的般若神功，引起了青云山和天间寺的怒火，又因他的法宝中含有魔教宝物，一时间，张小凡成了众矢之的，被押在青云山大殿上受审。张小凡为了守住对普智和尚的承诺，宁死也不说出普智和尚的秘密。就在此时，因苍松道长的叛变，魔教大肆进攻，而天

第二章 青春的江湖——成长之路

间寺的法相大师在危急时刻也终于说出了普智和尚血洗草庙村，传授张小凡秘诀的真相。

小说的这部分章节内容正是张小凡命运的转折点，普智和尚原来不是救他的恩人，而是为了完成两门武功兼修的大业而屠杀全村的仇人。张小凡的信仰在得知真相的一刻崩溃了。什么是正义？枉他苦苦坚守秘密、坚守原则这么多年，枉他为了这个秘密而遭受诸多磨难。在噬血珠的引诱下，人性的恶念被释放，他的愤怒要发泄，张小凡陷入疯狂之中，武力值爆表。而青云山掌教道玄真人担心佛道大法流入魔教，小凡为魔道所用，因此启动青云山的诛仙剑阵，用诛仙剑斩劈张小凡。碧瑶为了救小凡，倒在了诛仙剑下，魂魄消散，只留下一缕亡魂在合欢铃中。悲痛欲绝的张小凡因伤被魔教鬼王带走，成为被青云山逐出师门的叛徒。从此，青云山上没有了张小凡，魔教中多了一个名为鬼厉的年轻人。

在复杂的人生道路上，什么是好的，什么是坏的。我们在成长的过程中经常会被告知，要和好孩子一起玩，要做一个好人，不要和坏人在一起。可是，好与坏，正与邪，真的就是那么泾渭分明吗？好人难道没有任何缺点，没有任何私心，不会犯错吗？坏人就一定是罪不可恕吗？这个问题在传统武侠小说中，答案非常明显，正反对错之间的冲突清晰明了，最有代表性的人物就是郭靖，这是一个在道德、情感、信仰上几乎没有缺点的经典性人物形象。可是在小说《诛仙》中，作为正派的青云山看似一片和谐、光明正大，实际上暗流涌动，各有私心。正派领袖道玄真人、普智和尚都因一己之欲而犯下大错；苍松道人因个人恩怨，成为青云山的叛徒。相反，邪教中又不乏重情重义之人，碧瑶对张小凡的情深不渝，野狗道人、兽妖也不失其真挚的本心。人性的复杂多变，被小说刻画得细致入微。小说中的人物都是正中有邪，邪中带正。这样的人物判断标准，正是当代青年对绝对价值体系的解构。成长的道路烦恼很多，诱惑很多，如何才能不忘初心，砥砺前行，是我们每个人值得深思的。

【节选】

第六册

第二百五十五章 诛仙

原本狂暴喧闹的战场上，不知为何，突然间变得安静下来，没有一点声音，那些张牙舞爪的魔教大军，一个个都怔在原地。

沉默的静谧中，古老的同天峰，整座的山脉，竟是缓缓颤抖起来。

一声低沉的长啸，从同天峰后山迸发而出，逐渐拔高，转为激昂清越，声裂金石直冲云霄。

在啸声中，一道巨大的毫光冲天而起，如被禁锢了千年万年的巨龙，轰然跃出，驰骋九天，呼风唤雨而来，狂风呼啸，天地变色，群山尽数低头，无数人手中的法宝兵刃，全都开始微微自行颤抖起来。

"诛仙……诛仙……那是诛仙啊！"

忽地，一阵带着惊喜的呼喊，在玉清殿前响起，青云门残存的弟子中，就算是身负重伤的，也仿佛完全忘却了痛苦，纷纷挣扎着站起看去，那璀璨而壮观的光柱，通天贯地，不可一世，仿佛就是他们心中无与伦比的骄傲与寄托！

……

那光辉深处，一个身影缓缓显露出来，只是那光辉实在太过灿烂，竟不能看清他的容颜，只是在光影闪烁之间，人们分明清楚地看到，那个人影的手中缓缓举起了一把古剑。

诛仙古剑！

……

天际之上的那个身影，虽然融在光辉之中若隐若现看不清楚，但那轮廓影子却早已经深深镂刻在她的心中，死也不会忘却，又怎会认不出来？

"小凡……"

她在心中千百次地呼喊着，用手紧紧抓住了胸口衣襟，像是只有这

◆ 第二章 青春的江湖——成长之路 ◆

样,才能压制自己那狂跳的心。

……

在诛仙古剑的周围,汹涌的血气顿时纷纷散去,巨大的身躯上露出了可怕的伤处,快速扩大,那血魔影发出惊天动地的狂吼,在身躯即将破碎的前一刻,猛然将手中那孱弱的身躯扔向了天际可怕而深邃的漩涡之中,瞬间被一团光芒吞没,消失得无影无踪。

紧接着,血魔影发出了最后一声嘶吼,终于支撑不住胸口那可怕的诛仙之力的侵蚀,在炙热的白光之下,吼声之中,烟消云散。

天际,红云渐退,风云渐息,失去了血芒的控制,那无数的魔教爪牙像是做了个噩梦一般,眼中红光消散,慢慢都清醒过来。正道这里,人们面面相觑,噩梦之后,仿佛竟有种不能置信的错觉。

"胜了?胜了?"每个人都互相如此询问着,热泪盈眶,像是不能相信眼前的一切。

文敏与宋大仁紧紧拥抱在一起,片刻再不舍得分开,半晌之后,文敏才想起什么,流着泪却带着笑,转过头去看陆雪琪,口中哭笑难辨地叫道:"师妹,师妹。你看我们……"

她的话声突然窒住了,在她的身后,陆雪琪整个身子倾倒,像是再也没有丝毫生气一般,整个人昏倒了过去,只是这小小的悲伤,很快就被通天峰上下爆发出的如波涛般的欢呼声淹没了。

天际之上的那个漩涡缓缓消失,和煦的阳光再一次洒向人间,带着久违的和平与温暖。

因魔教总部狐岐山坍塌,碧瑶魂魄消亡,鬼厉(张小凡)大恸之下陷入昏迷后被陆雪琪所救。随后魔教大肆进攻青云山,以青云山为代表的正道面临危机,青云山及百姓们危在旦夕。苏醒后的张小凡看到这一切,毅然走向幻月洞府,在幻月洞府里面克服了人类欲望的诱惑,坚守自己的初心,拿起诛仙古剑,守护一方的安宁。

《诛仙》的作者萧鼎在接受采访①曾说过,张小凡是个武功卓绝的老实人,而他是个热爱中国传统文化并且会写小说的老实人。老实人张小凡从普通农家少年,逐渐成长为拯救苍天的大人物,在这个过程中,经历了家乡毁灭、自我怀疑、众人猜疑、破出师门、自我挣扎、门派斗争等各种艰难险阻,最后悟出了"天地不仁,以万物为刍狗"的道理,在自我认知上终有大成。张小凡这个人物和传统中国武侠小说中的人物最大的不同在于他不是一个英雄。从始至终,他都不是以一个英雄的形象存在于江湖,即使在小说结尾,他力挽狂澜,击退魔教进攻,他留在众人心中的形象也不是一个大英雄形象,而是一个"哦,原来是他"这样一个平凡的却又能力超强的一个老实人形象。这个老实人张小凡就是作者萧鼎的梦想,也是我们所有资质平凡的普通人的梦想,可能是情感的梦想,也可能是事业的梦想。

小说中有很多才华无双、外形俊朗的人物,例如林惊羽、萧逸才、曾书书,这些和张小凡的同龄人,天赋都比他好,资源也比他强,为什么最后却是张小凡成为集佛道魔于一身的非凡人物?这样一个平凡的小人物,并没有太多英雄事迹,甚至一度沦落成为魔教中人,可他又是魔教中的另类,是正道中的反叛者,处于一种相当尴尬的地位,是正邪双方都无法真心接纳的"边缘人"。他的魅力何在呢?归根结底就是他的老实。因为老实,所以他始终不忘答应过的事,信守承诺;因为老实,所以他坚持,在修真的路上,百折不挠,坚守初心;因为老实,所以他真实,不管是面对碧瑶还是陆雪琪,他的感情都是真实且专一。张小凡在善恶相交的世界中,始终保持本心,最终获得成长的经历,让我们知道,我们无法选择出身,无法提前预知人性中的光明或黑暗,无法回避成长道路上的对与错,但是,如果我们用本心直面生活中的种种黑暗或丑陋,克服、控制、引

---

① 范晨.萧鼎:热爱传统文化的老实人[N].中国邮政报,2006-02-18(001).

导，那么即使是黑暗也能为更坚实的光明提供能量。就像小说中的人物那样，人具有两面性，法宝也具有两面性，只有秉持初心，才能成就强大自我。

二、性格决定命运　谨慎选择道路

《昆仑》

《昆仑》[①] 被称为新武侠小说的代表作，作者凤歌曾任《今古传奇·武侠》杂志编辑，是《今古传奇》暨黄易武侠文学一等奖得主，被誉为"新武侠"的代表人物。2001年《今古传奇·武侠版》创刊，标志着武侠小说大规模进入纸质传媒。到2005年，新武侠小说创作蔚为大观，一波新的武侠小说创作高潮已经喷薄而出。

【简介】该小说以宋末元初为历史背景，讲述了主人公梁萧由一个江湖浪子成长为一代大侠的传奇经历。情节跌宕起伏，内容包含了江湖恩怨、爱恨情仇、家国天下等诸多元素，大量地运用了数学和科技知识，穿插了众多的历史典故和文学作品，使作品有历史的厚重感。主人公梁萧的武功和人生智慧的动力，得益于他的数学造诣，他融汇了东西方两大数学传统的智慧。数学是科技之母，科学技术的先进生产力性质在《昆仑》中得到充分体现，开创了科学主义与传统武侠相结合的新武侠的崭新局面。

【节选】

第一卷　天机卷

第一章　孤云出岫

梁文靖便想教他读书，寻思这孩子倘能知书达理，说不准会收敛一些；但萧玉翎却想的不同，她有蒙古血统，骨子里崇尚武力，只想儿子武功好，便不会受欺，是以从梁萧四岁起，便教他武功。不想梁萧也有些天

[①] 凤歌. 昆仑（全4册）[M]. 四川：四川文艺出版社，2019.

分，无论什么招式都上手极快，从不会练第三遍，直让萧玉翎喜上眉梢。

……

果不其然，梁萧武功小有所成，天上飞的，地上跑的，水里游的，俱都倒足了大霉。小家伙俨然便是掏鸟蛋的将军、逮兔子的元帅、摸鱼儿的状元。村里的小伙伴时常伸着乌青的膀子到家里哭诉。其实不独小孩子怕他，大人们也被这小顽童弄得犹如惊弓之鸟。文靖每天荷锄回家，第一桩事就是向村邻们道歉赔礼，端的伤透脑筋。幸好梁萧年纪幼小，小过不断，大错倒没犯过。

……

且说那夫子讲诵半晌，忽听得轻细鼾声，低头一看，却见梁萧趴在桌上呼呼大睡。顿时怒从心起，二话不说，抓起戒尺，劈头便打。梁萧睡得神志迷糊，忽地吃痛，想也不想，便跳了起来，使个小擒拿手，一把抢过夫子戒尺，掷在地上。那夫子未料他胆敢反抗，勃然大怒，"小畜生、小杂种"乱骂，一手便将梁萧按倒，脱他裤子，要打屁股。

梁萧扔了戒尺，神志已清，心里原也有些害怕，但听夫子骂得恶毒，又觉气恼，现如今这糟老头竟然得寸进尺，强脱自家裤子，是可忍孰不可忍，于是瞧他手来，便依照母亲所教拳理，左手卸开来势，右掌顺势一勾。那夫子虽然饱读诗书，但这等高妙拳理却是从没读过的，当即一个收势不及，蹿前两步，砸翻了三张课桌，昏厥过去。

……

梁萧抱起狗儿，顺着大路瞎走，渴了便喝溪水井水，饿了，只看哪里有酒家饭庄，便一头撞入，抓了就吃，有人拦他，他便拳打脚踢。他武功小有根基，两三个壮汉近不得身。其言其行，可说人嫌鬼厌。白日里，他面对世人冷眼，从不服软，只有午夜梦回之时，仰望那冷月孤星，方才想起父母，悲苦难禁，抱着大石枯树痛哭一场。

……

梁萧正得其乐，忽地头上掉下一个物事，将地上排好的虱蚤砸乱，梁

◆ 第二章　青春的江湖——成长之路 ◆

萧一瞧，却是块半两重的碎银，不觉大怒，攥着碎银，抬头瞧去，却见街心站着个又高又瘦、面如淡金的紫袍汉子，三绺黑须随风飘曳，背上挂了个蓝布包裹，见梁萧瞧来，低头咳嗽两声，转身去了。梁萧咬了咬嘴唇，待他走出十来步，忽地叫道："×××臭银子。"运足气力，将银子对准那汉子的背脊奋力掷去。

那汉子便似后脑长了眼睛，反手将银子捞住，回头诧道："小娃儿，你不是乞讨么？"梁萧被人当作乞丐，更觉羞怒，瞧那人接银子的手法，似乎怀有武功，又见他一脸病容，自度不用惧他，当下两手叉腰，啐道："我讨你姥姥。"他在市井中厮混久了，学了一肚皮的泼皮言语，这一句不过是牛刀小试，只等对方还嘴，再行对骂。

第一卷　天机卷

第四章　千钧一局

梁萧耳听得蹄声大作，又见远方烟尘满天，心头慌乱，蓦地转身，拔足便跑。但只跑了两步，却又停住，回头瞧了秦伯符一眼，忖道："这病老鬼先前救我，现今他被人拴住，我怎能独自逃命呢？妈常说，受人点水之恩，必当涌泉相报，我虽帮不了他，但也不能临阵脱逃！"想到这里，把心一横，弯腰拾起长剑，跳上去挥剑劈向铁索。

……

梁萧见那和尚轻描淡写，手中随意抛掷，秦伯符却浑身紧绷，面色苍白，每出一子似乎都要用上全力。梁萧武功虽低，也已瞧出其中高下，心知这般下去秦伯符是孔夫子的家当——左右是输，当下寻思道："须得想个法子帮帮他才好。"转眼瞧见小和尚，顿生歹念，游目一顾，觑见身侧有一段荆棘，顿时计上心来，左手烧鸡在小和尚眼前一晃，遮住他目光，右手偷偷伸出，从荆棘上折下几枚尖刺嵌入鸡腿。然后扯下鸡腿，笑着递到小和尚面前道："你还要吃么？"小和尚两眼放光，急忙点头，抓起鸡腿，也不看一眼，狠狠一口咬落。但只咬了一口，便张起大嘴，哇哇哭了起来。那和尚听到哭声，手中应付秦伯符，嘴里却忍不住问道："乖娃，好端端的，你哭个啥？"小和尚嘴里咕咕噜噜，却说不出一句话来。那大和尚见状，顿时焦躁起来，连声叫他过去，但小和尚只是张嘴号啕，全不理会。那大和尚斗到紧要处，脱不得身，唯有大声叹气。

  主人公梁萧是一个天赋奇佳却又调皮捣蛋、鬼灵精怪的孩子。因为母亲的宠溺，性格中多了几分顽劣，少了几分规矩，是个天不怕地不怕的主，在父母的呵护下，他度过了无忧无虑的童年。可是快乐的时光总是短暂的，母亲被人强行带走，父亲去世，使他从一个不知天高地厚的混小子沦落成乞丐。梁萧童年生活的变故，是传统武侠小说的一种叙述方式，孟子说："天将降大任于是人也，必先苦其心志，劳其筋骨……"，所以武侠小说的主人公最后成就大事业的，一定是从小就经历了生活的重大变化。小说《昆仑》中，梁萧的性格塑造很明显借鉴了《神雕侠侣》中童年杨过的描述，生活的巨大反差使梁萧变得敏感多疑，处处防着别人，不轻易接受他人的善意，同时又表现出叛逆机智、孤傲狂放、油腔滑调的个性。他流落江湖，形似乞儿，面对世人冷眼，从不服软。天机宫门人秦伯符以为他是乞丐，对他予以施舍，他却破口大骂，一方面是出于自己敏感的自尊心，另一方面是看见对方满脸病容以为好欺。秦伯符见他虽然一副泼皮模样，但本心不坏，想带他返回天机宫。在路上秦伯符遇到危险，他秉着知恩图报的做人道理，舍命相救。秦伯符与和尚下棋比拼功夫时，梁萧为了帮助秦伯符，心生诡计，暗中刺伤对方随行的小和尚，以便引起对方分心。这部分章节就将梁萧性格中的复杂性暴露无遗。性格叛逆、乖戾，讲义气却没有什么规矩，做事冲动全凭自己喜好。性格决定命运，梁萧的这种性格，让他在情感上、事业上历经磨难。

◆ 第二章 青春的江湖——成长之路 ◆

【节选】

第一卷 天机卷

第八章 可恃唯我

梁萧进了阁中，只闻书香扑鼻，满眼重重叠叠，皆是新书旧籍，有两个婆子正在阁内拂拭灰尘，有人进来，也不抬头。梁萧东瞧西望，从书架上随手抽了一本。那书看似古旧，颜色泛黄，封页破败，上书《易象别解》四字。翻看良久，其中文字梁萧全不认识，便又抽了一本较新的图书，梁萧不认得书面上的"潜虚"二字，却认得落款"司马光"三个字，心道："这司马光是什么人？"皱眉一翻，当真头大如斗，匆忙放下，再抽一本，却是《垛积拾遗》，不知是何人所写，梁萧只觉书中符号与石壁上颇有几分类似，但琢磨半个时辰，仍然全无头绪。接着又拉了一本《洞渊九算》出来，符号虽然眼熟，但翻来覆去，却看不出什么名堂。

……

梁萧本是极聪明的人，不论武功学问，不钻研则已，一旦入门便难以自拔。倏忽间，便过了大半年光景。花无嫣本以为梁萧顶多十天半月便会知难而退，哪知一年过去，这小子仍然赖着不走……

但梁萧到此时，却已脱离了一无所知的境地，走出云雾，眼前天地一新，便无晓霜也困他不住。他于算学一道原本颇有天分，只觉算术之妙远胜武功，越是繁难，越要超越，一时神游其中。

斗转星移间，又过四年，梁萧依照晓霜之言，循序渐进，由河图洛书看起，看完战国鬼谷子的《鬼谷算经》，孙武的《孙子算经》，郑玄、王弼等历代大贤的《易经》论著，扬雄的《太玄经》，司马光的《潜虚》，汉代的《九章算术》《五曹算经》《张丘建算经》，祖冲之父子的《缀术》，渐由古算术进入今算术，先后读完《辑古算经》《洞渊九算》《数术九章》《测圆海镜》，还有天机宫先祖留下的数十卷《天机笔记》。但天机十算依然难解，他不得不参阅各代历法、机关算学，推演天地之变、日月之行、建筑构造之理。为求一解，往往读书无算。

……

梁萧心中反复吟咏，蓦然有悟："所谓竖尽来劫，说的是逝者已矣，将来之事无人说得明白。河图洛书未卜先知，皆是虚妄。所谓横尽虚空，指的是天上地下变数甚多，没有任何事物当真可以依恃，能够始终依恃的唯有自我。这竖尽来劫，横尽虚空，不就是说：萧千绝虽然看似不可战胜，但将来也未必不能胜过，但胜他的关键不在别人，只是在我自己。可惜我这五年来，只想着学别人的剑法，热脸尽贴了冷屁股。哼，难道我就不能凭一己之力，练出打败萧千绝的武功么？"想到这里，他陡然看见一个崭新的境界，豪气顿生，禁不住哈哈大笑。这一笑，方觉自己嗓音粗了不少，再一摸嘴唇，细密绒毛微微扎手，原来忽忽五年时光，已让垂髫童子长成了英俊少年。

梁萧在秦伯符的带领下来到天机宫。天机宫里面储藏了流传几百年的书籍、古董、字画，为了保存它们，天机宫里机关遍布，可以说是一个巨大的知识宝库。梁萧为了复仇学习武功，留在天机宫里面破解"天机十算"。梁萧虽然聪颖过人，但小时候没有好好学习，后来又流落江湖，所以最开始对数术是一窍不通。在花晓霜的帮助下，他从头开始学习，立刻沉迷于数术的精妙之中，再加上他确实是天赋奇高，觉得"算术之妙远胜武功，越是繁难，越要超越，一时神游其中"，终于解出了九算。可是第十算是一个无解之题，当他为此殚精竭虑、积郁成疾时，花晓霜的话让他顿悟：没有任何事物可以依恃，战胜他人的关键在于自己。在天机宫埋头苦学的这几年，让他由垂髫童子变成了英俊少年。

我们每个人都经历过十几年的学习过程，有的人觉得学习很轻松，有的人觉得学习很痛苦，有的人觉得学习很快乐，有的人觉得学习压力大。爱迪生说，天才是百分之一的灵感加上百分之九十九的勤奋。由此可见，即使是天才，也不能快乐轻松地学习，更何况，爱迪生还说过，所谓天才，那就是假话，勤奋地工作才是实在的。因此，学习不是一件轻松的事情。如果我们想要有所收获，想要学得好，必须要专心致志，付出很多努力。梁萧在天机宫的学习成果，除了天赋外，更多的原因是目标明确，因为他想学武功报仇，所以对于数术的钻研，越是繁难，越要超越，最后终获成功。王国维先生曾在《人间词话》中写道："古今之成大事业、大学问者，必经过三种之境界：'昨夜西风凋碧树。独上高楼，望尽天涯路。'此第一境也。'衣带渐宽终不悔，为伊消得人憔悴。'此第二境也。'众里寻他千百度，蓦然回首，那人却在，灯火阑珊处。'此第三境也。"这三种境界是做学问的境界。第一种境界是树立目标；第二种境界是追求目标；经过了对目标坚定不移的信念，经过了"劳其筋骨，饿其体肤，空乏其身"，对目标矢志不渝的追求，我们一定会达到第三种境界，得到想要的学问或者大事业。

【节选】

第三卷　破城卷

第十二章　穷途末路

伯颜道："说来也简单明白，只要数国并存，便免不得战争。"梁萧奇道："数国并存？"伯颜含笑道："想当年，我蒙古诸部纷争，千余年战火不息，直至太祖出世，凭天纵英明，武略神机，经历种种艰难困苦，始将蒙古人合并如一，令其再不厮斗。你也想必知晓，汉人斗得最狠的时候，俱是诸侯割据之时，上有春秋战国，下有三国两晋，唐代之后，朝代兴替更若走马一般，先是五代十国，后有宋辽交锋，再后来宋、金、夏、大理、吐蕃五国攻战，杀戮极惨。现如今，金、夏、大理、吐蕃虽灭，却有宋元争雄，可说四百年纷纭从未平息。"

梁萧忍不住问道："这么说，定要天下一统，才无战争么？"伯颜道："这话说得对！自古以来，有识之士莫不想廓清海内，混一天下，唯有四海如一，方可致以太平。这羊祜堕泪，哭的非是一人荣辱，而是天下苍生！今日大宋仿佛当年东吴，一日不下，南北必然征战不息。既有战事，最先吃亏的，就是两国百姓了。"

梁萧皱眉道："为什么非得要打要杀？和和气气岂不更好？"伯颜摆手道："弱肉强食，天经地义！你见过不吃绵羊的老虎么？我们厉害，可打汉人，汉人强了，不会打我们么？那汉将霍去病不是说过'匈奴未灭，何以家为'吗？大汉雄强了，北击匈奴；大唐昌盛了，征服突厥，攻打高丽；大宋太宗，不也打过契丹么？嘿，只怪他不自量力，打不过人家罢了。"

……

梁萧从来胸无大志，行事只凭意气，未曾想过什么治国平天下的大道理，听得这番言语，微觉茫然。伯颜眼中神采飞扬，朗声道："最好的牛皮鼓，轻轻一碰，能发出雷一样的声音；最聪明的人，决不用我说太多道理！你流着成吉思汗的血，你的才干让世人妒忌。"他手臂一挥，冷笑道："刘整区区降将，又算得了什么？"梁萧到底年少血热，听得这话，脱口道："大元帅……"嗓子一哽，竟说不下去。

伯颜摆手笑道："明白就好，不必说出来。如今史天泽死了，我将他的兵马交与你统率，你敢接手么？"梁萧不假思索道："韩信将兵，多多益善。"

伯颜笑骂道："你这小子，倒是大言不惭。"他说罢目光一转，遥望南方，悠悠叹道："只愿此次一统天下，千秋万代，永无战争。"梁萧听到这话，心头剧震，喃喃道："千秋万代，永无战争……"他反复念了两遍，不胜向往，凝视远方旷野，一时痴了。

小说《昆仑》的背景是宋末元初，民族矛盾尖锐突出是整个故事的时代背景。这一点和《射雕英雄传》有异曲同工之处。可是梁萧没有一个郭靖那样的母亲，不能像郭靖那样从小就有非常强烈的民族观念。梁萧的母亲是蒙古人，自由率性、不守规矩的性格使她在教育孩子时也是随性而为，应该说，主人公梁萧的性格深受童年时期母亲对他的教育影响。这种性格使他在为人处世上没有太多的是非对错标准，更多的是凭自己个人的

第二章 青春的江湖——成长之路

好恶而为。小说中,梁萧的异族血统使他受到汉人排挤,当他结交的一帮异族朋友遭到反元群豪的劫杀时,梁萧便"只觉血往上涌,头脑一热,高叫道:'好,我梁萧对天发誓,若不杀光你们,灭了这个大宋朝,便如此弓。'"在梁萧心里,没有家国观念,没有想过要拯救百姓于水火之中,也没有过治国平天下的理想。对于他的未来,他的能力怎么用于社会,怎么对待宋元之间的战争,包括他的去向,他都感到很茫然。在多民族并存的宋末元初时期,战争是民族矛盾最高的斗争表现形式,是解决纠纷最暴力的手段,也是民族生存发展的保障。可惜梁萧也不知道宋元之战谁是正义的一方,不知道自己站在哪边才是对的。但由于前期他和大宋群豪之间有着严重的积怨,而现在的蒙古朋友们既重义气,对他又非常赏识,促使他选择了蒙古军营。在元宋战争中,他利用自己擅长的数术和奇门遁甲之术协助元兵攻打襄阳,目的仅仅只是为了想攻破此城,擒获自己的对头云殊。可是后来看到千村荒芜、万户流离,无数的无辜百姓因战争而惨死,梁萧不禁对自己的选择产生怀疑,内心无时无刻不在煎熬之中,终于决定离开元军,不再做出伤害大宋百姓的事情。但是,这段在蒙古为将的经历,让梁萧成为大宋义军和江湖人士诛杀的对象。此后,他被迫离开中原,远走西域,游历西方。在小说的结尾处,梁萧回到天机宫,正逢元军进攻天机宫,要烧毁天机宫里众多的宝贵财富。为保护义军领袖云殊和众人,梁萧放弃个人恩怨,以一己之身抵抗元军,最后生死不明。

从小说中梁萧的经历来看,他一直没有被主流大众所接受过,小时候的泼皮性格不被天机宫所喜,长大后当了元朝大将更是被宋人鄙视,即使他因元军杀戮太重反出军营,并且也屡次帮助抗元义军,照顾南宋小皇帝,却始终被认为大节有亏,蒙古和大宋两边都不待见他。这样的人物形象实在不符合传统武侠小说中主人公的英雄形象。他既没有英雄的伟大抱负,也没有英雄的胸怀气概,虽然在数算上有极高的造诣,最后也成了武林高手,但他自始至终都只是凭着自己的喜好去做人做事,不受世事规则所束缚,不被道德、大义所捆绑。他的异族血统和元将经历和《天龙八部》里面的萧峰相似；他对待爱情的犹豫不决又和《倚天屠龙记》里的张无忌如出一辙。可是他却没有萧峰的豪气和张无忌的谦和，他也就不具备领袖气质，不可能成为统领江湖的英雄。他在事业和情感上表现出来的摇摆不定，让很多读者认为这是他的缺点，可是，我们如果深层次追究会发现，梁萧是一个孤独的人，他的摇摆是他对理想信念的追求，是一种坚韧，他在人生道路上不断地反思、否定、超越和提升自己。复杂的民族成份让梁萧总在思索中痛苦，在选择中摇摆，又让他同时兼具了郭靖的坚韧、张无忌的多情、萧峰的义气等综合特质。《昆仑》塑造的新武侠代表人物，正是作者对"人"的生命本质的探索和思考。

三、成长充满羁绊　梦想是其动力

《悟空传》

作者今何在最开始在新浪网金庸客栈上连载小说《悟空传》，全文共二十章。《悟空传》① 于 2000 年出版后引发了网民们的阅读高潮，并一直享有"网络第一书"的美誉，获第二届网络原创文学作品奖（"榕树下全球中文原创文学网"主办）"最佳小说奖"和"最佳人气小说奖"。2009年，在中国作家出版集团、中文在线主办的"网络文学十年盘点"活动中，《悟空传》被评为十佳人气作品。2017 年，小说《悟空传》被改编成同名电影搬上银幕。网络小说《悟空传》保留了中国神魔小说《西游记》的人物设定和取经故事，借鉴了电影《大话西游》的无厘头风格，全书基本由对话构成，这成为全书的主要表现形式。虽然小说人物和故事都是我们熟悉的，但作者对人物的语言进行了扭曲变形，彻底颠覆了我们对人物传统形象的理解。

【简介】《悟空传》的故事发展线索并不像《西游记》那样完整。整个叙事是在前后五百年不同的时空层面交叉展开的。小说一开始，唐僧被

---

① 今何在. 悟空传 [M]. 北京：光明日报出版社，2001.

◆ 第二章 青春的江湖——成长之路 ◆

孙悟空打死了,猪八戒笑着哭泣。故事转到前世五百年,猪八戒(天蓬元帅)和阿月(嫦娥),孙悟空和紫霞仙子,唐僧和小白龙,小说交代了他们之间的因果关系,读者也就明白了五百年前的故事背景,师徒四人为什么要下凡取经。以前的故事和现在的故事在作者笔下同时呈现,在叙述时间和空间中,作者不断转换、拼贴、重复。小说的最后,阿瑶找到了那块顽石,将它埋在被烧毁的花果山的焦土下,这将又是一个取经故事的开始。整个故事没有开始也没有结尾,故事的开头就是结尾,结尾就是开头,是一个循环,表现出后现代主义的荒诞感。

【节选】

第七章

一旁众僧听得眼都红了,这等于就是把主持之位相传了。

可玄奘说了一句话:"其实我要学的,你又教不了我。"

众僧一片惊呼,法明也禁不住摇晃一下,好不容易才站稳。

"你想学的是什么呢?"法明定住气问。

玄奘抬起头来,望望天上白云变幻,说:"我要这天,再遮不住我眼;要这地,再埋不了我心;要这众生,都明白我意;要那诸佛,都烟消云散!"

估计很多人都知道这部分节选的背景,《悟空传》既取材于《西游记》,又和历史上玄奘西行的故事有关。唐初的玄奘并不是历史上第一个去西天取经的人,但却是最有影响力、成就最大的人。小说《悟空传》中的玄奘是金蝉子的转世,金蝉子又是西方如来佛祖的弟子,只因金蝉子对师尊如来佛祖的经法产生怀疑,想自行通悟,结果走火入魔,陷入万劫之中。在这部分节选中,法明要传衣钵给玄奘,玄奘说:"我要这天再遮不住我眼;要这地,再埋不了我心;要这众生,都明白我意;要那诸神佛,都烟消云散。"这句话是《悟空传》中最为经典的一句话,很多读者把这句话看作小说主题,是对理想与宿命、爱情与自由的一种宣言。

《悟空传》的故事主线和《西游记》一样,都是师徒四人西天取经的故事，只不过，它是通过后现代主义解读的《西游记》。《悟空传》叙述了师徒四人在取经路上不断地追寻、反抗、斗争的过程。孙悟空一次次成功逃离斩妖台、八卦炉、沸油锅、紫金铃和五行火车阵，充满了对自己、对信仰的迷茫，成为一个忘记自己是齐天大圣，而只想成仙的听话的猴子，是只有目标却忘记了理想的人。唐僧是如来的弟子金蝉子，一直带着五百年前的记忆，可为了指出佛祖的谬误，而不惜放弃所得，再次转世寻求真理，是执着寻求真理者。猪八戒不愿意放弃前世的记忆，不相信玉帝，却又不得不按照玉帝的指示，保护唐僧西天取经，在取经路上，他揣着明白装糊涂，种种辛酸都在他不经意的笑话中表达了出来，这是在生活的磨难中，不得已而为之的人。最可怜的人是沙僧，打碎了王母娘娘的琉璃盏而被贬下凡，以为只要自己能够找回琉璃盏的所有碎片就可以重回天庭，却不知玉帝贬他下凡的真实目的是监视孙悟空，他是一生都在辛苦忙碌，却不知为何忙碌的人。再加上一个为爱牺牲的白龙马。在神佛操纵的命运下，他们都是一个个可悲的小人物，在他们西行的路上，充满了与宿命的对抗、成长的羁绊、对梦想与爱的坚持，引发了当代青年的共鸣。

【节选】

《悟空传之百年孤寂》

瓦砾重新聚成殿宇，天宫又回到了安定与祥和。众神开始各归其位。

二郎神驾云出了天庭，奉命收拾战场，他忽然愣住了。云头下烧焦的花果山大地上，孙悟空扔下的金箍棒不见了。

怎么可能有人将它拿走？除了孙悟空还有谁搬得动它呢？

观音驾云出了天庭，她从怀中摸出了金额蝉子那本手写的经文，抚着，若有所思。

他们飞过的天空下，五行山，默默地立着，等着那漫长岁月后的一声巨响。

这个天地，我来过，我奋战过，我深爱过，我不在乎结局。

《悟空传》系列的纸质图书，内容包括《悟空传》《百年孤寂》《花果山》三个部分，后面两个部分可以看作悟空传的写作番外。如果按照孙悟空这个角色的逻辑线索，故事应该是按照《花果山》《百年孤寂》《悟空传》的顺序排列。这三个故事都充满了悲情色彩，孙悟空、金蝉子、猪八戒都是失败者，可是他们始终没有被彻底打败，因此，天庭才会对他们感到恐惧，要用各种方式围困他们。

从大闹天宫到西天取经，这是孙悟空的成长过程，有梦想，有挑战，也有成熟与羁绊。作品中，不管是顶天立地的美猴王，还是与命运抗争的天篷，或是坚持理想的金蝉子，都无法逃脱命运的禁锢，他们在西行途中坎坷跋涉，每个人都在现实与梦想的羁绊间努力奋斗，自我成长。尽管《悟空传》的结局是天地间的一切都被焚毁，西行的主人们不复存在，天地间的秩序重新开始运转。但是，"我来过，我奋战过，我深爱过，我不在乎结局"。这句自我激励的语言成为小说的点睛之笔。作为一种精神力量的补偿，逐渐成长成熟的我们，试图用"少年的热血激情"为自己注入活力，不断地用"我还年轻，我还有梦想，我还要奋斗"宽慰自己，让梦想成为自己的行为动力，努力挣脱生活中的种种羁绊。只要我们始终保持着个体的独立意识，只要我们还能感知到成长过程中与外界的矛盾冲突，我们就有着改变世界的可能。正是在这个意义上，《悟空传》能成为网络小说中的经典，被誉为"最佳网络作品"。

四、人生有起有落　学习永无止境

《斗破苍穹》

《斗破苍穹》作为玄幻网络文学中的知名作品，是玄幻网文斗气小说的开山鼻祖。2009年，起点中文网上开始连载《斗破苍穹》[①]，最高日搜

[①] 天蚕土豆. 斗破苍穹［M/OL］. 起点中文网［2009 - 04 - 15］. https：//book. qidian. com/info/1209977/.

索量达到130万。作者天蚕土豆一夜成名,成为2009年起点中文网白金作家。随后以《斗破苍穹》为基础改编的动漫、影视剧等相继出现,直到如今,它的粉丝数量仍然在增加,拥有着庞大的粉丝基础,以各种形式在网络空间中保留着自己的热度。

【简介】在神秘的斗气大陆,主人公萧炎是萧家历史上的斗气修炼天才。然而在他12岁的时候,突然丧失了修炼能力,受到族人的嘲笑歧视,遭遇未婚妻退婚,成为人们口中的"废材"。在他即将绝望之际,他无意间开启了手上的戒指,一扇全新的大门在他面前打开了。为了洗刷退婚的耻辱,萧炎许下三年之约,目的是打败对方家族。虽然在药老的帮助下,萧炎的功力有所进步,但为了达到更高境界,他独自离家修炼,进魔兽山脉,勇闯大漠,历经千辛万苦,持续提升炼药师和斗气修炼水平。最后强势回归,成为斗气大陆上最强者——斗帝,成为该世界的秩序守护者和最高权力者。

【节选】

第七章 休

纳兰嫣然也是有些不耐,转过头对着沉默的萧炎冷喝道:"你既然不愿让萧叔叔颜面受损,那么便接下约定!三年之后与现在,你究竟选择前者还是后者?"

"纳兰嫣然,你不用做出如此强势的姿态,你想退婚,无非便是认为我萧炎一介废物配不上你这天之骄女,说句刻薄的,你除了你的美貌之外,其他的本少爷根本瞧不上半点!云岚宗的确很强,可我还年轻,我还有的是时间,我十二岁便已经成为一名斗者,而你,纳兰嫣然,你十二岁的时候,是几段斗之气?没错,现在的我的确是废物,可我既然能够在三年前创造奇迹,那么日后的岁月里,你凭什么认为我不能再次翻身?"面对着少女咄咄逼人的态势,沉默的萧炎终于犹如火山般地爆发了起来,小脸冷肃,一腔话语,将大厅之中的所有人都是震得发愣,谁能想到,平日

◆ 第二章 青春的江湖——成长之路 ◆

那沉默寡言的少年，竟然如此厉害。

纳兰嫣然嚅动着小嘴，虽然被萧炎对她的评价气得俏脸铁青，不过却是无法申辩，萧炎所说的确是事实，不管他现在再如何废物，当初十二岁成为一名斗者，却是真真切切，而当时的纳兰嫣然，方才不过八段斗之气而已。

"纳兰小姐，看在纳兰老爷子的面上，萧炎奉劝你几句话，三十年河东，三十年河西，莫欺少年穷！"萧炎铮铮冷语，让得纳兰嫣然娇躯轻颤了颤。

武侠小说的写作模式往往在开头会简单介绍主人公的童年时期，目的是告诉读者主人公从名不见经传的小人物成长为大人物的历程。《斗破苍穹》也不例外，小说一开始就告诉读者，主人公萧炎是个少年天才，是家族几百年才出现的一个天才。可惜从十二岁开始，从天才变成"废材"，处处遭人白眼，谁都瞧不起他，未婚妻一家也直接上门要求退婚。从天才到"废材"的巨大人生反差并没有让萧炎消沉颓废，相反，他铿锵有力地喊出了"莫欺少年穷"。这句话出自清代吴敬梓的《儒林外史》，它告诫人们：千万不要瞧不起少年人，不要欺负处于困境中的年轻人，他们的未来不可估量，如果努力，迟早会飞黄腾达。道理说起来简单，做起来却不容易。我们经常会以貌取人，或因别人的出身、天赋而给其贴上标签，甚至有可能会轻视对方。但是我们不要忘记了，还有一句话是"三十年河东，三十年河西"。历史上不乏这种例子。例如韩信，小时候曾受过胯下之辱，后来却被封王拜将。每个人的一生中，总不能事事如意，人生有起有落，很多时候需要我们的忍耐、不放弃，忍得一时之苦，反而能在这种磨炼中成长，做出一番作为。同时，我们也要牢记"莫欺少年穷"，以最大的善意对待他人，对待处于困境中的人。

【节选】

第一千六百二十三章 结束也是开始

说着话时，萧炎的目光，看了一眼异火广场中心，在那下面，封印着一位斗帝的灵魂，在那里，他将会在黑暗中，逐渐地被异火炼化……

大战虽然残酷，但幸运的是，他胜利了……

望着那被摧残得千疮百孔的中州，萧炎微微一笑，一种从来未曾有过的轻松之感，自灵魂深处，蔓延而出。

"终于可以休息了呢……"

……

在那通道出现时，萧炎也是霍然起身，面色凝重地望着这一幕，从那通道中，他感觉到了一种熟悉的味道。

源气！

那早已在斗气大陆上消失的源气，也是晋入斗帝强者的关键之物！

整个天地，都是在此刻安静了下来，烛坤与古元张着嘴，心头如同泛起了惊涛骇浪一般，那道通道在出现的时候，他们分明地感觉到，那驻步上千年的实力，居然有了涨动的趋势！

"咕噜……"

两人的目光，无比火热地望着那个光芒通道，灵魂深处传出了一种极端强烈的悸动，那种悸动，告诉他们，若是进入其中，他们的实力，必然能够突破！

"呼……"

萧炎深深地吐了一口气，平静了多年的漆黑双眸中，也是在此刻涌上了火热，原本冷却的血液，仿佛都是在现在沸腾了起来。

"结束，果然也是一种开始……"

萧炎嘴角掀起一抹微笑，或许，这也会是一种其他的开始。

《斗破苍穹》的故事情节比较简单，主要描写了萧炎凭借执着的毅力，一步一步地在斗气大陆上修炼闯荡,最后达到斗气的最高级别——斗帝。每一级别的提升,都有相对应的任务和困难,随着级别越高,困难越大,任务越复杂,展现了主人公由小变大,由弱变强,不断成长的过程。节选部分是小说的结尾,当萧炎已经成为斗气大陆上的最强者、最高权力者时,萧炎的人生并没有就此停滞不前,他没有"躺平",随之而来他将面临新的挑战,开始新的征程。其实人生总是在不断地面临一个又一个任务,我们也总是在不断地迎接一个又一个的挑战,这个过程就是成长的过程,在人生的道路上你可以调整脚步,稍作休息,但生活不会让你永远"躺平"。

从文学性角度而言,《斗破苍穹》的文学价值不算高,但从网络传播角度而言,它具有一定的代表性和典型性。萧炎近乎是一个完美无缺的角色,这也是很多网络小说在塑造人物形象时对主角完美的一种追求。比较三部小说的主人公形象,梁萧是敢爱敢恨、我行我素的江湖小子;张小凡是内敛执着、坚韧隐忍的修仙少年;萧炎是天赋非凡、勇敢奋斗的成功人士。这样的人物形象,似乎也在一定程度上折射出我们现代社会的意识形态,当代年轻人趋向于追求更完美、更强大的人物形象,反映出对完美主义的追求。

《悟空传》《昆仑》《诛仙》《斗破苍穹》这四部小说是网络玄幻小说的代表,也是后金庸时代新武侠的代表作品。从时代背景、环境、故事情节进行比较,可以看出网络玄幻小说的发展历程。在 21 世纪初期,玄幻小说虽然是以网络连载的方式出现在读者眼前,但可以看作只是传统文学创作方式的改变,仅仅是从线下搬到了线上,其内容核心基本没有脱离传统武侠小说的创作模式。《悟空传》是一个全新的西游故事;《昆仑》里面借鉴了历史事件,有明确的时代背景和军事斗争,其中的人物是具体、实际存在的普通人类,小说中还留有较多金庸小说的痕迹;《诛仙》以《山海经》中的地理位置作为小说整体环境构架,参考并还原了《山海经》中的诸多动物野兽,小说中有关道家的思想也来自中国传统文化,人物形象已趋向于半人半神；《斗破苍穹》明显受到西方魔幻小说影响，结合了武侠小说、神话小说、科幻小说的元素，完全虚构出一个陌生的符号空间异世界，塑造出拥有炼药和修气的非人类的人物形象。从《斗破苍穹》开始，网络玄幻小说的写作策略开始进入了模式化创作。

在小说的诸多要素中，人物是非常关键的要素。小说中，人物也是一种行动力量，随着自身变化推动故事情节发展。《诛仙》《昆仑》《斗破苍穹》三篇小说的人物都是从一个弱小的状态，通过不断提升自身实力，而变得逐渐强大。《悟空传》则重在写人物的"心理"发展过程，而非"行动"。这种情形可以称为小人物成长叙事类型，既有个体能力的提升，又有心理的成熟变化。什么是成长？如果用哲学的语言概括，成长就是你在少年时期经历了某些特殊事情（往往是不幸的事情）或特别的遭遇，突然间顿悟，对人生、社会、自己有了全新的认识，思想上产生了变化，不再幼稚而变得成熟起来，这就是成长。成长可能在一瞬间，也可能需要付出很多的时间和代价。四部小说的写作风格各异，里面的人物背景各不相同，天赋也因人而异，成长的过程虽然千辛万苦，但从成长、成熟到成才，这几位主人公都具有其共同特点：

第一，环境。环境对人物性格的形成起着至关重要的作用，而性格往往决定命运；环境的好坏往往又会对人物的成功与否起着决定性的影响，所以环境对个人的成长、成才、成功有着不可忽视的作用。《诛仙》里的张小凡在大竹峰上修炼，师娘温柔可亲，给他关怀；小师妹活泼淘气，时刻维护他；师兄们也都对他关爱有加；即便师父古板严肃，但对他也是真心教导，当小凡流落魔教后，师父对他仍然怀有信任。应该说张小凡的成长环境充满了友善和爱，教会了他善良。这样一种亲人般的情感是张小凡在成长路上努力修炼的动力，也是他在身处魔教后始终能保持本心的力量来源。《昆仑》中梁萧的性格和他母亲有很大的关系，母亲的溺爱让他有顽劣的一面，可母亲也教会他恩怨分明，诚信待人。他做事全凭喜好，容易冲动，但又因为诚信，使他能专注于数算从而促进武学进步，最后在关

◆ 第二章 青春的江湖——成长之路 ◆

键时刻能挺身而出。《斗破苍穹》的萧炎则是凭着天赋，为自己创造环境，在人生的道路上结交了很多志同道合的小伙伴，在每一个困难面前，他都能和他的小伙伴们一起克服困难，逐渐强大。《悟空传》中的各个人物都隐喻了现代社会中的不同人群，环境中的种种羁绊，促使他们选择不一样的行为方式和表达方式。虽然环境对人的影响巨大，但环境不能完全决定人的命运，不能决定人的成功。真正把握人生命运的，还是取决于人自身。

　　第二，信念。坚定的信念是成才的必备条件。著名作家丁玲曾说："人，只要有一种信念，有所追求，什么艰苦都能忍受，什么环境也都能适应。"的确如此，信念的力量是无穷的。《悟空传》中的玄奘是金蝉子的转世，因为质疑师傅如来佛祖的修行而被贬下凡，为了寻求真理，为了心中的信念，他不惜放弃已经修成的功业，再次转世踏上西行的道路。《诛仙》中的张小凡不怕别人嘲笑他笨，也不因两种修炼方法的不同而放弃，甚至在自己"学而不得其道"，又没有人可以解答，遭受误解的情况下，始终执着坚定地朝着目标前进。《昆仑》中的梁萧，也因为学武的信念，才能在天机宫忍受孤独寂寞，终日与书做伴，历经千难，学有所成。而《斗破苍穹》里的萧炎虽是天才，可仍然是信念支撑他逐级闯关，变得越来越强大。有志者，事竟成。历史上不乏这样的事例。司马迁下狱遭受宫刑，应该说，人世间没有比这更大的耻辱了。可是他并没有消沉，忍辱含垢，披肝沥胆，终于写成了《史记》那部五十二万字的鸿篇巨制。信念，是托起人生大厦的坚强支柱，是保证一生追求目标成功的内在驱动力。人生从来苦难多，能够坚持自己信念的人，永远不会被击倒。

　　第三，绝不放弃。绝不放弃是迈向成功的法宝。从成才到成功，除了要有坚定的信念，更重要的是义无反顾地前进，绝不放弃。西天取经的团队成员们，虽然目的各不相同，但目标一致，所以一路上历经艰难险阻，都绝不放弃。张小凡、梁萧、萧炎，他们的人生起点不同，经历不同，但他们在学武求艺成长的过程中，执着坚定地追求自己的理想信念，无论什么样的困难都不能让他们退缩、放弃,只有这样,才能迈向更华美、更深沉的人生新境界。在《老人与海》中,正是那种绝不放弃、绝不言败的意志,让老人最终战胜了力量比他强大得多的鲨鱼。莱特兄弟开始研制飞机时,朋友、军事专家、记者都质疑他的行为,甚至连他们的父亲都嘲笑说:"那是愚蠢地浪费钱,还是把飞行留给鸟儿吧!"面对无数次的失败,他们没有气馁,也绝不放弃,而是坚定不移地坚持自己的信念。尝试,失败,再尝试,再失败,经历了无数次的失败后,他们终于获得了成功,也从此改变了世人的出行方式。任你东西南北风,咬定青山不放松,这是一种积极的心态,坚强的意志。在强大的毅力面前,没有什么困难是不能克服的。对于那些被积极的心态所激励的人来说,在迈向成功的路上,伴随着的一切困难险阻,都会转变为一种动力,激励着他们执着地、不懈地奋进,去摘取胜利的桂冠,去收获理想的果实。

第三章

历史的戏说——古韵今唱

　　与玄幻、穿越、武侠等类型小说相比，网络历史类型小说与传统文学在很多地方一脉相承。中国的历史小说有着深厚的写作传统，从唐"传奇"，宋元"讲史""评话"到明清"历史演义"，基本都是沿袭以前的历史事件或民间故事，到了晚清"新小说"时期，历史小说仍然占据主要地位。从这里可以看出，中国历史小说的地位和影响力是其他类型小说无法媲美的。历史小说的传统可以追溯到中国古代的史传传统：求真精神；以重大历史事件为题材；编年体、纪传体的写作结构。新中国成立以后，姚雪垠的作品《李自成》的问世，标志着历史题材小说创作趋于成熟，开始出现史诗型的作品，《李自成》"既有严格的历史依据，又有深刻的思想见解"[①]。20世纪90年代，二月河的《康熙大帝》《雍正皇帝》《乾隆皇帝》帝王系列三部作品，被海内外读者熟知。他的历史小说在编故事的同时，注重历史氛围的真实；既充满着丰富的民俗文化，又注重对传统文化的审视。评论家称赞《雍正皇帝》，"它是当代及至近代以来历史小说创作的最为重大收获"。20世纪末，中国进入互联网时代，反映个人命运和追寻自身价值实现的作品成为写作热点，在大众文化和后现代主义的冲击下，人们更关注自身生活体验和阅读体验，小说叙事技巧开始追求创新。进入21

[①] 严家炎.《李自成》初探[J]. 北京大学学报（哲学社会科学版），1978(3).

世纪后,网络小说百家齐放,出现了诸多类型,其中优秀的网络历史小说与抗战题材的网络小说,为读者呈现出了一种新的书写方式,既较为真实地还原了历史事实,又有别于传统历史小说的叙事角度和叙事模式,同时,也让读者和文学批评者意识到,历史类题材的小说创作有新的书写可能性,也将展现出有别于传统历史小说的独特人文内涵和审美方式。

一、熠熠生辉的历史英雄

《明朝那些事儿》

《明朝那些事儿》[①],网络连载历史小说,作者是当年明月。2006年3月在天涯社区首次发表,网友们在网站上的"煮酒论史"互动板块与当年明月进行史料出处、观点的交流。2009年3月21日连载完毕,边写作边结集成书出版发行。

【简介】《明朝那些事儿》全套共7册,按时间顺序分别为:《洪武大帝》《万国来朝》《妖孽宫廷》《粉饰太平》《帝国飘摇》《日暮西山》《大结局》。还原了明朝从1344年到1644年这三百年间所经历的风风雨雨。小说以史料为基础,以年代和具体人物为主线,对明朝十七帝和其他王公权贵和小人物的命运进行全景展示,语言幽默风趣。

【节选】

第五卷　帝国飘摇

第九章　张居正的缺陷

如果你这样认为,那你就错了,张居正同志向来不干小事,他之所以整治刘台,不是因为他是刘台,而是因为他是御史。

高拱之所以能够上台,全靠太监,但他之所以能够执政,全靠言官,要知道,想压住手下那帮不安分的大臣,不养几个狗腿子是不行的,而这

[①] 当年明月. 明朝那些事儿(全集)[M]. 浙江:浙江人民出版社,2017.

帮人能量也大，冯保都差点被他们骂死，所以一直以来，张居正对言官团体十分警惕，唯恐有人跟他捣乱。

刘台就犯了这个忌讳，如果所有的御史言官都这么积极，什么事都要管，那我张居正还混不混了？

然而张居正没有想到，他的这位学生是个二愣子，被训了两顿后，居然发了飙，写了一封奏折弹劾张居正。

如果说抢功算小事的话，那么这次弹劾就真是大事了，是一件前无古人，后无来者的大事！

张居正震惊了，全天下的人都可以骂我，只有你刘台不行！

自从明朝开国以来，骂人就成了家常便饭，单挑、群骂、混骂，花样繁多，骂的内容也很丰富，生活作风问题，经济问题，政治问题，只要能想得出的，基本全骂过了，想要骂出新意，是非常困难的。

然而刘台做到了，因为他破了一个先例，一个两百多年来都没人破的先例——骂自己的老师。

……

于是张居正提出了辞职，当然，是假辞职。

张居正一说要走，皇帝那里就炸了锅，孤儿寡母全靠张先生了，你走了老朱家可怎么办？

之后的事情就是走程序了，刘台的奏折被驳回，免去官职，还要打一百棍充军。

这时张居正站了出来，他说不要打了，免了他的官，让他做老百姓就好。

大家听了张先生的话，都很感动，说张先生真是一个好人。

……

刘台安心回家了，事情都完了，做老百姓未必不好，然而五年后的一天，一群人突然来到他家，把他带走，因为前任辽东巡抚，现任财政部部长（户部尚书）张学颜经过五年的侦查，终于发现了他当年的贪污证据，为实现正义，特将其逮捕归案，并依法充军。

张居正的做事风格大体如此，很艺术，确实很艺术。

而张先生干掉的最后一个有分量的对手，是他当年的盟友。

万历七年（1579），张居正下令，关闭天下书院，共计六十四处。

......

折腾几年之后，皇帝听话了，大臣也老实了，就在张居正以为大功告成之际，一个新的敌人却又出现在他的眼前。

这个敌人不同于以往，因为它不是一个人，甚至于不能算是人，而是一个极为特别的团体势力，它的名字叫作"书院"。

但在书院上千年的历史中，明代书院是极为特别的，因为它除了教书外，还喜欢搞政治。

......

在这段时间，心学的主流学派是泰州学派，偏偏这一派喜欢搞思想解放、性解放之类的玩意，还经常批评朝政，张居正因为搞独裁，常被骂得狗血淋头，搞得朝廷也很头疼。

这要换在徐阶时代，估计也没啥，可张居正先生就不同了，他是一个眼里不揉沙子的角色，无论是天涯还是海角，只要得罪了他，那是绝对跑不掉的。一个人惹我，就灭一个人，一千个人惹我，就灭一千人！

于是在一夜之间，几乎全国所有有影响的书院都被查封，学生都被赶回了家，老师都下了岗。

第五卷　帝国飘摇

第十章　敌人

所以还是那句老话，夺情问题也好，作风问题也罢，那都是假的，只有权力问题，才是真的。

......

但在短暂的郁闷之后，张居正恢复了平静，他意识到，一股庞大的反

◆ 第三章 历史的戏说——古韵今唱 ◆

对势力正暗中涌动，如不及时镇压，多年的改革成果将毁于一旦，而要对付他们，摆事实、讲道理都是毫无用处的，因为这帮人本就不是什么实干家，他们的唯一专长就是摆出一副道貌岸然的面孔，满口仁义道德，唾沫横飞攻击别人，以达到自己的目的。

对这帮既要当婊子，又要立牌坊的人，就一个字——打！

张居正汇报此事后，皇帝随即下达命令，对敢于上书的四人执行廷杖，也就是打屁股。

……

沉默不语的张居正突然站了起来，抽出了旁边的一把刀，王锡爵顿时魂飞魄散，估计对方是恼羞成怒，准备拿自己开个刀，正当他不知所措之际，更不可思议的事情发生了：

九五之尊，高傲无比，比皇帝还牛的张大人扑通一声——给他跪下了。

没等王学士喘过气来，张学士就把刀架在了自己的脖子上，一边架一边喊：

"皇帝要留我，你们要赶我走，到底想要我怎么样啊！"

……

张居正跪在王锡爵的面前，发出了声嘶力竭的呐喊：

"你杀了我吧！你杀了我吧！"

王锡爵懵了，他没有想到，那个平日高不可攀的张大学士，竟然还有如此无奈的一面，情急之下手足无措，只好匆匆行了个礼，退了出去。

张居正发泄了，王锡爵震惊了，但闹来闹去，大家好像把要被打屁股的那四位仁兄给忘了，于是该打的还得打，一个都不能少。

……

张居正又一次获得了胜利，反对者纷纷偃旗息鼓，这个世界清静了。

但他的心里很清楚，这不过是表象而已，为了改革，为了挽救岌岌可危的国家，他做了很多事，得罪了很多人，一旦他略有不慎，就可能被人打倒在地，永不翻身，而那时他的下场将比之前的所有人更悲惨。

徐阶厌倦了可以退休，高拱下台了可以回家，但他没有选择，如果他失败了，既不能退休，也不能回家，唯一的结局是身败名裂，甚至死无葬身之地。

因为徐阶的敌人只是高拱，高拱的敌人只是他，而他的敌人，是所有的人，所有因改革而利益受损的人。

张居正是历史上著名的政治家，明朝万历时期的内阁首辅，辅佐万历皇帝开创了"万历新政"。当代著名作家熊召政创作的四卷本长篇历史小说《张居正》以清醒的历史理性、热烈而灵动的现实主义笔触，有声有色地再现了与"万历新政"相联系的一段广阔繁复的历史场景，塑造了张居正这一复杂的封建社会改革家的形象，并展示出其悲剧命运的必然性，该小说荣获了第六届茅盾文学奖。关于张居正这个人，王世贞称他为"救世宰相"；《万历十五年》的作者、史学家黄仁宇称他为"智慧的象征"。他与商鞅、王安石等人并列，被称为中国历史上最伟大的改革家之一。这样一位彪炳史册的传奇人物，在网络小说《明朝那些事儿》中，又是一个什么样的形象呢？

小说没有详细描写张居正一生中那些为人熟知的历史事件，比如坚持改革、整顿官场、惩办贪官，并没有从正面树立张居正是一个清廉的好官形象，相反地给大家刻画了一个和我们想象中不一样的张居正。关于明朝历史的叙述，很多史书几乎都有"税重民穷"的说法，到了万历年间，更是财政入不敷出，流民四处闹事。张居正就是在这种情况下登上了历史的舞台。实际上早在嘉靖年间，张居正就已经崭露头角，只是当时的朝廷内阁先有夏言、严嵩把守，后有严嵩与徐阶把守，张居正则游走于严嵩与徐阶之间，同时受到他们两个人的器重。嘉靖末年，严嵩倒台，隆庆元年，张居正终于进入内阁，三大治世之臣徐阶、高拱、张居正齐聚一堂，张居正在高拱的支持下，说服了俺达，稳固了西北边防，为他即将开展的万历新政赢得了一个好的和平发展环境。隆庆皇帝去世的时候，马上要继位的

◆ 第三章 历史的戏说——古韵今唱 ◆

小皇帝万历才不过十岁,明王朝是千疮百孔、民不聊生,经济命脉即将崩溃。这时候,张居正接替了高拱,成了内阁首辅。他大力施行万历新政,虽然主要精力在考成法上,但他最关心的还是经济问题。土地是农业生活的根本,万历三年(1575),张居正选择福建作为试点地区,推行一条鞭法,最终获得成功,一条鞭法在全国推行,成为明王朝经济的根本,赋税改革也彻底推行开来。小说在这样的政治背景下,从另一个角度描述了张居正在这样激烈的政治斗争中,如何耍阴谋、玩手段,最后夺取了最高领导权。等到万历上台后,张居正终于赢来了政治上的辉煌。万历刚上台时,年龄不大,他和他的两位母亲(两位太后)都很尊重张居正,并让他成为万历皇帝的老师。经济改革想要成功,必须要有稳定的政治环境,所以张居正即使成了内阁首辅,仍然要不停地和反对他的人进行政治斗争。在小说的节选部分,作者用诙谐反讽的语气描写了张居正和御史斗、和书院斗、和高拱斗,一步步"干掉"弹劾他的学生以及书院的读书人的过程。

在张居正的政治生涯中,有一个重要事件就是夺情事件。1577年,张居正的父亲去世,按照当时的丁忧制度,张居正应该停职,回原籍为父亲守丧三年。丁忧是中国古代非常重要的制度,根据儒家观念,你不孝就不可能忠,历代皇帝都很推崇这个制度。可是皇帝离不开张居正,朝廷也不能没有张居正,于是皇帝和两位皇太后对张居正采取夺情处理。因为地位重要不能离职,可以由皇帝指令夺情,不执行丁忧制度,这种事情在以前也曾经有过。而当时的张居正已经是不怕皇帝、不怕大臣、不怕读书人了,可是不能越过祖制,张居正的改革也在这个时候渐入佳境,政治斗争所向披靡,形势一片大好,他怎么可能、怎么舍得离开权力中心呢?等他丁忧结束后再回到朝廷,还不知会是一个什么局面。所以,当皇帝一再恳请张居正在职守丧时,他最终也选择了夺情。夺情事件引起了其他官员的质疑,他们不相信张居正的诚意,怀疑夺情事件是皇室的一种被迫行为,不是皇帝的本意,而是张居正贪恋权位,不愿意守制。于是大量官员上折弹劾。张居正大怒。万历皇帝廷杖了4位大臣,并亲自出面,说张居正

"亲承先帝付托，辅朕冲幼""朕切倚赖，岂可一日离朕"，命张居正在官守制，"夺情"风波才算平息了下来。当然，从感情角度来说，父亲去世，张居正是非常悲痛的，并不是无情冷酷，只顾着理性谋划。从现实角度来说，他作为一个手段纯熟的老政客，当然知道"事缓则圆"，他可以先回去待一两个月，等到反对派的声浪再而衰、三而竭，大家发现没他还真玩不转时，然后他暗地操纵舆论，朝中自然会改变风向主动要求他回来。张居正在整个夺情事件中有犹豫、有纠结、有自己的小心思，最终他接受了退无可退的现实，并积极利用了它。

　　小说中对这段情节的描写用了戏剧化的手法，张居正一而再、再而三地演了一段哭戏，最后自然是大获全胜。夺情这件事的结果是复杂的。对于张居正个人，他并不是一开始就那么恣意霸气，他也是治《礼记》，受儒家思想浸润的人。在夺情事件之前，他的所作所为可以算是温润如玉，夺情事件之后，他意识到自己的结局已经无可挽回，他的道德在天下人心中已经崩坏，他的改革触及利益太多，不可能用缓和的态度开展，整个官僚缙绅集团都是他的敌人。面对这一切，张居正没有消极，没有退却，反而是豁出去，撕破脸，开始进一步大刀阔斧做事，开始了从贤相到权臣的转变。对于万历而言，因张居正的行政手段越来越急迫和严厉，他与张居正的关系也逐渐恶化，他长大以后觉得自己被老师骗了，就用夺情做文章，将死去的张居正抄家夺爵、子孙流放。而对于大明朝来说，由于万历记恨张居正，导致初见成效的张氏改革人亡政息。《明朝那些事儿》没有过多介绍张居正的改革内容、条款、影响和意义。和一般历史记载相比，小说写了较多的、看上去似乎不太光彩的事情，例如，他善于权谋，对待政敌冷酷无情；他有经济问题，有一顶著名的大轿子——如意斋，极其豪华奢侈；还有生活作风问题，道德并不高尚。这一切的一切，可能都是真的，也告诉了我们，张居正不是留在历史中的超人，而是一个真实的人。他从小苦读是为了进入官场，这也是中国古代所有读书人的理想；进入官场后拉帮结伙，参与权力斗争，是为了保住官位；他敢于改革创新，不惧

◆ 第三章 历史的戏说——古韵今唱 ◆

风险、不怕威胁，却独断专行、表里不一。无论从哪个角度看，他都是一个不折不扣的俗人。可是在张居正身上，我们会发现有两样东西始终存在，那就是良知和理想。他的一生都为实现他的伟大理想而努力，所以读懂了他的经历、他的情感、他的选择，了解了他作为正常人的那一面，我们就能明白，不顾一切地顶住压力，即使和所有人斗争也要坚持改革的张居正有多么伟大。

【节选】

第四卷　粉饰太平

第十七章　名将的起点

因为他有着一种十分奇特的看书方法——一边看一边批，比如孙子曾经曰：敌人气焰嚣张，就不要去打（勿击堂堂之阵），戚将军却这样曰：越是气焰嚣张，越是要打！（当以数万之众，堂堂正正，彼来我往，短兵相接）。

孙子还曾经曰：诈败的敌人，你不要追（佯北勿从），戚将军曰：保持队形，注意警戒，放心去追（收军整队，留人搜瞭，擂鼓追逐）。

……

在明代的优秀将领中，论作战勇猛，运筹帷幄，戚继光的整体素质应该能排在前五名，而他之所以能够在军事史上占据极为重要的作用，却是因为他有着一项无人可及的专长——训练。

……

根据《纪效新书》记载，但凡新兵入伍，戚继光总要训一段话，鼓励大家学武，此段话实为奇文，可供各单位思想政治工作人员参考，故摘录如下：

……

于是，在这种几近惨无人道的训练方法下，新兵同志生活在水深火热之中，每天都遍体鳞伤，然而正是在这个残酷的环境下，他们练就了非凡的武艺，成就了非凡的事业。

而对于这支特殊的部队,后世的人们有一个通俗的称谓——戚家军。

第四卷 粉饰太平

第十八章 制胜之道

要知道,一个日本人要想熟练地使用武士刀,至少要经过五年的训练,而且让很多人想象不到的是,在近身搏斗时,他们的刀很少与明军武器相碰,出刀极其冷静,总是窥空出击,专斩没有盔甲包裹的柔弱部位,不击则已,一击必是重伤。说他们是武林高手,实在一点也不夸张。

相对而言,义乌兵的战斗精神也很顽强,但毕竟训练时间短,武艺这东西又不是烧饼,说成就成,而与对方死拼,实在也不划算,自己手下只有四千人,就算拼死对方四五千人,也是无济于事的。

……

戚将军批判地吸收了唐顺之的理论,创造了属于自己的秘密武器,他相信,在不久的将来,这种独门绝技将大派用场。

他没有等太久,最为猛烈的倭寇进犯终究还是来了。

嘉靖四十年(1561)四月,两万余名倭寇集结完毕,向浙江进发,他们的目标是台州。著名的台州大战就此拉开序幕。

……

当戚继光赶到宁海的时候,已有上千名倭寇登陆,看见明军赶到,他们却并不惊慌,因为根据以往经验,明军最为畏惧的就是近身搏斗,只要靠近他们,击破前军,他们就会争相逃窜。

……

但如果他们仔细观察,便会发现,那些看似慌乱的分散的明军却都有着相同的人数——十一个。

而在他们普及算术教育之前,就听到了一声响亮的号令:

"列阵!"

于是,一种前所未见的阵型就此出现在倭寇们的眼前,这也是它在历

◆ 第三章 历史的戏说——古韵今唱 ◆

史上的第一次亮相。

……

这种全新的阵型即因此得名——鸳鸯阵。

……

宁海前哨战就这样结束了,倭寇死伤二百余人,戚家军除一人轻伤外,毫无损失。

……

鸳鸯阵是一个威力强大的阵型,但毕竟只有十一个人,要发挥作用,需要一定的空间,而花街地形狭窄,根本施展不开,战局自然陷入僵持,于是戚继光下达了第二个命令:

"变阵!"

瞬息之间,鸳鸯阵突然发生了变化,开始了第一次变阵。

队长身后的两列纵队各自分开,以五人为单位进行布阵,狼筅兵迈步上前,与盾牌并列,形成第一道防线,两名长枪手跟随其后,短刀手殿后,开始独立作战。

……

嘉靖四十年(1561)四月二十七日,花街战斗结束,倭寇伤亡一千余人,全军溃败,救出被掳百姓五千余人,戚家军伤亡合计:三人。

……

自嘉靖四十年(1561)四月二十二日至五月二十七日,戚继光率其所部四千明军,对阵两万敌军,在无其他军队配合的情况下,五战五胜,共计歼敌五千五百余人,累计伤亡不足二十人,史称"台州大捷"。

……

自嘉靖三十三年(1554)起,在胡宗宪的统领下,经过戚继光、俞大猷等人的不懈努力,历时十二年的长期战斗,日本强盗们终于被赶出了中国。

戚继光是明朝的抗倭名将,民族英雄,也是杰出的军事家。他写下了十八卷本《纪效新书》和十四卷本《练兵实纪》等著名兵书。小说除了描写戚继光的抗倭历史事件以外，更是从他的勤奋好学、军事才能、求实精神，以及在当时的社会下，他所具备的清醒的现实感，解答了为什么在明朝，武官处于文官压制下的政治环境里，他还能功成名遂，能够以"戚家军"之名在历史上写下浓重一笔（纵观古今，能名闻天下以将领的姓氏命名的军队，除了戚家军以外，就是岳家军），塑造了一个丰满的英雄人物形象。

我们很难理解，在16世纪中叶，日本这样一个岛国能够严重威胁到东海沿岸的安全。因为当时的日本地狭人稀，内战频频，还没有一个统一的政权。而明朝可是一个中央集权的国家，有着极有组织的官僚体系，还拥有在名义上最大的常备军，人数多达二百万。可事实上，在戚继光调任浙江的时候，不到100人的海寇已经如入无人之境，竟然深入腹地，逼近芜湖，到处杀人越货，滨海各地弥漫着悲观和惶恐的情绪。但是从嘉靖三十八年（1559）到嘉靖四十五年（1566），戚继光率军历十三战，每战横扫敌军，几近全歼，他的名字成为倭寇们可怕的噩梦[①]。

戚继光之所以名留青史，绝非浪得虚名。他自幼苦读诗书，极富军事天赋。明代兵书著述家唐顺之送给他一册《武》，戚继光认真研读，取其精华，去其糟粕，并学以致用。小说以幽默诙谐的语言，介绍戚继光赴任浙江后征兵、练兵、战斗的历史事件。戚继光调任浙江都司佥书后，于次年就任宁绍台参将一职，而他刚上任一个月，倭寇就来了。著名的龙山之战就此拉开帷幕，这场战役只能用四个字形容——莫名其妙。威风凛凛的明军，一见到倭寇就跑，连戚继光的副将也拉着他的袖子让他赶紧跑。戚继光只能站在高地上，用弓箭射杀了倭寇中的三个首领，致使倭寇落荒而逃，而等倭寇一跑，明军就又杀了回来，等明军追出一段后，却又陆续自动返回。原来士兵们仅仅只是想要把倭寇赶跑就可以了，觉得犯不着为此

---

① 黄仁宇. 万历十五年[M]. 北京：生活·读书·新知三联书店，1997.

◆ 第三章 历史的戏说——古韵今唱 ◆

拼命,大家都成了兵油子,混吃等死,军队风气极差。面对这样的情形,戚继光知道他的任务不是单纯地击退倭寇,更重要的是要组织一支新型的、有战斗力的军队。在他著述的《纪效新书》里面,记载了戚继光对新兵的训话内容、训练方法、考核方式、建军方案、甚至记载了制作军用干粮的方法。在这样专业的、魔鬼式的训练下,历史赋予他们一个通俗的称谓——戚家军。初次训练就有成就的新军一路高歌猛进,却并非百战百胜,在岑港这个毫不起眼的弹丸之地,新军遭受到了顽抗的倭寇,伤亡惨重。戚继光毫不气馁,重新组建了义乌军。义乌军虽然勇猛,却总是杀敌一千,自伤八百,实在不划算。在这种情况下,戚继光又发挥了他好学的精神,将《孙子兵法》的理论联系实际,研究了倭寇的作战特点和沿海的地形特点,对义乌军的个人训练和协同作战进行了调整。在戚继光以前,军队重视的是个人的武艺,只要能打的都可以应召入伍。当他们遇到有组织进攻的倭寇时,作为军队的首领,才醒悟到一次战斗的成败并非完全取决于个人武艺。所以戚继光在训练士兵时,除了要求个人技艺娴熟以外,还对步兵班的人员和武器做了调整,要求每个小团体中各种人员和武器的协同配合。这样的配置由于左右对称,被称为"鸳鸯阵"。在宁海前哨战中,"鸳鸯阵"的第一次出击大获全胜;在花街战斗时,"鸳鸯阵"变化成了"五行阵""三才阵",这种阵术适用于狭窄地区,战术灵活,戚家军再次大获全胜。"鸳鸯阵"的发明,使戚继光的军队五战五胜,获得"台州大捷"。

【节选】

第五卷 帝国飘摇

第二章 奇怪的人

嘉靖四十五年(1566)二月,嘉靖皇帝收到了一份奏疏,自从徐阶开放言论自由后,他收到的奏疏比以前多了很多,有喊冤的,有投诉的,有拍马屁的,有互相攻击的,只有一种题材无人涉及——骂他修道的。

要知道，嘉靖同志虽然老了，也不能再随心所欲了，但他也是有底线的：你们搞你们的，我搞我的，你们治国，我炼丹修道，互不干扰。什么都行，别惹我就好，我这人要面子，谁要敢扒我的脸，我就要他的命！

……

但这封奏疏的出现，彻底地填补了这一空白，并使嘉靖同志的愤怒指数成功地达到了一个新的水平高度。

……

此外，文中还有两句点睛之笔，可谓是千古名句，当与诸位重温：

其一，嘉者，家也，靖者，净也，嘉靖，家家净也。

其二，盖天下之人，不值陛下久矣。

……

文章作者即伟大的海瑞同志，时任户部正处级主事。此文名《治安疏》，又称"直言天下第一事疏"，当然，也有个别缺心眼的人称其为"天下第一骂书"。

……

所以在嘉靖看来，这不是一封奏疏，而是挑战书，是赤裸裸的挑衅，于是他把文书扔到了地上，大吼道：

"快派人去把他抓起来，别让这人给跑了！"

……

眼看皇帝大人就要动手，关键时刻，一个厚道人出场了。这个人叫黄锦，是嘉靖的侍从太监，为人十分机灵，只说了一句话，就扑灭了皇帝大人的熊熊怒火：

"我听说这个人的脑筋有点问题，此前已经买好了棺材，估计是不会跑的。"

黄锦的话一点也没错，海瑞先生早就洗好澡，换好衣服，端正地坐在自己的棺材旁边，就等着那一刀了。

他根本就没打算跑，如果要跑，那他就不是海瑞了。

◆ 第三章　历史的戏说——古韵今唱 ◆

……

就这样，海瑞带着老母去了南平，当上了这个不入流的官，这年他四十一岁。

……

一天，延平知府下南平县视察，按例要看看学堂，海瑞便带着助手和学生出外迎接，等人一到，两个助手立马下跪行礼，知府同志却还是很不高兴，因为海瑞没跪。

不但不跪，他还正面直视上级，眼睛都不眨。

知府五品，海瑞没品，没品的和五品较劲，这个反差太大，心理实在接受不了，但在这么多人面前，发火又成何体统，于是知府大人郁闷地走了，走前还咕嘟了一句：

"这是哪里来的笔架山！"

两个人跪在两边，中间的海瑞屹立不倒，确实很像个笔架，也真算是恰如其分。

……

软硬不吃，既不图升官，也不图发财，你能拿他怎么样？

海纳百川，有容乃大。壁立千仞，无欲则刚。

……

俗话说，新官上任三把火，海县令似乎也不例外，他一到地方，便公开宣布，从今以后，所有衙门的陋规一概废除，大家要加深认识，下定决心，坚决执行。

……

海大人发布了规定，火耗不准收了，余粮不准收了，总而言之，所有朝廷俸禄之外的钱都不准收。

……

但日子一天天过去，海瑞先生却迟迟没有恢复的迹象，他始终没有松口，而且也确实做到了，他自己从不坐轿，步行上下班，从不领火耗，每

— 93 —

天吃青菜豆腐，穿着几件破衣服穿堂入室。

……

不久后，淳安县衙出现了一幕前所未有的景象，县丞请假了，主簿请假了，典史请假了，连县公安局局长都头也请假了。总而言之，大家都罢工了，县衙完全瘫痪。

这即所谓"非暴力不合作"，你要是不上道，就看你一个人能不能玩得转。

……

情况就是如此了，看着海兄弟每天上堂审案，下地种菜，大家的心里越来越慌，这位大爷看来是准备长期抗战了，无奈之下，只好各归其位，灰色收入还是小事，要被政府开除，那就只能喝风了。

于是众人纷纷回归工作岗位，继续干活，不干也不行，话说回来，你还能造反不成？

久而久之，大家逐渐习惯了艰苦的生活方式，而对海大人的敬仰，也渐如滔滔江水，连绵不绝，因为他们发现，海县令可谓是全方面发展，不但约束下级，刻薄自己，连上级领导，他也一视同仁。

……

而他由一个小人物变成大人物，由无名小卒到闻名遐迩，也正是由此开始。

当然，海大人除了工作认真、生活俭朴之外，有时也会奢侈一下，比如有一次，他的母亲生日，海县令无以为贺，便决定上街买两斤肉，当他走进菜市场，在一个肉摊面前停下来的时候，现场出现了死一般的寂静，大家都目不转睛地看着这惊人的一幕。

……

海县令竟然买肉了！

……

就在海县令专心致志干活的时候，却突然接到一道出人意料的调令，

◆ 第三章 历史的戏说——古韵今唱 ◆

命他即刻进京，就任户部云南司主事。

此时是嘉靖四十三年（1564），还没到三年考核期，而户部云南司主事，是一个正六品官，从地方官到京官，从七品到六品，一切都莫名其妙。

那么历史中的海瑞是什么样的呢？小说《明朝那些事儿》把他定义为"奇怪的人"。海瑞参加科举考试，屡考不中，人到中年才谋得一个福建南平县教谕（教育系统官员）这个不入流的职位，因表情严肃，得到"海阎王"的绰号。海瑞不畏权贵，延平知府下来视察，没品对五品，两助手下跪，海瑞不跪，正面直视上级。嘉靖三十七年（1558），海瑞调任浙江淳安知县（七品知县），在任期间，胡宗宪之子去淳安免费旅游，没有享受到高级待遇，大发雷霆，把招待他的人和厨子吊起来打了一顿。海瑞不买胡公子的账，派人打了胡公子一顿，并用一封给胡宗宪的信让自己免去责罚。嘉靖四十三年（1564），海瑞任户部云南司主事（正处级主事），京官正六品。他直言敢谏，写下天下第一名疏《治安疏》批评嘉靖。骂人不难，要骂得好却很难，如果说骂的那些话可以出书，这是难上加难，古往今来这样的人非常少，由此可见嘉靖皇帝是多么愤怒，海瑞是多么耿直。这段描写让我们见识了海瑞"傻"的一面。和其他名臣相比，海瑞实在不是一个聪明人，小说用幽默的笔调刻画出了一个不入品的小官海瑞在官场中的人际交往方式、日常生活状态。因为他的耿直、清廉、软硬不吃、不怕死，也因为还有那么一点点运气，所以他很快成了一位名人，不断地受到弹劾，他的性格让皇帝对他又爱又恨，让大臣们是既尊重他，又嫌弃他。对于海瑞的评价，小说从海瑞的成长过程中挖掘了他的性格特点，用了和一般历史记载不一样的语言，"孤僻、偏激，在他的世界里，不是对，就是错，不是黑，就是白，没有第三种选择"。这就解答了对于海瑞的评价，历史上为什么会出现褒贬不一的原因。应该说，海瑞是对法律坚定的执行者，也是对"忠孝"儒家伦理道德的践行者。中国儒家先贤们从来都是将人分为君子和小人，这种单纯的、绝对的划分，固然造成了历史上很多个人的悲剧，但也为我们的传统文化增添了永久的光辉。海瑞无疑就是其中的一位君子，是一位孔孟的真实信徒，他以身体力行为榜样，在历史上写下了光辉的一笔。

《明朝那些事儿》用现代人的语言讲古代的故事，不但让我们领略了大明王朝的兴衰存亡，还让我们跳出历史，看到人生。于谦、王守仁、杨廷和、徐阶、张居正、杨涟、孙承宗、戚继光、海瑞、袁崇焕、杨继盛，这些人穿过历史，活灵活现地向我们一一走来。他们是一个个充满感情的、人性光辉点和弱点同时闪闪发光的人。张居正是权臣，为了改革，他玩手段、耍诡计；戚继光为了抗倭杀敌，他巴结官员、拉帮结派；海瑞清正廉明，一生从未妥协。这些人存在于不同时代，他们作为名臣留在历史中，有的人靠的是坚守，有的人靠的是变通。作者对这两种情况都进行了大肆的褒奖。第一种是一条路走到底，坚持信念，坚守理想，明知不可为，明知是必死，但还是勇敢斗争，在道义面前毫不妥协。他们有的用死唤醒了正义，有的用死诠释了气节。这样的英雄人物在历史上数不胜数。近代中国，无数的革命先烈都是坚持着这种理想信念，用真理、正义、生命换来了今天的生活。第二种是变通，他们也坚持信念，也坚守理想，但他们明白一时的忍让是为了更好地坚守。对于他们，可以说，活着等待比死去更加煎熬与痛苦，他们不会白白地牺牲，是因为他们知道，死有时是一种不负责任的解脱，活着才更能实现他们的理想。普通人往往只看到第一种人，惊心动魄、慷慨激昂的生命历程，塑造而成的英雄。而第二种人属于幕后英雄，他们的身份遭受误解，他们的事迹鲜为人知，没有鲜花与掌声迎接他们，伴随而来的只有流言蜚语，甚至冤屈辱骂。"大雪压青松，青松挺且直。要知松高洁，待到雪化时"正是这种人的精神写照。

不管怎样，他们都是英雄。英雄的精神、品格，是一种"以天下为己任的情怀"，一种对自己理想孜孜以求的信念，一种明知不可为而为之的坚韧。这是我们中华民族的美好品德，是传统文化中的珍贵宝藏，也是历史上优秀人格的典范。

二、美妙奇特的历史文化

《芈月传》

作者蒋胜男于20世纪90年代末期在网上发表作品,2003年受邀成为晋江文学网驻站作家,2009年于晋江文学城连载长篇历史小说《芈月传》,2015年电视连续剧《芈月传》开始播出。同年,《芈月传》① 入选"2015年优秀网络文学原创作品"。《芈月传》从一个女性的角度,演绎了先秦时期的历史转折和演变,描写了芈月在历史重要关头的审时度势、顺应潮流、卧薪尝胆和把握时机,反映了历史大的转折和动荡,写出了个人在历史中的作用、历史和个人之间的相互作用,同时也写出了历史的偶然性以及偶然性背后的必然性。

【简介】《芈月传》被称为"女性大历史小说",是作者蒋胜男的巅峰之作。作品选取了历史上的秦宣太后即芈月这一历史人物作为主角,演绎了华夏始称太后的爱恨情仇、波澜壮阔的惊世传奇。芈月是历史上真实存在的传奇女性,司马迁的《史记》卷七十二和卷七十九均有她的相关记载。她本是楚国人,后为秦惠文王妃,芈月的儿子嬴稷曾在燕国为人质。秦惠文王死后,秦武王继位。秦武王在位五年因举鼎而亡,秦武王没有子嗣,芈月的儿子嬴稷在舅舅魏冉的帮助下,继位为昭襄王,她成为太后。"太后"一词由她而来。太后专权,也自她始。她也是千古一帝秦始皇的高祖母。她沿着商鞅变法之路,奠定了日后秦国一统天下的基础。

【节选】

第四章　鹰之惑

楚王商看到屈原夸奖,甚为得意:"哦,难得屈子能如此夸奖一个小儿。孺子,快来行过拜师之礼。"

---

① 蒋胜男. 芈月传(影视同期书)[M]. 浙江:浙江文艺出版社,2015.

屈原一怔："拜师？"

楚王商："如何？"

屈原长揖："臣，不敢为公主师。"

楚王商奇道："为何？难道屈子也有男女之歧视吗？"

屈原摇了摇头："臣非迂腐之人，亦不会拒绝女徒。然，臣认为，臣不能收公主为徒。"

楚王商倒有些诧异："哦，为什么？"

屈原看了看芈月，见这天分过人的女童眼中尽是委屈和不服，心中却长叹一声，对楚王商道："大王，父母之爱子，则为之计深远，如果大王真心喜欢公主，还是不要让她懂得太多，学得太多。"

楚王商闻言，有些不悦："为何？"

屈原沉默片刻，终于沉声道："大王，智者忧而能者劳。"

【节选】

第一百零六章 太后始

我要斗的从来不是你们，我不屑斗，也不会斗。我一直想离开，小时候想逃离楚宫，长大了想逃离秦宫。最终我回来了，因为我领悟到，真正的自由不是逃离，而是战胜，是让自己变得强大，大到撑破这院墙，大到我的手可以伸到楚国，我的脚可以踩住秦国。那时候，才是真正的自由。夫唯不争，故天下莫能与之争。我不与你们争，我要与天下的英雄争，与这个世道争，与这个天地规矩争。

……

每一位作者在创作历史小说时，都隐藏着自己对历史的立场和态度，因此，他们的作品各有特点。《芈月传》的作者就是运用了一种女性的、新锐的叙事模式与理念进行创作。小说中楚威王的三个女儿，芈月、芈姝、芈茵，对比这三个不同的女性及她们的关系，可以非常清楚地看到，作品反映出来的是女性自身的裂变，而并非通过男性眼光中的"她"去定

◆ 第三章 历史的戏说——古韵今唱 ◆

位女性的地位和价值。在本章节选中，楚威王想让芈月拜屈原为师，可是被拒绝了，理由是"如果大王真心喜欢公主，还是不要让她懂得太多，学得太多。智者忧而能者劳"。屈原的理由很简单，因为男女分工不同，各自承担的责任也不同，如果女人有了男子的智慧和学识，又要承担男子的责任，这对一个女孩而言，太不容易了。而这段情节的描写，也是芈月最初的自我意识的觉醒。所以，芈月在她后来的人生中都在发出疑问："为什么我不可以？"她时时都在挑战女性不可以做的事情与世人对女性的成见。小时候玩男孩子打仗的游戏、观看叩阙献俘，嫁人后随秦王出行义渠、批阅奏章，这些都是她超越一般女性的魅力所在。同时，从芈月身上也可以看出《逍遥游》里的鲲鹏之心、鲲鹏之志，节选部分就反映出主人公芈月在人生的各个阶段都想要的逍遥游。所以，芈月不管在什么环境下都能保持自我，对抗命运，具有不逊于男人的心气和强烈的自信。小说虽然写的是历史中的女性，但同样可以给当代女性以借鉴，这个社会也许存在男女不平等，其实很多时候是女性自己建构了这种不平等的心理，只有女性自己从内心打破这种限制和禁锢，才能获得解放和自由。因此，女性要有自我觉醒的意识，要有勇气和信心掌握自己的命运。

【节选】

第二章 少司命

原来河水到了这里忽然河道开宽不少，因河道忽然变宽，便于此处河道中央，立了一座少司命的石像。

那少司命穿着荷衣，系着蕙带，赤足踩着荷叶底座，一只手持长剑，另一只手却高高托着荷叶，荷叶上面是一个穿肚兜的女婴。白石如玉，在月光下发出晶莹之光。

更为可惊的却是石像底座处，有一大团水草缠绕着无数荷叶，荷叶堆上却是躺着一个着红肚兜的女婴，在那里声嘶力竭地哭着。

……

此时此刻月光如水，水面上少司命的石像皎洁如玉，只手托着荷叶上的女婴，而石像底座，向氏一身白衣，自荷叶上抱起女婴。石像与真人交相辉映，竟有一种奇异的相似。

莒姬见此情景，她心念电转，立刻朝着神像跪下，颤声道："少司命庇佑啊！"

此时众人皆已怔住，听得莒姬这一声，似被一语点醒，顿时纷纷皆跪下来："少司命显灵了！"

幽暗中似乎有女巫歌声悠悠传来：

"竦长剑兮拥幼艾，荪独宜兮为民正……"

第十八章 司命祭

少司命祠在汨罗江边，如今祠前临江处已经搭起一座用鲜花香草装饰的高台。高台隔江对面是座祭坛。祭坛之上，三祝立于中央奉玉圭、念祝词，其下郁人奉祼器，宰人奉三牲，司尊彝奉六尊六彝，司几筵奉五几、五席，典瑞奉玉瑞、玉器等，皆如其仪。

士庶男女将祭坛四周围得密密麻麻，纷纷恭敬奉上祭品。无非贵者用金玉三牲，贱者奉野菜米饭，也算是祭神还愿。

两边各停着一座楼船，左边为男祝，右边为女祝。每年秋祭，都由贵族男女扮演大司命、少司命，在祠前举舞为祭，祈祷神灵降福大地，愿五谷丰登，兰蕙满园，驱邪辟恶，子嗣繁衍。

……

此时两边男女巫祝齐声歌舞：

"秋兰兮麋芜，罗生兮堂下。绿叶兮素华，芳菲菲兮袭予。夫人自有兮美子，荪何以兮愁苦？"

……

这第一段原是以诸巫以兰蕙诸物迎神之意，之后方是大司命与少司命降落人间，曼步歌之舞之：

第三章 历史的戏说——古韵今唱

"秋兰兮青青，绿叶兮紫茎。满堂兮美人，忽独与余兮目成。"

……

两人目不转睛。相和而歌，携手而舞，舞至一处，转身又各自相离，群巫唱曰：

"入不言兮出不辞，乘回风兮载云旗。悲莫悲兮生别离。乐莫乐兮新相知。"

此时两人若即若离，喜乐相交，数番重叠交舞，群巫若助合，若推离，长袖挥卷中，两人又渐到了高台两边。

此时场中群巫又舞蹈唱曰：

"荷衣兮蕙带，倏而来兮忽而逝。夕宿兮帝郊，君谁须兮云之际？"

此时便是群巫问少司命，你忽来忽去，谁与为伴。芈月与黄歇便依词交错唱曰：

"与女兮游九河，冲风至兮水扬波。与女沐兮咸池，晞女发兮阳之阿。望美人兮未来，临风恍兮浩歌。"

这段开始，群巫便拥两人，挥长袖以作九河咸池状，将两人拥入中央，且歌且舞，互诉衷情。那一刻，是祭舞演唱，还是情侣自抒，人神交替，情景交融，两人素日间那些悄生暗长的情丝、心照不宣的秘密、未及言说的衷情、无限向往的未来，皆在这祭舞祝词中，若进若退，若即若离，一一合拍。

……

在他们身边伴歌伴舞伴奏的，是公族男女，历年来司命之祭，都是由这些具有王族血统的贵人们向上天祷告祭祀，求少司命、大司命保佑，家国平安、不受灾殃。此时，长河翻卷，神人凌波，众人的舞蹈也越发激烈，甚至到了狂舞的时候。

渐到尾声时，芈月和黄歇的舞姿慢了下来，然而一举一动，却更合韵律。这种缓慢，更显出祭祀之郑重，和神灵之高贵。但见群巫转而唱曰：

"孔盖兮翠旍，登九天兮抚彗星。竦长剑兮拥幼艾，荪独宜兮为民正。"

《芈月传》刚刚问世时，首先引发了大家对"芈"字的认识，这个字不在百家姓之列，随着对这个姓氏的了解，就引出了与"芈"姓有关的楚文化的知识。司马迁的《史记楚世家》中就有记载："芈姓，楚其后也。""芈"是楚国的祖姓，也就是楚国贵族的姓，姓"芈"在楚国是身份和地位的象征。当我们了解楚国的姓氏文化后，就能更进一步理解司马迁所说的"楚虽三户，亡秦必楚"这句话的内涵。这里的"三户"不是普通的三户人家，而是昭、屈、景三大氏族，《史记·汉高祖本纪》中记载："是岁，徙贵族楚昭、屈、景、怀、齐田氏关中。"[①] 就是说这三大氏族与楚王同姓。这样一来，我们也能明白，在战国那样一个天下熙熙皆为利来、良禽择木而栖的时代，屈原为什么会有如此坚定的信仰和强烈的爱国情怀，为什么屈原宁可死也不离开故土。因为他与楚国国君同宗同祖，他对楚国的热爱不仅仅是爱国，更是一种对国土的守护。既然芈月是楚人，那小说中免不了洋溢着楚文化的氛围。小说开头写道，芈月出生时，因被预言是霸星降临而遭人遗弃于竹篮里，漂流在水中，幸得少司命的护佑才保全了性命。少司命是《楚辞·九歌》中掌管人类子嗣后代的女神。小说中对她的形象描述是一手持长剑，一手托婴儿，既威武又慈爱，"竦长剑兮拥幼艾"，这是一位守护人类子女的女神形象。正是有了少司命的保佑，小时候的芈月表现出格外灵动的性格，也深受她父王的喜爱。除此之外，先秦时期的楚人祭祀歌舞的乐舞文化在小说中也体现得淋漓尽致。小说详细描写了楚国每年的少司命大祭场景。王夫之的《楚辞通释》里说："大司命统司人之生死。而少司命则司人子嗣之有无。以其所司者婴稚，故曰少。"少司命庇佑妇孺，保佑楚国人丁兴旺。在小说里，芈月和黄歇担任这次的主祭，祭祀时的唱词是《九歌·少司命》。开头几句描写了散发着芳香的

---

① 司马迁. 屈原贾生列传 [M] // 史记. 长沙：岳麓书社，1998.

◆ 第三章 历史的戏说——古韵今唱 ◆

香草,是对少司命的赞颂;中间部分是人神的爱恋之情,表现了女神的温柔多情,"悲莫悲兮生别离,乐莫乐兮新相知",这两句话概况了人类相思离别的动人情感,脍炙人口,常被后人引用。楚人信鬼神、好歌舞,对待鬼神的态度是娱神而不是敬神。所以,当秦惠文王看到楚人的祭祀时想到:"北方诸国祭祀,依周礼而行。庄严肃穆,与楚之祭祀,却是大不一样。"楚国地理位置多山水湖泽,巫风盛行。但他们对待神灵的态度不像商周时代那样的敬重肃穆,他们更多的是取悦神灵。神和神、神和人都可以恋爱,这样就会和神灵之间产生一种非常美好的互动交流,娱神或祭祀时的仪式上就呈现出高度的美感、高度的艺术化。这部分的节选就将楚人祭祀时浪漫的一面表现了出来,同时也反映了楚文化中激烈动荡的情感内容,展现出楚人情感的浪漫、活跃。《芈月传》中对楚国祭祀巫术活动的描写,让我们对美妙的楚文化有了更多的认识与欣赏。

《芈月传》作为一部历史题材的网络小说,虽然有一定的史实基础,但它不能称为历史正剧,因为改造和虚构的部分较多。由于先秦时期的史料记载不详细,多有缺失,特别是有关秦宣太后的记载有限,其中的正面评价要少于负面评价,所以作者虚构了黄歇和芈月的这段感情纠葛,构成女主人公芈月的情感线索,增加小说中的情节感染力。不可否认的是,小说《芈月传》改编成影视剧后,在一定程度上带动了大家对战国时期历史的认知和兴趣,很好地提供了借观剧而知史的机会,在《芈月传》热播以后,网络上立刻就出现了"漫画图解春秋战国史"这样类似的科普文章,既创造了商业效益,又产生了社会文化效应。《芈月传》的时代背景是战国时期,是中国历史上最复杂、最动荡的时代,也是英才辈出的时代。屈原、商鞅、苏秦、张仪、白起、秦惠文王、楚怀王等历史人物演绎了波谲云诡、波澜壮阔的政治、军事、外交斗争,这个时期的国君、君子、侠客、儒士等人物以及他们的事件均在历史上留下了深深的痕迹,小说中也大致还原了历史上的几次重要历史事件,如张仪戏楚、合纵六国、完璧归赵等。所以，通过阅读欣赏《芈月传》，能让大家主动去了解这段风云变幻的历史，品读精彩奇特的历史人物，寻找历史真相，这就是作品的成功之处。

三、沧桑厚重的历史事件

《遍地狼烟》

抗日战争是自鸦片战争以来，中国抗击外敌入侵的第一次完全胜利。一直以来，抗战类题材小说追求英雄主义，和个人传奇色彩，作品中的人物往往具有非黑即白的性格特征，共产党和国民党处于对立状态。20世纪80年代以后，从官方到民间，对于抗日战争中，国民党在正面战场上的表现和作用，逐渐重视和认可："凡是英勇抗日的将领和士兵（包括国民党中央军在内）都应该表扬和肯定。"[①] 电影《血战台儿庄》就塑造了国民党官兵英勇抗日的光辉形象。抗战类题材的网络小说，将国民党官兵作为小说的主人公，是社会中文化语境的变化，也是时代文化的变化结果。进入新世纪后，军事题材的网络小说成为创作热点，其中出现了不少受大家欢迎的抗战类题材的小说，《遍地狼烟》就是其中一部。该作品入围第八届茅盾文学奖的初评前81强，获得中国首届网络小说创作大赛一等奖及第二届中国出版政府奖。这部作品也被改编成电视连续剧，受到观众的热评。

【简介】小说《遍地狼烟》[②] 中的主人公牧良逢是猎户家庭出身，擅长用枪支，枪法奇准。一个阴差阳错的机会，他加入了国民党的队伍，从而踏上了与日寇厮杀的征途。他潜入沦陷区刺杀汉奸，与鬼子的狙击手生死较量，配合新四军摧毁鬼子的小型兵工厂和印钞厂，收编土匪解救战

---

① 周而复. 长城万里图 [M]. 北京：人民文学出版社，1993.
② 李晓敏. 遍地狼烟 [M]. 江苏：江苏文艺出版社，2010.

俘,他既是勇敢的战士,也是有谋略的将领,他有民间英雄的血性,又有江湖侠客的豪气、义气。在历史的浩瀚烟云里,他逐渐成长为一名优秀的革命战士,他和一群中国好男儿演绎了一场充满血性的抗战史诗。

【节选】

第十三章　血战昆仑

民国29年的春节还没到,大战就拉开了帷幕。第四战区下令,兵分三路反攻南宁:北路军四个师向昆仑关进攻;东路军四个师袭扰邕江南岸日军,破坏邕钦路,阻止日军增援;西路军四个师向高峰隘进攻,并阻击南宁增援之敌;预备队为第九十九军。

12月18日,北路军向昆仑关发起总攻。第五军军长杜聿明以荣誉第一师从昆仑关正面发起总攻,以新编第二十二师向五塘、六塘攻击,迂回昆仑关侧后。次日,西路军向高峰隘、四塘、新圩、吴圩等地进攻,并阻敌增援;东路军向钦州、小董、大塘等地攻击,以配合北路军作战。

大战全面爆发。

昆仑关位于中国广西宾阳县境内,1939年12月到1940年1月间,日军在钦州湾登陆,攻陷防城后占领了南宁、龙州。第五军军长杜聿明受命反攻昆仑关。第五军是国民革命军第一个机械化武装部队,是国民革命军战斗力最强的主力部队之一。从广义的角度而言,昆仑关战役是指桂南会战中的防守南宁、反攻南宁和宾阳作战三部分。本章节选是以反攻南宁作为战斗情景,这也是整个桂南会战的核心战役。1939年12月18日,第五军对昆仑关日军发起进攻。郑洞国荣誉第一师与日军展开白刃战,首先占领仙女山。当晚,各部乘胜夜袭,相继占领老毛岭、万福村、441等高地,最后攻占昆仑关。19日午后,日军在飞机掩护下进行反扑,夺取昆仑关。双方展开反复争夺。27日,是昆仑关争夺战最激烈的一天,中国空军第三大队出动6架飞机支援陆军战斗。双方伤亡甚重。杜聿明经过缜密的观测,经了解昆仑关周围地形和敌阵地兵力火力,决定采取"要塞式攻击法",

逐步缩小包围圈。30日,中国增援部队到达,向日军发起更猛烈的进攻,相继攻占了同兴、界首及其东南各高地,打破了昆仑关日军的防线。31日拂晓,杜聿明军长把指挥所推进至大坎岭,指挥官兵向日军猛攻。至8时,第一五九师占领653西南高地;上午11时,新编第二十二师攻入昆仑关,经过18天的激战,至31日日军被迫向九塘方面撤退。昆仑关战役胜利结束。① 昆仑关战役是正面战场自武汉失守以来取得的一次重大胜利,也是抗战以来中国军队攻坚战的重大胜利。中国军队共毙伤日军8100余人,击毙日少将旅团长中村正雄。中国军队阵亡27000余人。

  抗日战争的这段历史已经快要过去了百年,离我们越来越远,历史中的这些人物也都逐渐不在人世。可是这段历史又是如此重要,这段历史是不能被遗忘的,因为它是属于我们这个民族的记忆,应该流淌在我们每个人的血液之中。这段历史是由无数个小人物,平凡得甚至没有留下名字的小人物所创造。《遍地狼烟》中通过猛子、柳烟、张团长等这些虚构的小人物,描述了前线战争的惨烈,敌后战场的艰辛,他们共同构成了这段波澜壮阔的历史,他们应该被我们所铭记。

  综观抗战类题材小说,都延续了从20世纪80年代就流行的,以民间视角来讲抗日故事的叙述模式。抗日战争是中国近代史上最重要的一段历史,抗日故事是丰富的历史题材,因此,几乎所有的抗战类题材的小说中,抗战是背景,是历史舞台,而人物则是想象的,是情感的一种投射。例如,《亮剑》中的李文龙是千千万万个英勇无畏的共产党员的缩影;另一个重要人物楚云飞身上,则凝聚了国民党高级军官的所有优点和特质。同样地,《遍地狼烟》中牧良逢身上聚集了所有抗日战士的特质:勇猛无畏、无惧牺牲。他和他的士兵们身上具备的血性、张扬的个性是我们当代

---

① 蒙卫芝. 昆仑关战役. [N/OL]. 南国早报,2005-08-11 [2005-08-11]. http://news.gxnews.com.cn/staticpages/20050811/newgx42fad590-421823.shtml.

所需要的敢于担当的力量。虽然抗战类题材的网络小说，以小说的形式讲历史，偏重想象、讲故事，但它毕竟不是戏说历史。《遍地狼烟》以武汉会战、长沙会战、常德保卫战、昆仑关战役等作为故事背景、直接通过历史资料描述战斗的部署情况，这样给读者有一种历史的真实感和宏阔感。相关的历史事件不虚，为了增加作品的真实性，作者李晓敏阅读了大量的史料、地方志，也采访了幸存老兵，准备充分，对部队番号、武器装备、部队纪律等细节描写真实可靠。因此，大家在阅读抗战类题材小说时，享受的不仅仅是阅读的快感，这些军事类知识、历史小故事也为小说增加了看点。

抗战类题材网络小说的兴起，既表现出大家对这段历史的关注，也从侧面反映了因为时代的进步，我们现在更加能够正视历史、反思历史。在抗战过程中，不仅仅是共产党，还有国民党、老百姓、每一位有良知的中国人，都在为这段历史添砖加瓦。网络小说的笔触会较多地指向国民党和老百姓中的一些小人物身上，通过描写普通人在这段历史中的经历，以小见大，能更深刻地体现出历史的厚重与真实。这种兴起与变化，使抗战类题材小说更具有历史深度，也能从多角度、全方位展现这段历史。因此，优秀的抗战类题材网络小说，能够帮我们重建理想，升华精神；能够激励我们追求崇高，铸造浩然之气；能够让我们感受那个时代的精神，可以体会到自身成长的责任。

四、细致入微的历史知识

《长安十二时辰》

作者马伯庸是知名作家，人民文学奖、朱自清散文奖得主。其作品多为历史、奇幻、武侠类型，他的主要作品有《风起陇西》《古董局中局》《风雨〈洛神赋〉》《三国机密》，被网友们称之为"考据型悬疑文学"。其代表作《古董局中局》入选第四届"中国图书势力榜"文学类年度十大好书。连载于 17k 小说网的《长安十二时辰》①，被称为古代版的"反恐 24 小时"，于 2017 年出版纸质书籍。2019 年，同名网络剧于暑假开始热播，掀起了一股"长安热"。

据作者马伯庸自述，《长安十二时辰》的创作灵感来源于知乎上的一个问题："如果你来给《刺客信条》写剧情，你会把背景设定在哪里？"这是网友针对一款电脑游戏背景的提问。马伯庸看到后，信手写了一段游戏剧本："俯瞰长安城，一百零八坊如棋盘般排布，晴空之上一头雄鹰飞过。"这段文字就成了小说《长安十二时辰》的开头，写出了唐代天宝三载，长安城的上元节当日所发生的事情。

【简介】小说的主人公张小敬出身行伍，后受任为主管侦缉逮捕的官差"不良人"，长期协调维护地方安全工作，但却因违法被关押于狱中。在上元节当日的长安城中，歌舞升平，一片繁华，可是出现了一群悄悄潜入的突厥狼卫，想要通过绑架和暗杀来毁灭长安城。负责长安城治安的靖安司发现了混入城内的可疑人员，要保卫长安城，就要侦破突厥人的阴谋。因张小敬对长安城坊市的熟悉，靖安司特例委派张小敬戴罪立功、侦破此案。经过一番调查，张小敬发现敌人的阴谋是为了在上元节晚上的灯会中制造混乱。距离上元节花灯大会只剩下短短的几个时辰，张小敬必须在上元节花灯大会前抓住刺客。在调查与追捕中，张小敬发现靖安司中竟然还有敌人的内应，在一次次斗智斗勇中，张小敬终于在最后关头揭穿了背后主谋，阻止了破坏的发生，保护了长安城里的黎民百姓。

【节选】

第一章　巳正

在崔六郎的带领下，那支小小的驼队顺着槛道鱼贯进入西市。

过了槛道，迎面是一个宽阔的十字路口，东、南、西、北四条宽巷的

---

① 马伯庸. 长安十二时辰［M］. 湖南：湖南文艺出版社，2017.

◆ 第三章 历史的戏说——古韵今唱 ◆

两侧皆是店铺行肆。从绢布店、铁器店、瓷器店到鞍鞯铺子、布粮铺、珠宝饰钿铺、乐器行一应俱全。这些店铺的屋顶和长安建筑不太一样,顶平如台——倒不是因为胡商思乡,而是因为这里寸土寸金,屋顶平阔,可以堆积更多货物。

此时铺子还未正式开张,但各家都已经把幌子高高悬挂出来,接旗连旌,几乎遮蔽了整条宽巷上空。除夕刚挂上门楣的桃符还未摘下,旁边又多了几盏造型各异的花灯竹架——这都是为了今晚花灯游会而备的。此时灯笼还未挂上,但喜庆的味道已冲天而起。

"咱们长安呀,一共有一百零八坊,南北十四街,东西十一街。每一坊都有围墙围住。无论你是吃饭、玩乐、谈生意还是住店,都得在坊里头。寻常晚上,可不能出来,会犯夜禁。不过今天不必担心,晚上有上元节灯会,暂弛宵禁。其实呀,上元节正日子是明天,但灯会今晚就开始了……"

……

曹破延并不知道,他和崔六郎的这一番小动作,被不远处望楼上的武侯尽收眼底。

望楼是一栋木制黑漆高亭,高逾八丈,矗立在西市的最中间,在其上可以俯瞰整个市场的动静。楼上有武侯,这些人都经过精心挑选,眼力敏锐,市里什么动静都瞒不过他们。

小说的第一章,就描绘出了万邦来朝的盛唐气象,让人身临其境地感受到天保三载上元灯节的盛唐气象和长安风貌。在上元节这天,胡商们鱼贯而入,进入到长安城的西市。唐代皇室大多信奉道教,道教的节日被大力提倡。在所有节日中,代表"天官赐福"的上元节无疑是最受人们重视的。唐玄宗时期,上元节作为一个重要的节日,被特许关闭宵禁,有三天的庆祝时间,老百姓可以燃灯庆祝,任意娱乐。通过崔六郎的介绍,我们仿佛看到了唐代长安城108坊的整体风貌,看到了东市聚集着唐代的达官贵人，西市里以中亚胡人（粟特人为主）的国际贸易交流市场，看到了当时市民生活的真实摹写。根据小说故事情节，当这群突厥人进入长安城后，他们的举动就被望楼上的武侯尽收眼底，引起了靖安司的注意。在古代，望楼就是岗楼，是一种特殊的军事设施。小说中对望楼功能的精密设计，是借鉴了现代网络系统技术，虚构了一个庞大的信息处理系统，实际上历史中真实的望楼仅有观敌预警的功能。

【节选】

第一章 巳正

"他是我的一位朋友，叫……哎哎，叫张小敬。从前在安西都护府军中做一个什长，后来叙功调回长安，在万年县担任不良帅已有九年。我想或许合李司丞之意……"

"哦？"李泌眼神一眯。

这份履历说来简单，细琢磨可是不一般。不良帅乃是捕贼县尉的副手，流外官里的顶阶吏职；分管捕盗治安诸事。一个都护府的小小什长，居然能当上一县之不良帅，已是十分难得，更何况这不是一般的县，是万年县。

长安分成东、西两县，西边为长安县，东边为万年县。这万年县在天子脚下，王公贵族多居于此，关系盘根错节，此人居然能稳稳做了九年，李泌忽然产生了点兴趣。

……

李泌道："那是在开元二十三年，突厥突骑施部的苏禄可汗作乱，围攻安西的拨换城。当时在拨换城北三十里，有一处烽燧堡城，驻军二百二十人。他们据堡而守，硬生生顶住了突厥大军九天。等到北庭都护盖嘉运率军赶到，城中只活下来三个人，但大纛始终不倒——张小敬，就是幸存的三人之一。"

檀棋用衣袖掩住嘴唇惊讶，光从这几句不带渲染的描述中，都能嗅到

◆ 第三章 历史的戏说——古韵今唱 ◆

一股惨烈的血腥味道。

"张小敬归国叙功,授勋飞骑尉,在兵部只要打熬几年,便能释褐为官,前途无量。可惜他与上峰起了龃龉,只得解甲除籍,转了万年县的不良帅,一任就是九年。半年前,他因为杀死自己上司而入狱。"

尽管《长安十二时辰》并不是真实的历史故事,但小说中的很多人物都是历史上的真实人物。主人公张小敬在唐人姚汝能所著的《开元天宝遗事·安禄山事迹》中就有记载:"骑士张小敬先射国忠落马。"在安史之乱的马嵬坡兵变时,一个叫张小敬的士兵拍马而出,把杨国忠杀死。对于这种没有任何其他记载,存在于历史夹缝中的小人物,马伯庸通过虚构的故事,让小说去迎合真正的历史。所以小说中有很多我们熟悉的人物:岑参、贺知章、焦遂……

当长安城面临危险时,靖安司的主事李泌决定启用张小敬,其原因就是"十年西域兵,九年长安帅"。张小敬经历过残酷的战争,又在各种有着盘根错节关系的长安城万年县担任过九年的不良帅。不良帅是什么职业?是不是官职?小说中还有"不良人",这又是什么人呢?有关不良人的历史资料记载很少,《说铃续》记载:"缉事番役,在唐称不良人,有不良帅主之,即汉之大谁何也,立名甚奇。"以上的记载被清朝知名学者、礼学家梁章钜引用到他的《称谓录》中,他解释道:从事侦缉捕盗这类职务的官差,在唐代被称为"不良人",他们的长官叫作"不良帅",职能相当于汉朝时的"大谁何"。他们的主要职责是负责基层的治安工作,访拿逃犯、缉拿盗贼,他们要长期扎根于社会底层,要能接触三教九流的人物,负责寻找案件线索。在《朝野佥载》卷五中又有记载:"敕令长安、万年捉不良脊烂求贼,鼎沸三日不获。"朝廷发布命令,令长安和万年两县征用有案底的人充当小史,以恶制恶,但是找了三天都没有找到这种人,不良主帅魏昶无奈,想出一个办法,任用大户家奴为不良人。由此可见,不良帅是专门负责管理不良人的。但是这两者都因职务品级过于低下,在历代正史中都没有记载,而所谓的

"不良帅""不良人",也是一种习惯性的社会称谓。

【节选】

第二十四章　申初

"汝能啊,你曾在谷雨前后登上过大雁塔顶吗?"

姚汝能一怔,不明白他为何突然说起这个。

"那里有一个看塔的小沙弥,你给他半吊钱,就能偷偷攀到塔顶,看尽长安的牡丹。小沙弥攒下的钱从不乱用,总是偷偷地买来河鱼去喂慈恩寺边的小猫。"张小敬慢慢说着,嘴角露出一丝笑意。

姚汝能正要开口发问,张小敬又道:"升道坊里有一个专做毕罗饼的回鹘老头,他选的芝麻粒很大,所以饼刚出炉时味道极香。我从前当差,都会一早赶过去守在坊门,一开门就买几个。"他啧了啧嘴,似乎还在回味。"还有普济寺的雕胡饭,初一、十五才能吃到,和尚们偷偷加了荤油,口感可真不错。"

"张都尉,你这是……"

"东市的阿罗约是个驯骆驼的好手,他的毕生梦想是在安邑坊置个产业,娶妻生子,彻底扎根在长安。长兴坊里住着一个姓薛的太常乐工,庐陵人,每到晴天无云的半夜,必去天津桥上吹笛子,只为用月光洗涤笛声,我替他遮过好几次犯夜禁的事。还有一个住在崇仁坊的舞姬,叫李十二,雄心勃勃想比肩当年公孙大娘。她练舞跳得脚跟磨烂,不得不用红绸裹住。哦,对了,盂兰盆节放河灯时,满河皆是烛光。如果你沿着龙首渠走,会看到一个瞎眼阿婆沿渠叫卖折好的纸船,说是为她孙女攒副铜簪,可我知道,她的孙女早就病死了。"

说着这些全无联系的人和事,张小敬语气悠长,独眼闪亮:"我在长安城当了九年不良帅,每天打交道的,都是这样的百姓,每天听到看到的,都是这样的生活。对达官贵人们来说,这些人根本微不足道,这些事更是习以为常,但对我来说,这才是鲜活的、没有被怪物所吞噬的长安

◆ 第三章　历史的戏说——古韵今唱 ◆

城。在他们身边，我才会感觉自己活着。"

他说到这里，语调稍微降低了些："倘若让突厥人得逞，最先失去性命的，就是这样的人。为了这些微不足道的人过着习以为常的生活，我会尽己所能。我想要保护的，是这样的长安——我这么说，你能明白吗？"

姚汝能，历史上的真实人物，曾任华阴县尉等职，著有《开元天宝遗事·安禄山事迹》（三卷）。这个历史中的小人物和张小敬一起，成为小说中的重要人物。《长安十二时辰》里，姚汝能听从靖安司首领李泌的指挥，靖安司让张小敬负责追击突厥狼卫，却又对他心存怀疑，就安排姚汝能作为张小敬的助手。姚汝能一开始对张小敬充满猜疑，觉得他追查狼卫是借口，目的就是想要逃跑。他不相信一个对朝廷充满怨愤的死囚真的会为了保卫长安城而去卖命。张小敬是怎么回应的呢？在节选的这部分中，张小敬描绘了一个充满烟火气息、真实的长安；有著名的大雁塔、东西两市，专做毕罗饼的回鹘老头，普济寺的雕胡饭，想要比肩公孙大娘的舞姬，还有想在安邑坊买房子的阿罗约。在这段叙述中，作者细致入微地描绘出了唐代的风俗习惯和文化精髓。

最后，在张小敬和靖安司司臣李泌的携手合作下，他们成功拆穿了敌人的阴谋诡计，将长安城拯救于危难之中，这是小说故事的结尾。小说中，主要人物在故事结束后分道扬镳，对于配角们则语焉不详，看似没有结局，却又有一个结局，这个结局是历史的。当李泌送别张小敬时，张小敬说，"他日长安再有危险了，我再回来"。于是真实历史上的十年后，安史之乱爆发，长安城危在旦夕，张小敬策马奔腾而至，一箭把杨国忠射下马，完美履行了小说中的承诺。小说中的大人物们忙着党争，小人物们也继续着自己的生活。小说中的贺监耄耋之年归乡，一字一句写下那首《回乡偶书》：

少小离家老大回，乡音无改鬓毛衰。

儿童相见不相识，笑问客从何处来。

中国有着浩浩荡荡五千年的历史，重视历史、研究历史、书写历史是中华民族的好传统。虽然历史类书籍始终占据图书分类阅读的榜首，但始终面临比较尴尬的局面。如果用正史的写作方法，作品会过于严肃，缺乏可读性；如果娱乐化写作，又必然导致错误的知识会误导读者，引起诟病。如何在尊重历史的前提下，将历史写得既原汁原味，又有趣味性和可读性，是个难题。20世纪90年代，出现了大批历史小说，例如，唐浩明的《曾国藩》、熊召政的《张居正》等作品。这些作品主要是以真实历史事件为主，再辅以虚构的细节描写塑造历史人物形象，通常是以帝王将相为主的精英视角来重述历史，被称为"新历史小说"。与其相对应的是以民间的平民视角来重述历史，会有意识地避开历史上的重大事件，侧重于个体在生存范畴中所表现出来的人性、文化和历史观，这些作品称为"新历史主义小说"。这里的"新"是和受特定意识形态限制的主流历史小说相对应的。这两种小说都和历史有关，不同的只是在不同文化语境下对历史的解读不一样。当互联网进入大家生活后，大家可以随时随地在网络上交流互动，分享信息资源，越来越多的人开始喜欢碎片化阅读，这就促进了书写方式和阅读方式的改革。历史类书籍写作的突破就要首推《明朝那些事儿》，从2006年首次出版到2020年，总销量已经突破三千万册。小说作者当年明月说："大家希望以一种愉悦的方式去了解过去的事情，但问题是，当代人又比较懒，你别说文言文，你就是翻成白话二十四史、二十五史他也不看。但是呢，他们偏偏又喜欢看这个东西，所以说用合适的方式把它表达出来，可能还要加入一些自己对历史的看法和情感，这样的话我觉得可能会比较受欢迎。"这句话说出了当代读者看历史书的心理，历史要变得有趣，才能进入他们的视野。在《明朝那些事儿》中，作者就是以史料为基础，运用独特的写作风格，让读者感受到波澜壮阔的明朝历史，使他的作品既像史书，又像小说。《芈月传》则是历史细节与文学想象的结合，为了追求历史的真实感，小说在大量的细节上下功夫，充分反映了战国时期的社会文化和各国的民风民俗，类似于"知识考古型"小说。和它类似的小说还有《长安十二时辰》，作品中从唐代的美食雕胡饭、薄荷叶、油缒子，到上元灯会的诸多传统，再到形形色色人物的衣衫、发饰、语言和称谓，等等，涉及到大量唐代的地名、官制、称呼、饮食等知识。这种小说在历史和文学之间进行了合理化构建，大家在阅读时既有感官上的愉悦，又能获得相关知识。在相当长的一段时间里，抗战题材的小说有很强的政治性，对其历史的研究也有很多没有解密的禁区。近三十年来，随着经济发展和文化交流的兴盛，战争亲历者口述历史或是回忆录大量出版，文学作品对抗战历史的表现形式和想象空间逐渐扩大，抗战题材小说开始摆脱了时代的禁锢，呈现出多维度的叙事、驳杂的表现手法和丰富的内容。网络的普及为抗战小说的繁荣提供了新的空间，在网络上，相对自由的创作环境、对军事知识的兴趣、对还原历史的探究，都要比以往更活跃、更大胆、更自由。同时作者也会在作品中表达出自己对抗战历史的认识、人生体验、文化寄托，等等。但如果作者没有完整的历史知识体系和文化积累，就很难驾驭恢宏的历史战争场面，作品就会显得单薄。遗憾的是，到目前为止，还没有出现史诗性质的抗战类题材网络小说。所以当网络小说走上了商业化道路后，当小说在网上需要每天连载更新数千字甚至上万字时，历史类题材小说创作将面临更大的挑战。

　　历史文学作家为了艺术地提供一个能够传达出某种精神的历史世界，只能用艺术地"重建"的方法。"重建"的意思是根据历史的基本走势、大体框架、人物与事件的大体定位，甚至推倒有偏见的历史成案，将历史资料的砖瓦进行重新的组合和构建，根据历史精神和艺术趣味，整理出类似历史的艺术世界，并在更高的层次上重构历史文本，让历史文本重新焕发出艺术的光辉。当前，传统历史小说的路还远远没有完成，而网络历史类型小说又走出了一条多元的发展之路，网络上每天都有海量的作品在产生。如何将历史文本和人文精神有效结合？历史小说的写作又会走向何方？这是我们面临的一个问题。如何讲好本民族的故事更是历史文学创作面临的一大挑战。但是不管怎样，历史类文学书写应该遵循两个原则。第一，大事不虚。指的是创作者应严格遵守历史发展脉络、尊重历史发展规律，对重要史实的发生时序、整体样貌不得有丝毫含糊，对已有定论或公论的历史人物、历史事件不得做颠覆式的表现与评价，在场景营造、道具选择、服饰设计、人物言行等方面不应出现与历史常识明显相悖的硬伤，从而做到以"正"来合乎中国观众的集体文化心理与审美习惯。第二，小事不拘。指的是创作者可在此基础上运用一些虚构性的情节、桥段和技巧来让"骨感"的史实更加"丰满"，让"平面"的人物更加"鲜活"，让"表层"的事件更加"深刻"。切不可让一些疏离作品主旨、违背作品风格的情节和人物喧宾夺主，致使作品"失焦"，而应以奇妙的内容和结构来更好地外化和诠释历史精神、民族根脉，更好地释放文学作品的艺术魅力，使其在悦人耳目的同时沁人心脾。

当然，对历史的戏说、改编，让我们在了解历史的基础上，还要增强辨别的能力，需要主动去学习历史、研究历史。历史与现实息息相关，历史是过去的现实，现实是未来的历史。司马光的《资治通鉴》要"鉴前人之兴衰，写当今之得失"，唐太宗李世民认为"以史为镜，可以知兴替"，英国哲学家培根说"读史使人明智"。这些名人的名言无一不说明了读史的重要性。那么，我们应该怎样读史呢？第一，了解基本的历史发展线索。如果我们想要阅读专业历史书籍，首先就需要着重了解一些基本的历史发展情况，最好能够看一些比较简明易懂的参考书，这样可以为我们进一步阅读打下好的基础。这类书籍非常多，有各种的翻译版本，有的配有精美插图和历史图表，我们可以从中比较清楚和直观地了解历史的发展趋势。第二，带着兴趣去阅读。我们在阅读历史书之前，需要清楚自己对哪个方面比较感兴趣。我们可以观看一些古装历史剧或历史小说，看看自己对哪段历史有些浓厚的兴趣。此外，我们在阅读的时候，可能会遇到一些不太清楚的历史名词、专业术语，可以去查阅一些专业辞典。第三，阅读典籍。大部分人的知识很多是来源于通俗读物，当我们阅读不深、读书不够的时候，就会不太清楚知识的来龙去脉，因此，我们要多去读典籍。典籍是进入到具体历史过程中的。如果我们仅仅从现代知识的角度看待它，可能会觉得它没有意义或者荒诞不经。但是如果进入到当时的朝代，这些东西是过去的人生活中真实的组成部分。我们找到典籍中好玩的、以前没有关注过，却又蕴含历史信息和细节的东西，可以借此打开新的领域和视界，也会受益终生。第四，思考和理解。每部历史典籍都有一个特殊且限定的主题，我们要弄清楚每部历史典籍到底想表达的是什么。而在历史典籍中，大多是以故事形式呈现历史事件，我们要知道作者是用什么方法在说故事。最重要的是，这些历史故事能够给我们怎么样的引导或可行性意见。

第四章

成人的童话——爱情不老

　　爱情是人类永恒的主题，是文学创作的经典母题，几乎所有的文学作品都具有爱情元素，言情小说自然就成为其中一个重要类型。从言情小说的发展来看，我国古典文学中很早就具有言情的传统，从"窈窕淑女，君子好逑"的吟唱到唐传奇小说，才子佳人一直是我国古典爱情的模式，在明清小说中更是出现了大量的描写才子佳人的婚恋爱情小说。这个阶段的才子佳人爱情模式通常都是作者将自己对功业和情感的理想寄托其中，往往表现出落魄潦倒的知识分子的一种情感慰藉，其中反映出来的古典爱情观是含蓄的痴恋和怨愤，追求天长地久、生生世世的一种婚恋心理。到了20世纪二三十年代，才子佳人的爱情模式增加了"革命"的背景，以张恨水、刘云若等为代表的鸳鸯蝴蝶派作家创作了大量的社会言情类型小说。新中国成立以后，因为政治原因，言情小说受到一定限制。20世纪80年代初期，琼瑶、岑凯伦、亦舒、席绢等作家创作的港台通俗小说传入大陆，这些独具特色的港台言情类型小说，一直风靡至今。21世纪初期，网络小说盛行，此时网络小说主题中的言情概念比较模糊，蔡智恒的《第一次亲密接触》开启了网恋模式，这种言情套路被很多写手竞相模仿。当网络小说走上产业化道路后，网络言情小说告别了传统的中、短篇形式，开始向长篇小说发展。随着网络小说类型化发展，玄幻、修仙、历史等类型的小说迅速走红，言情类型的小说也在不断地与它们相融合，形成了穿越言情、都市言情、仙侠言情、校园言情等类型的小说。

◆ 第四章　成人的童话——爱情不老 ◆

综观言情小说的发展，虽然才子佳人的传统言情模式成为言情小说的书写范式，体现出才子配佳人的传统婚恋观，但随着时代发展，传统言情模式也呈现出纷繁复杂的变化。在现代文学中，婚恋观更多地表现为"革命""恋爱"的模式，给爱情书写赋予了政治意义，对爱情的追求成为人性解放、自由的表征。改革开放后，港台言情小说盛行，成为一种大众文化现象。此时言情小说中的男性女性尽管还是沿袭才子佳人模式，却暗含瑕疵，他（她）们要么性格激烈，患得患失，要么已有伴侣恋人。爱情的书写焦点，从"个体"转向"关系"，不在乎爱情结果，不渴望天长地久，只在乎曾经拥有，只愿意潇洒走一回，这种在爱情中"过把瘾"的洒脱，使传统的古典爱情观就此崩塌，可是爱情的纯真美好又是每个人心之所向，缅怀爱情、追寻爱情是当代人的情感焦虑的核心。网络言情小说就是在这样的时代变化、社会语境下，重新进入大众文化视野。爱情本是一种极具个性化的情感，前期言情小说中爱情观的共性远大于个性。网络时代下，小说中的爱情观从集中表现作家们的共性，发展为突出显示每位作者的个性，出现了众多有影响力的网络作家，例如桐华、匪我思存、辛夷坞等。同时网络言情小说也形成了从小说到影视到游戏的完整产业链，进一步扩大了网络言情小说的传播力，甚至影响了一代人的青春方式。

一、古典爱情的美好与守护

《三生三世十里桃花》

《三生三世十里桃花》是网络小说中仙侠奇缘类型的代表，作者唐七公子于2009年凭借这部作品一举成名，后创作《岁月是朵两生花》《华胥引》《三生三世枕上书》等作品。作品《华胥引》获首届"西湖·类型文学双年奖"铜奖，入选2013年度"大众喜爱的50种图书"。《三生三世十里桃花》于2017年被改编成电视剧上演[①]。

[①] 唐七公子. 三生三世十里桃花 [M]. 湖南：湖南文艺出版社，2017.

【简介】远古时代，生存着龙族、凤族、九尾狐族等众神，九尾狐族的青丘帝姬白浅和九重天龙族太子夜华，两人的第一世在人间相遇，却因一个是天族太子，一个是人间平凡女子，导致两人误会重重，最后阴阳相隔。三百年后的东海龙宫，遗忘前世的帝姬白浅和太子夜华又不期而遇。面对曾经的爱人，白浅淡然如风，夜华痴心守护。等到白浅终于回忆起前尘往事，偏又魔族进犯，命运将他们分离。小说通过两人的三世爱恨、三世纠葛，谱写出海誓山盟、海枯石烂的古典爱情观。

【节选】

第一章 前尘往事

那时候，我还没有爱上他，我只是一个人很寂寞。

可他什么也没说，他娶了我，还将我带上了这九重天。

我天生擅长粉饰太平，所以他和素锦天妃的种种纠葛我都可以当作不知道。

我想，不管怎样，他娶的是我，我们是对着东荒大泽拜了天地发了誓言的，我还有了他的孩子，我这么爱他，总有一天他会被我感动。

而他，也确实逐渐地对我温柔了。

我甚至庆幸地以为，他即便不爱我，是不是，也有点喜欢我了呢？

爱这种东西，有时候，会让人变得非常卑微。

……

可那时候我一直侥幸地以为，夜华至少是有一点喜欢我的，只要他有那么一点点喜欢我，那我也是要待在他的身边的。

中国的很多成语都充满着浪漫和诗意，尤其是在表达对爱情的向往、愿望和忠贞时，我们经常会用到"三生三世"这个词语。"三生三世"出自佛教的因果轮回说，传说冥海之畔有块三生石，如果情人去那里参拜，会获得前生、今生、来生的缘分，因此"三生三世"成为传统文化中词语意涵上情定终身的象征。网络小说《三生三世十里桃花》的篇名就暗示了

第四章 成人的童话——爱情不老

这是一个传统爱情小说，小说的故事结构则沿袭了我国古典文学中的言情传统，从才子佳人的一见钟情到小人拨乱，最后历经千难万苦，终于及第团圆的爱情模式，这是一种普遍性的爱情模式，是山盟海誓、海枯石烂的一种古典爱情观，也符合大众的审美需求和价值取向。小说开篇用极其简略的文字介绍了男主人公九重天的太子夜华和女主人公青丘白浅的前世故事。前世的白浅是一位凡间女子素素，无意中搭救了受伤落入凡间的夜华，两人就此相爱，私订终身。可两人身份过于悬殊，受到天帝的反对，更是遭受到天帝为夜华指定的未婚妻素锦的百般刁难和陷害，以致两人之间误会重重。小说以第一人称的口吻述说了作为一名凡间女子留在一个陌生的环境中，在巨大的身份落差面前，对爱情的恐惧、担忧、害怕、卑微等复杂情绪。在现实的爱情生活中，人们在面对两人身份地位的巨大差距时，如果没有感受到对方的强烈爱意和信任，如果自己没有强大的内心，人们的情绪通常会受到环境和周围人的影响，处于一种患得患失之中，甚至也会因对爱情的不自信导致自己产生一种卑微的心理。张爱玲说过："喜欢一个人，会卑微到尘埃里，然后开出花来。"这句话曾经被奉为爱情的经典语录，被很多文艺青年追捧。不可否认，当我们真正爱慕一个人时，确实愿意为对方放低姿态，愿意迁就对方，为对方做任何事情。可是这样的一种低姿态爱情，注定不会长久。真正的爱情应该是势均力敌，是平等，是双方的互惠共赢、共同成长。自己不够强大，仅仅靠卑微的付出，希望能感动对方；或者是对感情不自信，双方沟通不畅，充满猜疑，这就势必会造成情感破裂。所以，在小说《三生三世十里桃花》的第一世，尽管太子夜华无视身份的鸿沟，努力想要保护凡人妻子素素，尽管两人真心相爱，可依然造成了情感悲剧，以素素跳下诛仙台作为前世姻缘的终结。因此，爱情中双方的关系绝不是靠着卑微的付出、自欺欺人的心理来维系，也绝不是一方对另一方的攀附或迁就。真正的、长久的爱情一定是用对等的、平视的关系看待彼此，就像舒婷《致橡树》里写的那样：

我如果爱你——绝不像攀援的凌霄花，借你的高枝炫耀自己；

我如果爱你——绝不学痴情的鸟儿，为绿荫重复单调的歌曲；

也不止像泉源，/常年送来清凉的慰藉；

也不止像险峰，增加你的高度，衬托你的威仪。

……

【节选】

第五章　大紫明宫

这许多年来刻意忘怀的一些旧事，纷纷从脑子里揭起来。

他眉间似有千山万水，定定瞧着我，半晌道："阿音。"

我垂下眼皮，肃然道："原是离镜鬼君，老身与鬼君早恩断义绝，'阿音'二字实当不得，还是烦请鬼君称老身的虚号罢。"

……

我五万岁时拜墨渊学艺。墨渊座下从不收女弟子，阿娘便使了术法将我变作个男儿身，并胡乱命了司音这假名字。

那时，人人皆知墨渊座下第十七个徒弟司音，乃是以绸扇为法器的一位神君，是墨渊上神极宠爱的小弟子。绝无人曾怀疑这司音原来却是个女神的。

……

我尚且记得那日天方晴好，太阳远远照着，透过大紫明宫灰白的雾障，似个鸭蛋挂在天边。

……

我自娱自乐得正怡然，斜刺里却突然窜出来个少年。襟袍半敞，头发松散着，眼神迷离，肩上还沾了几片花瓣。虽一副将将睡醒的形容，也分毫掩不了名花倾国的风姿。

我估摸着许是那断袖鬼君的某位夫人，便略略向他点了点头。他呆了一呆，也不回礼，精神气似乎仍未收拾妥帖。我自是不与尚未睡醒的人计较，尽了礼数，便继续游园。待与他擦肩而过时，他却一把拽了我的袖子，神色

◆ 第四章 成人的童话——爱情不老 ◆

郑重且惑然："你这身衣裳颜色倒怪，不过也挺好看，哪里做的？"

我一时反应不过来，眼巴巴瞅着他，说不上话。

……

面前少年拉着我转一圈又上下打量，恳切道："我还没见过这样色彩的东西，正愁父王做寿找不到合称的祝礼，这倒是个稀罕物。小兄弟便算做个人情，将这身衣裳换给我罢。"话毕便拿住我，雪白肤色微微发红，羞赧且麻利地剥我衣服。

……

我那挣扎虽未用上术法，只是空手赤膊地一挣一推，却不想中间一个转故，竟牵连得两人双双落进莲池。鬼族的耳朵素来尖，一声砸水响引来许多人看热闹。此事委实丢脸。他向我打个手势，我揣摩着是别上去的意思，便点了点头，与他背靠背在水底一道蹲了。

我们忧愁地蹲啊蹲，一直蹲到天黑。估摸着水上再没人了，才哆哆嗦嗦地爬上岸去。

因有了这半日蹲缘，我两个竟冰释前嫌称起兄弟来，互换了名帖。

这丽色少年委实与那断袖鬼君有干系，却不是他夫人，而是他亲生的第二个儿子。便是离镜。

……

那之后，离镜便日日来邀我吃茶斗鸡饮酒。

……

就果然见他蹲下来，沉吟半晌道："阿音，我说与你一个秘密，你想不想听？"

我思忖着，他这时辰还不睡，却专程来我居处要同我说个秘密，显见得十分苦闷。我若不听，委实不够兄弟。便憋屈着点了一回头。

他害羞道："阿音，我欢喜你，……"

……

我钦佩离镜的好胆色，被大师兄那么一顿好打，却也并不放弃。隔三差五便派他的坐骑火麒麟送来一些伤情的酸诗。始时写些"在天愿做比翼鸟，在地愿为连理枝"，三五日后便是"相思相见知何意，此时此夜难为情"，再三五日又是"衣带渐宽终不悔，为伊消得人憔悴"。

……

那时我正年少，虽日日与些男子混在一处，万幸总还有些少女情怀。纵然不曾回过离镜只言片语，他却好耐性，日日将那火麒麟遣来送信。我便有些被他打动。

……

离镜同玄女齐齐转过头来，那一番慌乱实在不足为外人道。

我尚且记得自己极镇定地走过去，扇了一回离镜，又去扇玄女。手却被离镜拉住。玄女裹了被子缩在他怀中。离镜脸色乍青乍白。

我同他僵持了半盏茶，他终于松开手来，涩然道："阿音，我对不起你，我终究不是个断袖。"

我怒极反笑："这倒是个很中用的借口，是不是断袖都是你说了算，甚好，甚好。如今你却打算将我怎么办？"

他沉默半晌，道："先时是我荒唐。"

玄女半面泪痕，潸然道："司音上仙，你便成全我们罢，我与离镜情投意合，你两个均是男子，终究，终究不是正经。"

……

他怔了一怔，急道："阿音，当年是我负了你，因你不是女子，我便，我便……这七万年来，他们都与我说，说你已经，已经，我总是不相信，我想了你这么多年，阿音……"

我被他几句阿音绕得头脑发昏，怒道："谁说我不是女子，睁大你的眼睛瞧清楚，男人却是我这般的吗？"

他要来拉我的手蓦然停在半空，半晌，哑然道："你是女子？那当年，当年你……"

我往侧边避了一避："家师不收女弟子，家母才将我变作儿郎身。鬼

◆ 第四章 成人的童话——爱情不老 ◆

君既与我说当年,我就也来说说当年。当年鬼君弃我择了玄女,四匹麒麟兽将她迎进大紫明宫,连贺了九日,是为明媒正娶……"

他一挥手压断我的话:"你当年,心中可难过,为什么不与我说你却是个女子?"

我被他这么一叉,生生将方才要说的话忘个干净,掂量一番,诚实答他:"当年大抵难过了一场,如今却记不太清了。再则,你爱慕玄女,自是爱慕她的趣味品性,难不成只因了那张脸。我同你既已没了那番牵扯,说与不说,都是一样的。"

在小说中,虽然白浅和夜华有三生三世的情感纠葛,可不排除白浅在年轻时候也曾经拥有过懵懂、单纯的情感经历,就好像我们每个人都曾经度过的美好青春恋情。青丘白浅在年轻时化名司音,女扮男装拜入墨渊上神门下,成为他最小的弟子,因故与鬼君第二个儿子离镜相识,两人相交甚欢。离镜很喜欢司音,可因为司音当时身为男身,他就一直处于情感纠结之中。离镜在反复纠结尝试后,确定了自己喜欢司音的心意,这种爱慕之心无关性别、地位与其他,就是单纯的喜欢。作为鬼族的二皇子,离镜有着放荡不羁的外表,浪漫多情的手段,逐渐打动了青春年少的司音,两人拥有一段情投意合的美好时光。司音作为青丘女君,拥有至高的地位和艳丽的容颜。其远房亲戚玄女由于羡慕司音的容貌和家世,刻意修正自己的外貌和模仿司音的姿态,使得两人有八九分相像。当玄女拜访青丘时,正逢司音与离镜两人约会,于是司音携带玄女一同出行。离镜困惑于两人极度相似的外貌,此时的司音也并没有说明自己是女子的身份。离镜在经过比较后,觉得自己还是应该喜欢女子,加上玄女又有意迎合,终究导致司音与离镜分道扬镳,离镜与玄女成婚。随后,天族与鬼族大战,上神墨渊受伤陷入沉睡,需要鬼族圣物玉魂保持其身体。司音期望已经成为鬼君的离镜能顾惜往日情分,将玉魂借用给她,可惜被离镜拒绝,更是遭受到此时身为鬼后玄女的奚落和嘲讽。从此,司音与离镜交恶,与鬼族结仇。在本章节选中,青丘白浅上神(司音)和鬼君离镜于七万年后再次相遇,

◆ 网络小说与现实人生 ◆

小说用倒叙的表达方式回忆了两人的情感过往。在这场情感纠葛中，离镜自始至终都不知道司音是青丘白浅女君，是一位女子身份，直到此时见面，才明白是自己当年的误会造成了今天的遗憾。世间几乎所有爱情的开始都是出自真心、真诚，双方也确实有着希望能地久天长的美好愿望，可所有爱情的结束一定是有一方放弃了、不爱了，不管是因为误会、借口，还是其他各种原因。离镜觉得是司音没有说明自己是女子的身份，司音却觉得两个人在一起是基于趣味品性，与容貌身份无关。表面上看是两人的爱情观不一样，实际上就是离镜的移情别恋。现实生活中，这样的情感纠葛数不胜数。能否被自己喜欢的人爱上，双方的爱情能否有个圆满结局，这些事是我们永远无法左右的，跟人品、相貌、能力、性格都无关。所以很多人在分开后，或忘不了，放不下，或因爱生怨，饱尝情感的苦涩、悲伤。

爱情的开始是来自于双方的两情相悦，两相情愿，在恋爱的过程中，则需要双方对感情共同的执着与坚守，能排除外界的干扰与诱惑，克服生活中的种种困难，才能真正做到执子之手，与子偕老。爱情的力量是伟大的，可以克服一切困难，同时爱情又是极其脆弱的，时间的消逝、时空的距离、金钱、地位、家庭等都可以成为摧毁爱情的那一根稻草。所以真正的爱情是相互无私的奉献、真挚的牵挂。被誉为"敦煌女儿"的樊锦诗，大学毕业后来到敦煌进行文物研究，与丈夫结婚后，两地分居19年，面临精神上、物质上、情感上、生活上的种种困难，最终丈夫为了支持她的事业，来到了敦煌，两人才真正团聚在一起。什么才是爱情最好的模样？是山盟海誓、轰轰烈烈？还是风花雪月、至死不渝？樊锦诗和她的丈夫一生不曾说"爱"，可他们相携走过的蜿蜒足迹，早已铭刻成一个"爱"字。这才是爱情的模样。

【节选】

第二十二章 伤情过往

我觉得如今我的这个心境，要在十月同夜华成亲，有些难。我晓得自

第四章　成人的童话——爱情不老

己仍爱他。三百年前我就被他迷得晕头转向，三百年后又被他迷得晕头转向，可见是一场冤孽。爱他这个事我管不住自己的心，可想起三百年前的旧事，这颗爱他的心中却硬气地梗着一个大疙瘩，同样地，我消不了这个疙瘩。我不能原谅他。

……

我想问问他三百年前，果然是因素锦背叛他嫁给了天君，他伤情伤得狠了，才一狠之下娶了化作个凡人的我？

他可是真心爱上的我？他在天宫冷落我的那三年，可是为了我好？他爱着我的时候，是不是还爱着素锦？倘若是爱着的，那爱有多深？若我不是被诓着跳下了诛仙台，他是不是就会心甘情愿娶了素锦？他如今对我这样深情的模样，是否全因了心中三百年前的悔恨？

……

三百年前，当我化成懵懂无知的素素时，自以为爱他爱得深入骨髓；待我失了记忆，只是青丘的白浅，当他自发贴上来说爱我，渐渐地令我对他也情动时，也以为这便是爱得真心了。

青丘白浅上神终于回忆起前世的人和事，知道自己原来就是太子夜华曾经的凡人妻子素素，明白了自己不管是前世的凡人素素，还是今世的白浅上神，都依然还爱着夜华。可惜的是，白浅明明知道自己的感情，却还是犹豫、不确定，甚至猜测对方的真心。当夜华的人间历劫结束重返天庭后，夜华想求证白浅的心意，白浅选择了避而不见。两人之间隔着前世还没有解释清楚的误会和今生还未说出口的情意，突然就爆发了天族和鬼族的战争，鬼君擎苍破封印而出，想要毁灭八荒众仙，夜华以元神阻挡，诛杀鬼君擎苍而身死。这一世，青丘白浅和太子夜华的爱情，就在白浅无尽的遗憾和追悔中结束了。爱情之所以迷人，是因为在人们还没有考虑许多的时候，它就悄悄来临，让人们深陷其中，无法自拔。表面看爱情，山盟海誓、轰轰烈烈，是人间最美好的事物，可是实际上，陷入爱情中的人往往因患得患失而产生过多忧虑。面对爱情，无论你多么聪慧，也很难把握爱情的主导方向，如果仅仅因为是没有解释清楚的误会、没有来得及说出口的感情而让爱情远离，这将是一件非常遗憾的事情。现实生活中的爱情不会重来，我们的人生也不是童话故事，所有的误会需要及时澄清，所有的感情需要表达出来，能让对方知道、感觉到，所有的困难需要双方的共同努力去克服，这样的爱情才能不留遗憾，才能走向美满。

在小说《三生三世十里桃花》中，前世的夜华沉默、坚忍的性格，让素素对他产生误解，主动放弃了这段感情；今世的白浅由于恢复了记忆，而对夜华的感情犹疑不定，最后落得追悔莫及。经历了两世的情感纠葛后，夜华因有父神的力量护体，几年后起死回生，第三世的白浅和夜华终于在一起了。三生三世的情感纠缠，虽有小人作祟，从中破坏，可两人的情感表达是情深不渝，历经三世，爱的还是对方，两人终究有个美好的结局。通过白浅和夜华三生三世的情感经历，我们可以从中发现，我国古代的爱情观受传统儒家文化影响，情感在抒发和表达上比较内敛含蓄，爱情总是逃不脱忧伤和惆怅，反映到文学作品中，很少有直接表达人物爱情的笔墨，主要是通过生活的细节刻画人物对爱情的忠贞不渝，类似的文学作品还有《鹊桥仙》《梁山伯与祝英台》等。《三生三世十里桃花》就承继了传统言情小说的脉络，描写了一种有着淡淡的忧伤却让人深深感动的爱情。这种爱情是我国千百年来一直所歌咏的地老天荒式爱情，劳动人民在唱着"上邪，我欲与君相知，长命无绝衰"，诗词中写道"问世间情为何物，直教人生死相许"，戏曲里唱道"情不知所起，一往而深，生者可以死，死可以生"。和西方文学作品中的爱情相比，我国传统爱情表现得没有那么激烈和荡气回肠，但我们的传统爱情往往不受时间和空间的限制，都有撼天动地、跨越生死的力量，显得格外隽永。小说《三生三世十里桃花》里就蕴含了我国所有的传统爱情元素，同时又在传统爱情中融入仙侠元素，"爱情+仙侠"的一种纯情式书写，引发读者对纯真美好、坚贞不渝爱情的向往，为当代社会虚构了一幅纯美的爱情童话。

二、当代爱情的现实与无奈

《致我们终将逝去的青春》

作者辛夷坞擅长创作青春校园和都市言情类的作品。《致我们终将逝去的青春》[①] 于2007年在晋江原创网连载时，原题是《致我们终将腐朽的青春》，作品出版时更名为《致我们终将逝去的青春》。作为都市言情小说的代表作品，这部作品伴随着一代人度过了青春岁月。2013年，电影《致我们终将逝去的青春》电影火爆上映后，其持久的影响力从线上走到线下。2019年《致我们终将逝去的青春》入围"庆祝新中国成立70周年"主题网络文学作品暨2019年优秀网络文学原创作品。辛夷坞的其他作品《山月不知心底事》《许我向你看》《原来你还在这里》也被陆续改编成影视剧。

【简介】女主人公郑微，被喻为"玉面小飞龙"，怀着对青梅竹马的邻家哥哥——林静的爱意，终于考上了林静所在学校的邻校。当她满怀希冀地步入校园生活后，却遭遇打击——林静不辞而别出国留学。活泼开朗的郑微，埋藏起自己的感情，享受大学时代的快乐生活，却意外地爱上同学陈孝正。在郑微死缠烂打的追求下，两人成为甜蜜恋人。可是毕业之际，陈孝正选择出国，放弃了与郑微的恋情。几年后，郑微成为一名成熟的职场白领，林静和陈孝正都再次出现在郑微面前，郑微感情的天平，会倾向于哪一个呢？

【节选】

第二章 我们曾经的梦想

阮莞低头沉吟，"我这人没什么远大的志向，不求最好，只求安逸。要说梦想，我唯一的梦想就是青春不朽，好笑吧，我自己都没法想象老了

[①] 辛夷坞. 致我们终将逝去的青春[M]. 江西：百花洲文艺出版社，2013.

会是什么样子。"

"对对，我也一样。"郑微附和，"有时在街上走着吧，看着那些上了年纪的欧巴桑，黄着一张脸，拖着一个秃头、大肚腩的欧吉桑，太恐怖了。"

朱小北说："女人的青春可短着呢，一过25岁以后就开始变老，到了30岁简直就是黄花菜都凉了，特别是在我们东北，女孩子都早婚，老得更快，我一个堂姐，23岁，两个孩子，看上去跟32岁一样。"

郑微拍着胸膛，"像我们这样的青春美少女要永葆年轻！"

阮阮也说道："所以，我的梦想就是永远青春，幸福安逸，然后在最幸福中死去，我比较喜欢这样的收尾。"

《致我们终将逝去的青春》在2007年连载时期，正是网络言情小说的繁荣时期，出现了一批广为人知的言情小说作家，并都有各自的代表作品。网络上将他们进行座次排名，辛夷坞被称为言情"六小公主"之一。网络言情小说的兴盛，标志着老一代言情小说作家的退位，曾经的爱情模式已经过去，千禧年后的爱情呈现出时代性、个性化的特点。生活在网络中的这一代人，又是如何叙述青春？如何感受爱情呢？

《致我们终将逝去的青春》之所以获得极高的认可，是作者表达出了，每个人从青葱无忧的校园进入社会职场后，我们的青春、友情、爱情都终将逝去，所以小说的题目无论是原题中的"腐朽"，还是更改后的"逝去"，都被"终将"所控制。小说的一开篇，刚刚踏入大学校门的几个年轻女孩子们的青春就开始了倒计时。在我国现有的教育制度下，从将所有精力用于考分的中学生，到以结婚为目的恋爱的社会人之间，有着一段最恣意、最洒脱的大学生活。在这个乌托邦式的时空中，可以安放我们的青春、友情与爱情。可是，这个时光如此短暂，不管大家是主动奋斗，还是被动逃避，校园里的青春就如一条不断坍塌的道路，只有不停地奔跑，才能暂时避免坠入深渊。青春如此短暂，所有人都必须要走，却终将无路可

◆ 第四章 成人的童话——爱情不老 ◆

走。所以，书中女孩子们对青春的畅想和对未来的梦想就是永葆青春、青春不朽，阮莞甚至说道，愿意在最青春、最幸福的时刻死去。在她们看来，只有这样的人生才不会留有遗憾。

【节选】

第五章 谁先爱了谁就输了

郑微垂下了头，一片芒果树的叶子掉落在她的肩上，她也没有心思拂开，"陈孝正，我发现我喜欢上了你了。"

第九章 我赌一次永恒

陈孝正看了她很久，最后叹了口气，"大概是我太小题大做了，不过郑微，我跟你不一样，我的人生是一栋只能建造一次的楼房，我必须让它精确无比，不能有一厘米差池——所以，我太紧张，害怕行差步错。"

……

青春是有限的，这没错，但她就更不能在犹豫和观望中度过，因为她不知道若干年之后的自己是否还能像现在一样青春可人，是否还有现在这样不顾一切的勇气，那为什么不就趁现在，趁她该拥有的都还拥有的时候，竭尽所能地去爱。

……

她重重地叹了口气，她觉得自己跟他在一起应该有半辈子那么长了，原来不过是十三个月，她现在觉得，青春有什么用，她恨不得一夜之间跟他一同白头，顷刻就白发苍苍，到那时尘埃落定，一切都有了结局，便才是真正的天长地久，再也没有未知的未来和变故，再也没有任何人、任何事可以把他们分开。

……

他握住她放在自己胸前的手，"微微，总有一天你会明白，人首先要爱自己。我没有办法一无所有地爱你。"

"所以你要爱回你自己?"

"可能说出来你永远不会理解,我习惯贫贱,但没有办法让我喜欢的女孩忍受贫贱。"

"你就认定了跟我在一起必定贫贱?为什么你连问都没有问过我,也许我愿意跟你吃苦。"

"但是我不愿意!"他的语调第一次有了强烈的情绪起伏。

话已至此,郑微,但凡你有一点骨气,你便应当拂袖而去,保不住爱,至少保住尊严。

但是这一刻的郑微对自己说,如果我挽不回我的爱,尊严能让我不那么伤悲?

所以最后的一刻,她终于收拾了她的眼泪和愤怒,"阿正,你等我,我回去跟我爸爸妈妈说,然后我考托,去跟你在一起,最不济,我还可以等。"

他看着她,说:"不不,你别等,因为我不一定会等。"

校园爱情是每个人心中最纯真至美、最毫无杂质的理想爱情,这时候的爱情只有青春与爱。在大学这四年中,怎样度过青春?怎样去爱呢?郑微、阮莞、陈孝正、朱小北他们用各自的方式叙说着自己的青春爱情。郑微外号"玉面小飞龙",尽管父母婚姻失败,却丝毫不影响她成为一个充满阳光朝气的姑娘。当她从小爱慕的邻居哥哥林静去了美国杳无音信后,她能很快把这份感情埋藏在心底,以积极乐观的心态享受大学生活。在郑微眼中,除了此时的青春,其他的苍老、枯萎是不可想象的,因此青春应该是被享受和挥霍的,爱情应该是勇于表达的。因为一个小误会,郑微不依不饶地缠着陈孝正,让他道歉。在这场关于道歉的拉锯战中,郑微兴致盎然,激发了她生活的斗志和意义,最终对陈孝正产生了迅猛热烈的爱情。她爱上了出身贫寒、孤僻冷傲的陈孝正。郑微对爱情的理想是,只爱她爱的,并愿意为他奋不顾身,陈孝正就是让郑微为爱奋不顾身的那个

◆ 第四章 成人的童话——爱情不老 ◆

人。在这场爱情里,郑微是一个卑微的追求者,她不断地表白,不断地被拒绝、奚落,她就像一只打不死的小强,越挫越勇,她觉得爱一个人就要让他知道,爱一个人就要努力争取,爱一个人就要轰轰烈烈,青春就要美好和尽兴地疯狂,青春有限,她要竭尽所能地去爱,这样才不会后悔。陈孝正恰好相反,人生对于他而言,是一栋尺寸精确无比的大厦,他的青春就是要为这栋大厦画蓝图、打基础,为打造高耸入云的未来人生楼房作准备。他的青春是理性的、冷静的、需要规划的,他的人生不是活在当下,享受"此时此刻",而是充满了每一步的计算步骤,在他的世界里,远有比男女之间的小情爱更重要的东西。可是郑微是如此的青春逼人、灵动十足,她就像一团火一样,温暖照亮了陈孝正荒芜的人生。陈孝正无法抗拒她的热情,一面沉溺于和郑微的甜蜜爱情,一面因自己在打造人生高楼的过程中,出现爱情的偏差而惶惑不安。大学生活结束了,每个人将面临着对未来的迷茫,爱情、事业、家庭、婚姻所有的问题迎面而来,青春已逝,爱情又如何安放呢?当他们走出象牙塔时,就预示着要面对自己的理想、抱负,自己要开始向社会、生活妥协。为了出国留学,陈孝正选择了自己的野心,提出了分手。郑微想要妥协、等待,努力地挽救她的爱情,却还是被告知:"人首先要爱自己。""你别等,因为我不一定会等。"既然青春消逝,爱情自然也不可能原地等待,毕业前夕的分手,这是多少年轻人所经历过的青春和爱情。我们有陈孝正的野心,也会因爱情而冲动,但同时又面临郑微的迷茫与混沌,明天在哪里?爱情怎么办?

在郑微和陈孝正两个人的恋爱中,他们的地位并不平等,郑微毫无保留地奉献自己的物质、精神乃至身体,陈孝正享受着这种奉献,同样的,郑微也在享受着自己奉献的这种过程。她付出所有的一切,因此成为爱情中的正义者,站在道德的制高点。这种不对等的爱情,注定失败。郑微以自己全身心的付出,为自己的青春和爱情赋予了一种看上去很崇高的意义。在郑微献出了一切去追寻的爱情里,表面看是郑微输了,可实际上在她的潜意识里面，她想要的是一种受虐的快感，可能她也从来没有想过要赢，否则她为什么要拒绝从性格、感情、家庭、外貌都更匹配的许开阳，而选择孤僻冷漠、拒人千里的陈孝正？当代的年轻人成长在物质宽裕、理想丰满的时代，可进入社会后发现，固然自己离社会金字塔底层相距甚远，但金字塔的顶层离自己却遥不可及；自己固然平庸，可又不甘于这种平庸。那就让自己先坠入人生谷底，再从谷底爬出来，这样也是一种成功。所以，对于郑微而言，青春就像一场舞会，爱情就是男伴，为了邀请男伴共同起舞，牺牲自尊、奉献自己又有何妨，更何况，如果青春不再，勇气渐失，又有什么是值得和自尊交换，即使有所收获，又能像现在这样痛快淋漓地享受吗？

和郑微有着同样逻辑的另一个女孩阮莞，更加青春美貌、温柔聪慧，却也陷入和软弱小男友的恋情中不能自拔。阮莞说："青春是终将腐朽的，时间对谁都公平，谁都只有这几年新鲜，谁都输不起。"也许是因为这样的信念，所以她投入她的爱情，忘乎所以，把自己全身心地奉献给了这场爱情。即使分隔两地，她依旧保持着最忠诚的信仰，她相信着她所爱的那个人，如同相信她自己。她认为："如果最后的结局是不能改变的，相信着，不是更快乐吗？"因此，即使分隔两地，对她而言也只是空间上的分离，而非灵魂的分散；即使情人节上没有见到自己所爱，但收到来自恋人的那99朵玫瑰，也让她心生欢喜；即使知道她所爱的人在欺骗她，她仍然要自欺欺人；即使最后为了他把自己弄得狼狈不堪，她依旧无怨无悔。这种对青春爱情的幻想与坚持，使阮莞在另嫁他人怀有身孕的情况下，依然无法拒绝初恋赵世永希望能和她再见一面的请求，并且她为之流泪，"以为自己已经忘了他，可在接到他电话的时候，我才忽然又觉得自己的血是热的，才觉得我的心还会跳。"阮莞义无反顾地踏上了她所熟悉的、属于他们之间的那趟爱情专列，最终也在奔赴于所爱的人的途中死去。阮莞曾经说："我的梦想就是永远青春，永远幸福安逸，然后在最幸福中死去。"

第四章 成人的童话——爱情不老

她终于实现了她的梦想,但是这个结局是如此令人黯然神伤。

无论是郑微还是阮莞,她们在本质上都难以忍受平庸,可面临的是一个无处安放理想的现实,因此,爱情成为她们寻找人生意义与价值的一块圣地。幸福让人感觉虚幻,痛苦才让人觉得真实,她们甘愿在爱情中受虐受苦,以此证明青春的意义。就像书中所说:"正如故乡是用来怀念的,青春就是用来追忆的,当你怀揣着它时,它一文不值,只有将它耗尽后,再回过头看,一切才有了意义——爱过我们的人和伤害过我们的人,都是我们青春存在的意义。"人世间,没有什么东西能比青春更加宝贵,青春也最容易消逝。

在《致我们终将逝去的青春》中,爱情就是青春的全部,小说中的年轻人都在青春的爱情中挣扎。个人层面的痛苦与烦恼,是每一代人都会面临的青春中的奋斗与挣扎,每一代的年轻人都在寻找青春的意义和价值。我们的青春应该如何度过呢?五四时期的青年们,为挽救国家于危难、争取民族独立而奋斗,在文学、思想上成为新世界的先锋导引,这个时期的青春目标明确、道路唯一,也造就了现代青年难以逾越的一个历史高度。当代青年生活在物质繁荣、价值观多元化的网络社会,面临着观念的冲突、欲望的诱惑、抉择成本的计算、前途迷茫的困惑,所以,青春无处安放、青春只有爱情、青春就是挥霍,成了当代青年面对青春的一种危险信号。生活在这个时代的我们,要想不负于时代、不负于青春,首先就要正确对待多元价值观以及各种现实的诱惑,要有磅礴的勇气和开拓的自信,用正确的方法探索和选择青春道路,而不是尾随或者复制他人的成功。其次,我们要时刻保持清醒的头脑。青春最可贵的是它洋溢的激情和短暂的时光,因此,我们要对现实拥有强烈的关怀意识,要能切实地感受到社会使命和责任感,才能产生自我使命的价值。电视剧《觉醒年代》告诉了我们,父辈的青春是什么样子的;《山海情》让我们知道,我们的青春应该如何度过。只有把个人价值和社会价值相统一,才能体会到青春的意义和生命的意义。最后，理想很美好，现实却总是和理想之间有那么一点差距。没有理想的青春和人生，让我们倍感空虚无力，坚持理想有时又会让我们觉得不堪重负，很多人为了获得人生的休息或安宁，放弃了理想与奋斗，等到想要拾起来时，理想已经没有踪迹，留下的只能是回忆，青春只能是祭奠。因此，让我们忠于理想，面对现实，永远保持坚守理想的信念和勇气，不断地在通向理想的青春之路上前行。只有这样，我们才不会为自己的青春而惋惜、悔恨，我们才能在为理想的奋斗中，克服平庸和琐碎，获得超越的人生。

【节选】

第二十章 我们终究差了一厘米

依赖上林静这样一个人简直是太容易的事情，习惯也会上瘾，林静用他看似没有企图性的方式潜移默化到郑微的生活中，以至于后来的郑微不管遇到什么事，第一个念头总是：怕什么呢，还有林静。是呀，只要林静在，什么事都可以交给他。郑微其实并不是一个特别刚强独立的女人，她贪婪他给的安逸，于是默许了自己站在他的身后，让他为自己遮风避雨。

她还求什么呢？这样一个男人，也许是许多人求也求不来的福分。郑微知道人应该知足，只是午夜梦回，她借着窗外透进来的月光静静地看着他的侧影，总有那么片刻心惊——他是谁？

第二十二章 我很幸福，这是我想要的结局

郑微说："他是什么都好，好得都无可挑剔了，但是他的感情太过于理智和冷静，我总觉得看不透他，这让我害怕。"

"你对他苛求，就证明你心里有了期待，林静会生气，就证明他在这段关系中也没你想的那么理智。既然这样，干吗为难自己，暂且不管有多少爱，你们过去和现在的感情还不足够好好过一辈子吗？"

"一辈子，就像你跟吴江那样的一辈子吗？"郑微在阮阮面前一向想到

第四章 成人的童话——爱情不老

什么就说什么，话出了口才知道有可能伤人。

阮阮看着玻璃杯里的气泡，说："幸福就是求仁得仁。我嫁给吴江之前，他也没有避讳自己结婚就是想要个家庭，而我也一样，现在又有什么不知足的呢？微微，我来之前刚在家做了个早孕检验，我怀孕了，我终于可以做妈妈了。"

走出校园的郑微蜕变为成熟的职场白领后，频繁奔于相亲的路上，感情一片荒芜。她和陈孝正、林静分别因工作原因再次相逢。陈孝正的出现点燃了她埋在心底的那团没有完全熄灭的火，就在那团火刚刚要燃烧之际，郑微却得知，陈孝正为了他自己的事业而交换了他自己的感情。郑微终于能对陈孝正有一个清醒的认知，陈孝正亲手掐灭了她心中的那团火，她也终于放下了那段充满遗憾的青春恋情，情感上得到了解脱，世上再没有了"小飞龙"，那个孤僻清高的少年也死在了青葱岁月中，而此时的林静则以成熟稳重、事业有成的形象走进了她的生活。

林静是郑微的邻家小哥哥，是郑微十八岁之前心心念念想要嫁的那个人。可当林静远赴美国留学并杳无音信时，郑微选择了封存这段感情，快速地投入到对陈孝正的热恋中。郑微对林静的感情是爱情吗？如果是爱情，为何如此轻易放弃？如果不是爱情，为何郑微最后还是投向了林静的怀抱？郑微和陈孝正的爱情如烟花灿烂，绚烂过后，遭受爱情创伤的郑微，想要回归到对林静如初心般的赤子之爱，就好像天方夜谭。郑微面对的是七年没有任何音信的林静，彼此之间都有各自的前情往事，而现在则要面临的是成年人之间的感情，是一种你情我愿，不问过去，不谈未来，各取所需，这也是当代年轻人在爱情上的普遍困境。社会生活的快节奏使我们没有时间谈爱情，爱情的体验和享受不得不在现实语境下接受利弊的权衡：当你有事业时，我有权利；当你有野心时，我有关系；当你有家庭时，我有财富。爱情在现实中无处可寻，只能通过等价交换变成一种利益同盟。所以，阮莞嫁给了只见了六次面的吴医生，郑微也慢慢开始在生活中对林静产生了依赖。阮莞问:"幸福的定义是什么?"如果幸福是一种波澜不惊的平静生活,或者是心愿完成后的满足,可是为什么郑微和从小想要嫁的林静哥哥在一起了,还是会依然觉得怅惘?

【节选】

第二十一章 谁是路人,谁陪我们走到终点

郑微的笑容里带了几分怅然,"一辈子那么长,一天没走到终点,你就一天没办法盖棺定论哪一个才是陪你走到最后的人。有时你遇到了一个人,以为就是她了,后来回头看,其实她也不过是这一段路给了你想要的东西。林静,我说得对吗?"

林静避而不答,"为什么今晚上有这么多问题?"

……

林静躺回她身边,看着天花板,郑微不再说话,呼吸渐渐清浅,就在林静以为她快要睡去的时候,她喃喃地问了一句,"周渠会坐牢吗?"

……

"林静。"她叫住他。林静几乎是立即停住脚步,却没有转身,只听到郑微在他身后问道,"最后一个问题——你爱我吗?"

……

林静回答,"如果你心里不相信,我给多少次肯定的回答又有什么用?同样的问题,你又爱我吗?"

……

不管她追问多少次"你爱我吗",也不管他给过多少次肯定的回答,都比不上这云淡风轻、无关欲望的一吻。这一刻,郑微终于愿意相信,身边这个男人,他毕竟还是爱她的,不管这爱有多深,不管这爱里是否夹杂着别的东西,然而爱就是爱,毋庸置疑。

郑微在怅惘中接受了林静的感情,爱情的天平颤颤巍巍地在成年人的世界里,在你给我多少,我就给你几分的测算中达到平衡,一旦有一方被

怀疑超出底线，这种平衡就会立即打破。郑微发现同事施洁是林静以前的情人，施洁和自己都是中建二分公司两位领导的秘书，而林静恰好负责中建二分公司的贪腐案件，这种巧合让郑微忍不住产生怀疑，对林静进行试探。郑微的一再试探让林静摔门离去，两人关系成僵持状态。一个怀疑对方利用感情获取情报，是为了事业的平步青云，一个气恼对方想要以情徇私，干扰案件。既然爱情沦落成了计算的筹码，平衡被打破是迟早的事情。所以，郑微和林静的事情陷入僵局。而阮莞和吴医生虽然形成了搭伙过日子的平衡式婚姻，却因赵世永的一个电话，打破了这种平衡。赵世永在自己结婚前夕想要再见一次阮莞，对过去青春爱情的追忆，唤起了阮莞的心跳，阮莞毅然踏上了那条曾经熟悉的爱情之路，最后却在赴约途中遭遇意外而死亡。

阮莞的离开让郑微感受到极大的悲恸与孤寂，在极度的绝望之下，她终于重新敲开了林静的房门，在林静那里得到了抚慰和温暖。半梦半醒之时，林静落在郑微眉头的轻轻一吻，让郑微终于落下了与悲伤无关的一滴泪。自此爱情被重新赋予了成年人的定义，爱情不再是通过勇敢追求、全身心付出就能享受的一种关系，也不是对平凡生活的一种超越，而成了平凡生活的保证，甚至爱情本身就是平凡和琐碎的一种生活。拥有爱情，起码可以在身处绝境时，有一个人可以互相扶持、共同进退，爱情成为被挽救时能抓住的那根稻草。

三、理想爱情的希望与坚持

《何以笙箫默》[①]

作者顾漫是知名网络言情女作家，《何以笙箫默》于 2003 年在晋江文学城连载，顾漫一举成名。2015 年，由钟汉良、唐嫣领衔主演的同名电视

---

① 顾漫. 何以笙箫默 [M]. 沈阳：沈阳出版社，2011.

剧在各大卫视播出，各大主流视频网站同步更新，总播放量突破70亿，并于2015年4月获得第36届班夫国际洛基奖（Rockies Award）最佳剧情类电视剧提名。2015年5月1日，黄晓明、杨幂主演的同名电影上映，三天席卷票房两亿。除此之外，顾漫的其他作品《杉杉来吃》《微微一笑很倾城》也都分别被改编成影视剧，广受好评。

【简介】大学时代的赵默笙阳光灿烂，对法学系大才子何以琛一见倾心，开朗直率的她"死缠烂打"地倒追，与众不同的方式吸引了何以琛的目光，一段纯纯的校园爱情悄悄滋生。然而，何以琛寄养家庭的妹妹何以玫，鼓起勇气向赵默笙宣战。当赵默笙去找何以琛证实，没想到竟然得到何以琛冷酷的回应。误以为何以琛和何以玫在一起的赵默笙，落寞地服从父亲的安排，前往美国深造。七年后，成为摄影师的赵默笙回来了，再次遇到那个无法忘却的男人何以琛。这对分手七年的爱人，横在他们中间的除了时间，还有赵默笙因生活所迫在美国已结婚的事实，以及痴情前夫应晖，更有多年前两家父辈的恩怨。但这些并没有让这对分手的恋人继续错过，反而在各种误会及现实考验中，更加深了彼此间的了解，以及更坚定了彼此之间的相互情意。

【节选】

第六章　离合

而他却是一抬头，在她的脸上看到了跳跃着的阳光，那样蛮不讲理，连个招呼都不打地穿过重重阴霾照进他心底，他甚至来不及拒绝。

第七章　若即

有一次她等久了朝他发脾气："我都数到九百九十九了，你才来！下次要是让我数到一千我就再也不理你！"

结果又一次，他被系里临时抓去开会，冗长的会议终于完了后他跑去，她居然还在，这次她等得脾气都没了，只是委委屈屈地看着他说：

第四章 成人的童话——爱情不老

"以琛,我都数了好几个九百九十九了。"

《何以笙箫默》是一个很简单、很普通的,关于分别、等待、重逢的爱情故事。没有曲折的故事情节,没有传统爱情故事中小人作祟类型的反面人物,也没有轰轰烈烈、惊天动地的恋爱过程,就是男女主人公因误会分手七年后,再次重逢,最终获得真爱的故事。小说用倒叙的方法,穿插回忆了男女主人公何以琛和赵默笙两人的校园爱情。赵默笙因一张照片被何以琛英俊的外表所吸引,于是对他展开了猛烈追求。何以琛幼时父母双亡,被他人收养,养成了少年老成、不苟言笑的性格。赵默笙热情大方,笑容甜美,每天跟在何以琛后面像个甩不掉的尾巴,就这样猝不及防地走进了何以琛的心里。两个人的恋爱很简单,一个认真严谨,一个活泼马虎;一个是法学系的高才生,一个是成绩处在及格边缘的学习困难户。两个人的爱情很单纯,没有世俗功利,也没有所谓的"第三者"。赵默笙就像《致我们终将逝去的青春》中的郑微,外表阳光灿烂,面对爱情,勇往直前;何以琛却不是林孝正,虽然性格冷淡,却无比珍视他和赵默笙之间的爱情。小说中,何以琛和赵默笙真正恋爱在一起的时间非常短暂,可是因为误会,两人面临的却是长达七年的分离。

爱情中的分离与等待就是一种考验。我国的古典爱情是"两情若是久长时,又岂在朝朝暮暮"。这是我们传统文化中优秀的爱情价值观,也因为这种传统爱情价值观,从古到今,历史上产生了无数美好的爱情故事。可是在信息瞬息万变的现代社会,人们每天都处于现实的诱惑中,爱情是否还经得起分离与等待呢?从某种程度上说,分离与等待并不可怕,这也已经成为现代社会爱情现象的一种常态。可怕的是,分离与等待有没有时间限制,在分离与等待中,我们怎么面对爱情,我们又该如何维系彼此的关系。所以,现实生活中,爱情实在经受不住考验,太多的人选择了放弃,屈服于时间与空间的距离,选择了将就于合适的感情,因此永远也不会有再次重逢和牵手的机会,曾经最美好、最纯真的爱情,最爱的那个人，只能是人生中深深的遗憾，变成人生中最甜蜜的回忆。何以琛和赵默笙分离的七年，是没有任何音信的七年，双方的周围也都有各自优秀的男女出现。赵默笙在美国时，受到应晖的诸多照应，应晖有高大的外表，成功的事业，在美国也小有社会地位，更为难得的是，为了帮助赵默笙，应晖与她假结婚，却始终没有乘人之危，这样一个几乎完美的男性出现在处于人生最低谷时期的赵默笙旁边，赵默笙丝毫不为之心动，到底是什么在支撑着赵默笙对爱情的坚守？而何以琛在不知道赵默笙人在哪里，是否结婚的情况下，依然没有放弃对她的等待，又是什么在支撑着何以琛的执着呢？他们双方的等待是寂寞的，是未知结果的。《致我们终将逝去的青春》里，陈孝正不是说过"不，不要等，因为我不会等吗"？这种未知的等待，是让很多人放弃的根本原因。可是，对于何以琛和赵默笙来说，对方是爱的唯一，为了这一份唯一，为了不将就，再长的等待都是值得的。小说中的那句点睛之笔说出了两人的心声："你以后会明白，如果世界上曾经有那个人出现过，其他人都会变成将就。……我不愿意将就。"不愿意将就，是因为不愿意违背自己的内心，相信对方是值得等待的，这也是自己真正的追求，这就是美好的爱情带给我们的启示，也是我们对理想爱情的向往。

【节选】

第四章　命运

　　回到他身边，曾经想象过无数次的情景。在国外的时候，常常一个走神，就会开始幻想和以琛重逢，幻想两个人幸福地在一起。那是她漫长孤单的日子里唯一的慰藉，唯一的快乐，她所有的坚强和坚持都源于这种幸福的想象。然而，回国后，当以琛以一种理性而冰冷的态度要把她的幻想变成现实时，她却退缩了。

　　他和她，都不再是她记忆中那个单纯的少年少女，七年分离造成的裂痕时时刻刻在提醒着彼此的伤痛，也许只是细小的伤口，可是同样痛不欲生。

　　因为太在乎，所以受不起。

◆ 第四章 成人的童话——爱情不老 ◆

　　小说中描写的爱情尽管非常纯真，男女主人公的分离也不是因为功利世俗原因，两人感情干净纯粹，但小说也没有完全回避现实矛盾。从情节设置而言，赵默笙的误会源于何以琛收养家庭的妹妹何以玫的误导，让她没有自信与何以琛青梅竹马的小妹妹何以玫进行爱情竞争。何以琛的误会则是知道赵默笙的父亲是间接导致自己父母双亡的元凶。两人误会的时间节点又恰好碰在了一起，导致何以琛情绪失控痛骂赵默笙，而赵默笙在惶恐不安中，还未来得及说明情况，就被父亲匆忙地送去了美国。在爱情中，悲剧往往比喜剧让人更难忘，更刻骨铭心，也有更多感动人心的力量。这恰恰因为爱情的悲剧就是人生的悲剧，也揭示了人生无常的无奈，让人充满悔恨。恋人间的误会或分离，有时是命运的安排，有时是人为的原因，而消除误会的过程有时很容易，有时又过于曲折艰难。不管是分离还是重逢，双方都应该学会谅解，这样才能既宽恕对方，也不让自己沉溺于恩怨痛苦中。小说的开头就是两人在分离后第一次相遇的情景。七年的时间距离让赵默笙从活泼阳光的女孩变成了犹豫不决、满腹心事的都市白领，何以琛却依旧出色，成为成熟稳重、沉默内敛的业界精英。虽然两个人彼此之间仍有感情，也很快地步入婚姻殿堂，但不可否认的是，彼此都不再是只有爱情的少男少女，彼此之间还有七年时间的空白需要相互适应，还有曾经的伤痛没有愈合，还有何以琛心里一直没有消除的怨恨。这种状态下的婚姻，要么死亡，要么涅槃重生。何以琛为了报复赵默笙，为了对自己七年的等待有所交代，赵默笙是为了忠于自己的感情，两人仓促间走进了婚姻。在相处的过程中，何以琛总是使用冷暴力手段对待赵默笙，他在不断地进行内心挣扎，最后却是伤人伤己。幸运的是，何以琛终究冲破心魔，忘记过去，他说："我屈从于现实的温暖。"他选择了守护这份唯一的信仰，守护最开始的那份爱情，从而提升了爱情的价值。台湾作家简媜有一句爱情箴言："真正的爱情不是放弃，而是建立在彼此深切理解基础上的一种固守，一种对自我生命忠贞不贰的固守。"《何以笙箫默》

就是对这个观点最好的阐释，幸福的爱情婚姻是不忘爱情初心，彼此真心相对，始终不离不弃。

小说中除了男女主人公的爱情让人向往以外，其他的人物设置也让读者感受到他们的温情与长情。对于造成赵默笙误会的女配角何以玫，小说一改以往言情小说中恶毒、有心机的第三者人物形象设置，塑造了一个默默守候爱情的女性形象。少女时期为争取自己爱情的意气和嫉妒心理，应该是每个人都具有的一种本能表现，只不过有的人放大了这种心理，任自己做出伤害他人的事情；有的人却能很好地控制自己，不做超出做人原则和底线的事情。何以玫无疑是后者，当赵默笙远赴美国，何以琛默默等待时，何以玫也不愿意将就，默默等待着。只不过爱情从来没有先来后到之说，也没有应该与不应该的理由，所以她只能选择了放弃。赵默笙在美国名义上的丈夫应晖，在小说中的人设不亚于何以琛，他有财有貌，比何以琛更成熟，甚至更有魅力。应晖在美国支持、保护着赵默笙，虽然在与赵默笙的临时婚姻里，他曾经有过一点点私心，但这种私心完全出于一个男性对女性的倾慕之情，显得更坦率与真实。由于应晖个人的强大与自信，他鼓励赵默笙回国寻找爱情答案，让她看清自己内心的真实情感。在公众场合下，当他与赵默笙、何以琛二个人尴尬相遇时，为了保护赵默笙，他装作不认识地离开，看到赵默笙寻找到了幸福，他选择了放弃。两位配角对爱情的放弃，是因为他们明白，等待一个不爱自己的人是永远等不到的，他们的故事让读者有一种淡淡的感伤，有一种爱情的遗憾之美。作者顾漫曾被人问道，这本小说到底想表达什么？她回答说："世上美丽的情诗有很多很多，但是最幸福的一定是这一句——执子之手，与子偕老。《何以笙箫默》想表达的，就是这么一种幸福。"主人公之间简单的爱情故事，配角的温情守候，这就是最幸福的爱情真谛，这也是这部作品感动了千万读者而成为经典的原因。

在《何以笙箫默》之后，校园青春纯情小说成为热点，屡屡被搬上

第四章 成人的童话——爱情不老

银幕，受到大众的热捧。大家为什么会对曾经的校园生活、曾经的校园爱情充满了留恋？在我们当下的生活状态中，对待所有的事物，要么获取，要么占有，这种形态已占据了生命的大部分，人们已经没有多余的时间付出与守候，表现在爱情的关系中，就是"不要在一棵树上吊死""不要为了一棵树放弃一片森林"的理论。虽然我们都承认要相信爱情，世上也存在有真正的爱情，但我们不会执着地去为爱情而行动，这正是现代人的无奈与矛盾。何以琛和赵默笙是典型的校园爱情，从最美好的年龄开始一段最纯真的爱情，而最后历经七年，这份爱情修成正果。这样的爱情是多少在象牙塔中的学生所向往的，这样的故事是多少走出象牙塔的年轻人所憧憬的。这种相信爱情、坚守唯一的纯情爱情模式是世间最宝贵的东西，网络青春纯情小说就承载了这份宝贵与稀有，弥补了我们现实的缺失，所以青春纯情小说成为网络言情小说的主流，并且一直热度不减。

从三部作品的出版时间来看，也许可以反映出当代社会人们对爱情的想象与态度的变化过程。《何以笙箫默》平淡而生动，开启了校园爱情的纯情模式；《致我们终将逝去的青春》热烈而残缺，写出了当代都市爱情的遗憾和消逝；《三生三世十里桃花》温暖而浪漫，回归到传统爱情观点下的经典模式。三种不同模式的网络言情小说，写出了不同的爱情模式，虽然不同时期人们对待爱情的态度和方式各不相同，但爱情的本质始终没有改变过，人们也始终奔赴在对爱情渴望和追求的道路上。这三部作品先后都与影视戏剧、动漫游戏相融合，更是掀起了一股网络言情文学热潮，产生了都市言情、穿越言情、仙侠言情、校园青春等类别小说。

四、爱情不再的忧伤与失落

《失恋三十三天》①

　　《失恋三十三天》最初于2009年5月在豆瓣上进行连载直播，被称为"日记体直播小说"。小说篇幅仅仅10万字左右，在和网民粉丝的互动中结束后，得到大量好评。小说在网上走红后，于2010年出版了纸质图书，后又将其改编成同名电影，于2011年11月11日，在百年一遇的光棍节前夕上映，取得了火爆的商业效应。

　　【简介】主人公黄小仙，27岁大龄女青年，姿色平平，家境普通，从事婚庆策划工作。她和男朋友谈了七年的恋爱，却发现男友和闺蜜有着不正常的关系。备受打击的黄小仙在失恋后，自暴自弃，她无心工作，颓废生活，封闭自己。在老板老王的开导下，她逐渐平静下来，投入工作。在和同事王小贱共事中，她开始正视自己，找回自己的人生位置，开始新的生活。在故事的结尾，当黄小仙在回家的路上遭遇暴雨堵车，王小贱像个傻瓜似的骑着一辆二八车，冒雨来接走黄小仙，此刻的黄小仙，也终于走出了一个多月来的心理阴影，此刻的她，感受到了自己的幸福。

　　【节选】

7月16日　星期六　晴热

　　我不稀罕你的抱歉，我不稀罕你说你对我很亏欠，我要的就是这样的对等关系，一段感情里，我们实实在在地爱过对方，到结尾时，也实实在在地恨上了对方，你不仁我不义，我要你知道，我们势均力敌。

　　……

　　所以我突然明白了一个道理，这段感情里，原来我们是这样的一种势均力敌：结尾处统统惨败，我毁掉的，是他关于我的这个梦想；而他欠我

---

① 鲍鲸.失恋三十三天[M].北京：中信出版社，2010.

第四章 成人的童话——爱情不老

的，是一个本来承诺好的世界。

……

每当出现问题时，我最常做出的姿态不是倾听，而是抱怨。一段恋情下来，我总结的关键词不是合作而是攻击。

我们之间没有默契。他到最后也没学会主动发问，我到最后也没学会低调质疑，在故事的最开始，我们以为对方是自己人生里最不能错失的那个唯一，但到最后才颓丧地发现，你不是非我不娶，我不是非你不嫁，这只是个太伤人的误会而已。

小说《失恋三十三天》的故事情节非常简单，描述了黄小仙在失恋后的三十三天里的心理变化过程，以及和同事王小贱在为他人筹备婚庆仪式时的故事。人物主人公的大段独白和人物间的对白充满着时代气息及人生感悟，既诙谐幽默，又有另类正经，似乎在告诉我们一个个浅显又深刻的道理。第一，微笑面对，生活不缺快乐。当黄小仙看到男友和闺蜜在一起时，立刻懵了，她哭着挽留爱情失败后，选择了逃避，一个人躲了起来，无心工作和生活，浑身邋遢，蓬头垢面。这样有用吗？这样是不可能改变任何事情的。在爱情的道路上，选择了中途离开的那个人，是不会再顾念你、留恋你，你只是一个"过去式"。黄小仙自己也知道，"若有一日，他不再爱你，那么你这个人，楚楚可怜也是错，生气勃发也是错，你和他在一个地球上同呼吸共命运都是错，或许可以为他死？哈，那更是让他午夜梦回时破口大骂的一个错。"所以失恋了，与其颓废，不如微笑。让自己安静下来，好好休息不多想，生活该怎么过还是怎么过，工作要怎么做还得怎么做。唯有这样，生活才能在你眼里展露它的美好快乐。第二，适合自己，才是世上最好的。黄小仙的前男友很有型，有男人范。而王小贱呢？总是拿着一支唇膏在唇上抹啊抹，缺少阳刚之气，有一点阴柔，外加穿着另类，爱摆酷耍贫，在工作中又总是和黄小仙针尖对麦芒。这样的人实在不入黄小仙的眼。可是当两人在被指定共同策划一场婚礼的过程中，王小贱表现出来的冷静、智慧、幽默，让人刮目相看。他在不动声色中，帮助黄小仙正视自己，走出失恋的阴影。在面对黄小仙时，他也不是"仰视"，不让负面情绪与误解留在心里，和黄小仙正面相接，你来我往，而黄小仙呢，在和他的每次针锋相对中，都能排遣负面能量，获得新的动力。这个人平时会逗闷子，懂照顾人，关键时候，也能保护你。或许，这才是最适合黄小仙的。第三，没有富贵，亦可营造浪漫。在黄小仙和王小贱共同策划的婚庆中，准新郎魏依然是婚恋市场上的"绩优股"，准新娘李可却是个装腔作势的虚荣女。"绩优股"觉得爱情太珍贵，不愿意在爱情中消耗太多的情感和精力时间，宁愿花钱买爱情，有钱就有情。李可期望的爱情就是富贵和享受。一个追求奢华梦幻的婚礼，一个用钱来满足她的虚荣心，他们认为这就是浪漫。但是，在黄小仙眼里，面对优雅的环境，面对高档红酒牛排，她感觉是比自制的长城干红加雪碧高档一点点，细细品，满嘴都是崭新芳香的人民币味。当黄小仙被王小贱死拉硬拽来到他新租的居所，看向外面广袤的空间和美丽的街景，她的心在微微颤动。当黄小仙站在落地窗前，看到对面平时总是黯然的大屏幕突然亮起霓虹时，王小贱打来电话告诉她，为了让她不再站在窗前总是面对黑暗，能看到灿烂的夜晚，他让别人修好了大屏幕。这个浪漫的举动让黄小仙深深感动了。第四，苛刻爱情，不如修补爱情。黄小仙和王小贱共同努力为一位生命垂危的张阿姨筹备一个金婚仪式。张阿姨和陈老师，风风雨雨，相伴一生，当张阿姨病危时，陈老师怅然若失，像迷途的孩子一样无所适从。可他们在年轻时，婚姻也曾面临着危机，所以，张阿姨说："买台冰箱，保修期才三年。你嫁了个人，还要求这个人一辈子不出问题啦？出问题就要修嘛。"再美好的爱情，时间长了，总会黯淡，因此，与其苛刻爱情，不如修补爱情。当爱情出现问题时，不要痛哭流涕，不要怨天尤人，而是积极冷静解决问题，让爱情的保质期延长再延长。

纵观网络言情小说，创作者和阅读者以女性居多。相较而言，现代社

◆ 第四章 成人的童话——爱情不老 ◆

会中的女性有着比前辈们更广阔的平台、更多的选择权利与话语权。因此，在网络言情小说中，女主人公们都有独立的个体意识，受过良好的教育，具备美好的道德品质，勇于表达情感，追求自己想要的东西，超越了传统的"灰姑娘"人设形象。但传统观念根深蒂固，女性的最终归宿还是婚姻家庭。一方面青春有限、时间紧迫；另一方面对男性的选择标准及对象都在不断变化，这种选择的矛盾纠结，在都市言情小说中，往往以不完美的、有缺陷在男性形象来表现。和以前的言情小说相比，男性形象不再是英俊潇洒、专一多情、事业有成的强大型男性形象。都市言情小说中的男性们大多是软弱的平凡人。《致我们终将逝去的青春》中的陈孝正自卑敏感，他家庭贫寒，背负家人沉重的希冀，万分刻苦努力，却又不相信只凭借自己努力可以获得成功，因此，他攀附强者，却又厌恶自己的这种行为。林静因父亲与郑微母亲的婚外情而选择逃避，在国外曾经度过荒唐的时光，进入检察院后因工作原因，也没有拒绝施洁的温存与"好意"，他始终处于对生活的妥协中。而赵世永是一个永远长不大的孩子，他不断地索取着阮莞的温暖与爱情，可一旦需要他承担爱情责任时，他立刻恐惧失措，躲回到父母的羽翼下。就连吴医生，这个看上去的优秀丈夫，也仅仅是为了结婚而结婚。至于郑微的同学老张，只能是默默奉献自己"甘为配角的爱"，他对阮莞的没有勇气的暗恋只能是自己感动自己。郑微与赵默笙的校园爱情故事部分设置十分相似，她们都是热情阳光少女，都是主动对喜欢的男主人公进行表白并热烈追求，只是在对待爱情的态度上，两位勇敢的女性选择了完全不一样的爱情模式。郑微也向往追求爱情，但又不相信唯一永恒的爱情。当爱情来临，要勇于抓住，绝不放手；可当爱情离开，也不纠缠悲苦。在郑微她们看来，爱与不爱，选择权应该是牢牢把握在自己手中，这样才是现代女性真实的自我追求与解放。从理想的校园青春爱情，到青春爱情的破灭，爱情最终导向于现实的庸俗日常，这种爱情观点让《致我们终将逝去的青春》更有现实生活中的人情味。郑微、阮莞她们有着对爱情的清醒认识，开始思考两性的和谐共生，既可以为爱情奋不顾身，又能在失去爱情后保全自我，并能在现实的妥协与无奈中，收获生活中的真实爱情。

在成长的过程中，我们会遇到各种各样的人，经历各种各样的爱情，可是哪一条路是正确的，哪一条路能通向归宿，谁也不能给出答案。在现实中，我们也许会臣服于命运；在网络上，我们却能尽情想象我们的爱情经典，重新塑造我们的爱情神话。这样一来，网络仙侠言情小说应运而生，将传统神话故事融入我国传统文化观念，再以永恒爱情为核心元素，《三生三世十里桃花》就成为其代表作品。在我国传统文化中，爱情往往和命运相联，姻缘天注定，生生世世结为夫妇，是存在了几千年的一种民众群体认同，即使是科学如此发达的现代社会，这种观念仍然也是人们内心的一种文化印记和情结。《三生三世十里桃花》中，白浅和夜华的命运纠葛就鲜明地体现出这种文化特色。但是白浅和夜华的姻缘纠葛又不是单纯的生离死别，其独特之处在于，既是封建时期爱情模式的典范，又是现代社会中对爱情模式的重构。

言情小说没有固定创作模式，每个作者写出的故事也不尽相同，读者的阅读感悟也大有差异，虽然评论褒贬不一，虽然言情的套路有诸多相似，但在成年人的世界，爱情是一个美丽的童话，爱情也是一个永远不会过时的话题。张爱玲曾经说："一个人在恋爱时最能表现出天性中崇高的品质。这就是为什么爱情小说永远受人欢迎——不论古今中外都一样。"爱情是每个人必须面对的人生课题，通过文学作品，我们也可从中感知到，什么才是真正的、健康的爱情。第一，平等、相互尊重是爱情的基础。卢梭曾说过："我们之所以爱一个人是由于我们认为那个人具有我们所尊重的品质。"所以爱情的前提是双方人格的独立与平等，每个人都有给予爱的权利，也有接受爱和拒绝爱的自由。胡乱放纵的爱，或迫使对方约束的爱，都违背了爱情的基本道德。第二，共同的理想追求是爱情的保

第四章　成人的童话——爱情不老

障。当代社会，人员的流动化、生活方式的变更、人际关系的开放化、中外文化观念的碰撞、环境舆论的导向，等等，都会导致现代爱情的脆弱与易散。在如此多的外在干扰下，只有双方保持共同的理想信念，在共同的理想目标追求下，才能战胜生活的琐碎现实，才能在平淡甚至艰苦的日子里保持爱情的浪漫，才能让爱情在相濡以沫中变得厚重和深沉。第三，彼此的倾心爱慕是爱情的灵魂。前面三部小说中的主人公们，他们各自的爱情故事都让人感动落泪，白浅和夜华之间、赵默笙和何以琛之间都存在着纯洁、忠贞的爱情，他们都会为了对方的快乐，无私地奉献自己。而郑微和林孝正之间，仅靠着单方面的付出与牺牲，这样的爱情注定没有结果。爱情是人类精神中最宝贵和深沉的一种感情，只有身心成熟的人、思想品德完善的人，双方彼此倾心，才能真正体验到爱情的甜蜜与幸福。第四，不是所有的爱情都会有美好的结局，爱情不再有，恋人已离开，更有可能是一种人生的常态。当爱情离开的时候，不要纠缠于"为什么"，找到自己人生的新目标或者开始一场新的爱恋，彻底告别这段失恋。记住过去那些美好的回忆，忘掉那些忧伤痛苦的情节，昂首挺胸向前走，只要人没被打垮，未来一定可以幸福。

第五章

梦中乌托邦——女性觉醒

女性是人类的另一半，也是物质文明和精神文明的创造者，她们的教育程度、生存质量直接关系到人类社会文明的进步程度，关系到人类生存质量的好坏。丽江华坪女子高级中学校长张桂梅曾经说过："女孩子受教育，可以改变三代人。"由此可见，女性在家庭、社会中的重要性。可是从人类发展进程来看，男尊女卑的观念一直都存在于东西方文化中。为了反对和批判这种传统观念，提倡男女平等的女权运动首先在西方兴起，由此也产生了女性主义文学批评理论。女性主义文学批评除了是对女性文学的研究总结，还能为现实生活中的女性问题提供解决思路和建议，其中，女性意识是女性主义文学研究的焦点问题，也是衡量女性进步的重要标志之一。因为，只有女性意识的觉醒，女性才能从自我角度引发对自我意识的自觉追求，而女性意识的自觉程度决定着女性主义的进步程度。所以，从女性意识的自我觉醒来研究文学，可以更深刻地认识到文学文本的深刻内涵和现实价值。

五四时期的新女性以知识为镜，是觉醒的第一代中国妇女，她们通过文学作品，在社会和家庭中寻找"自我"，通过小说中的女性人物的人格独立，精神自由，表达对两性平等的诉求，因此，女性题材一直是文学作品中的母题。对于网络文学中的女性作品而言，创作者都生长于一个多元化的时代，她们在作品的题材、表达方式上都有所创新，也都在作品中反映了当代女性意识表达的新变化。在网络都市类型小说中，创作者们塑造

◆ 第五章　梦中乌托邦——女性觉醒 ◆

了爱憎分明、自强独立、追求自我品格的当代新女性的形象。在穿越类型小说中，创作者们更是构建了乌托邦式的幻想空间，在那里，女人不再是成功男人背后的女人，她们可以在情感中、在经济地位上，和男性享有同等权利，甚至可以通过自己的才能掌握话语权。本章分别从现代都市题材小说和穿越题材小说中选取了三部代表作品，这些作品通过描述女性的故事，传达了新型的当代女性主义观，表现了当代女性对自我价值、道德情感等方面的清醒认知和理想追求，从中也能看到对我国传统女性价值观的批判与改造，以及她们在应对社会现实问题时依然存在的某些局限性。

一、人格独立

《欢乐颂》

作者阿耐，女，非职业作家，从 2004 年起在文学论坛和博客上发表小说，至今没有和任何商业网站签约。2009 年，其创作的网络小说《大江东去》获中宣部第十一届"五个一工程"奖，成为中国第一部荣获"五个一工程"奖的网络长篇小说。2010 年，《欢乐颂》[①] 在晋江文学网和她自己的博客上连载，2012 年首次出版。2016 年，孔笙导演，刘涛、蒋欣、杨紫、王凯主演等的同名电视剧在各大卫视上映。阿耐的其他作品有《都挺好》《不得往生》等。

【简介】心怀梦想的美丽成熟女樊胜美、大家闺秀文艺女关雎尔、头脑简单热心肠的邱莹莹，三人合租在欢乐颂小区的 22 楼。某天，22 楼搬进两个新住户，都是单身女性，分别是高智商海归金领安迪和鬼灵精怪的富二代曲筱绡。五个人同在 22 楼，上演着中国版"老友记"。

---

① 阿耐. 欢乐颂 [M]. 江苏：江苏凤凰文艺出版社，2022.

【节选】

第一册

第二章 齐聚

很巧的是,樊胜美也是费尽心机,获得作为一位潮男周末女伴的资格,出席周五夜晚的77酒吧开幕。可惜美中不足,周末的夜晚,关雎尔又是加班,只有邱莹莹一个人瞻仰樊胜美的着装搭配绝技。樊胜美的暗室闷热,邱莹莹认真瞅着樊胜美把黑扇子般的睫毛往眼皮上贴,一边体贴地帮樊胜美打扇子,免得出汗糊了粉底。只是小屋挤入两个人温度更高,邱莹莹长臂一伸,将大门打开了,总算一阵凉风慢慢浸润了进来。

樊胜美终于将眼妆搞定,冲邱莹莹忽闪忽闪着眼睛,道:"你看,我穿哪件衣服最配。"

"嘻嘻,当然是刚淘宝买的超级性感小黑裙啦。樊姐,今夜你准保将你男伴一举搞定。"

"搞定就麻烦喽,人家是有老婆的。"

"咦,那你还敢跟他去77酒吧?不怕人家老婆半路杀过来?"

正好,曲筱绡打扮妥当,袅袅婷婷地扭出来,一听邻居敞开的大门里飞出"77酒吧"几个字,不禁一个金鸡独立,险险止步听了下去。里面樊胜美道:"大家都是混迹江湖的,谁会那么小气呢。而且即使人家老婆杀上来我也不怕,我可不是冲着男伴去的。莹莹啊,我告诉你一个秘诀。像那种酒吧啊之类的地方,不是封闭会所,只要是个人,攒几个钱,偶尔去玩一趟还是去得起的。可是呢,那酒吧开幕就不一样了,那些有份受邀的主儿,都是方方面面的人尖子。我呢,今天要去掐几个那样的尖儿,所以今天是打破头皮也要去的。"

第一册

第十一章 骂战

樊胜美已经数不清自己曾否定过多少个类似小老板的相亲,一个多月

第五章 梦中乌托邦——女性觉醒

前就曾否定了一个。那些人总是要求她工作时间之外做他们的后勤，随时接受召唤请假替他们管账管人，周末时间打扮得花枝招展替他们做客户公关，需要她的工资共同支付小商品房的头款与按揭，以及，三从四德地替他们照顾他们的家人，替他们生孩子并完全承担起养孩子的繁杂事务……直至把她折腾成黄脸婆。如果他们发达了，他们会即刻甩了她这个黄脸婆；如果他们永不发达，她的黄脸婆生涯永无止境。人生便是如此残酷，若是不事先想清楚那么多的如果，最终只有后果。

老板娘？谁爱做谁做去，她樊胜美见多识广，绝不上当。所以，适当保持距离。

……

"可你想过万一没有，万一漏水的原因不是那么简单，责任全在我们；万一楼下看我们好商量，狮子大开口要求赔偿损失；万一物业看到我们好欺负又不是大楼业主，说的话不是那么不偏不倚……今天若是没有你冲在前面吵上一顿，楼下未必有那么容易说话。他们不是好说话，而是知难而退。所以你得头功。但你得学学林师兄的说话方式，他话里有话，暗中警告楼下，再闹就没好果子吃，楼上欺负楼下最容易。"

……

邱莹莹听得连连点头，尤其是被表扬了，她更容易接受后面的"但是"。

"对了，以前办公室里有同事教我遇到事情首先要把责任完全推给别人，然后才方便处理。真遇到事情了才能明白啊。"

安迪擅长一心两用，听了对话不禁抬头瞄樊胜美一眼。她至此才有点儿明白樊胜美为什么如此谙熟人情世故，却只混了个中游荡荡，原来是个办公室油子。

这种油子在大公司里很常见，往往未必败事有余，但他们总在每一件具体的事情上熟练利用规则逃避责任再逃避责任，永远担当不了成事的责任。看起来生活中也是一样。非常可惜，若是把邱莹莹的性格与樊胜美的平均一下，倒是两利。

樊胜美是2202房间三个姑娘中的大姐大,年龄大、资历深,是公司的资深HR,深得关雎尔和邱莹莹两个菜鸟的信任和崇拜,是一个妩媚动人的职场熟女。可樊胜美心里却有无限烦恼,自己青春不再,爱情更是一种虚幻,什么时候才能找个人尖子,过上好日子,能拥有自己的房子呢?她费尽心机,终于争取到一个酒吧开幕被邀请为女伴的资格,在她眼里,去酒吧不稀罕,稀罕的是,酒吧开幕能被邀请去的人都是各行业的精英,也属于有钱人范畴,她希望能在这种场合中有所收获。可偏偏她的这番话被刚搬到22楼的新邻居曲筱绡听到了,此后,曲筱绡对她就一直存有偏见,认为她是个拜金女。樊胜美的周围都是年轻漂亮的小姑娘,导致这个年近三十的大龄姑娘焦虑无比。就在此时,她偶遇了曾经的追求者、同学王柏川,看到王柏川开的宝马系列轿车,她开始暗暗揣测对方的经济条件及个人情况。在两人的相处过程中,樊胜美一直处于纠结中,她隐瞒了自己的住处是群租房,这样能让她始终在王柏川面前有一定的优越感。王柏川对她很好,两人是老乡,知根知底,是一个不错的婚姻选择对象,但她却只是一个普通的打工人,还是群租户,她害怕暴露自己的真实生活状态。让她没想到的是,王柏川的宝马系列轿车是租赁的,而她住的是群租房也让对方知道了,两个各有秘密的人在阴差阳错下都知晓了对方所隐瞒的东西,现实让樊胜美打了退堂鼓。邱莹莹、关雎尔和安迪分别劝说樊胜美,王柏川这人不错,他们两人可以一起奋斗。樊胜美虽然对王柏川颇有好感,可他的事业才刚刚起步,还不属于有钱人阶层,樊胜美可不想当小老板娘,那样太辛苦,太费精力,最后功成名就之时,也许自己就会被抛弃,这样的人生太冒险。

在樊胜美的身上,有很多相互矛盾的地方。作为一个三十岁的资深HR,她有一定能力,可她的心思却不在工作上,每天想的是如何嫁给一个能让自己过上好日子的男人。她时刻以男性的审美来定义自己,时刻不忘在所有男性面前保持自己的妩媚动人之处,这种虚荣心理掩盖了她本来的自身魅力,反而从心理上拉远了她和其他人的距离,以至于曲筱绡称她为

◆ 第五章 梦中乌托邦——女性觉醒 ◆

"捞女",魏渭认为这种女孩不可帮。小说中,关雎尔因自己的失误导致楼下房屋漏水,楼下住户上来质问、吵架。关雎尔准备承认错误,邱莹莹在樊胜美的指点下,拒不开门。节选部分就是作为大姐的樊胜美告诉邱莹莹怎么应对的一番话。一个小小的漏水事件,就让我们看出了三个女孩各自的性格特点。我们也就明白了,为什么一个谙熟人情世故的职场熟女,却只混了个中游,原来是个办公室油子,这种人永远担当不了成事的责任,也永远不可能在事业上有更多的发展空间。因为她把过好日子的希望寄托在嫁个好男人身上,把自身女性的价值依附在男性身上,不想靠自己努力,从而也失去了很多提升自我的机会。可是,职场油子樊胜美在生活中又处处讲义气,好帮忙,打肿脸充胖子。当邱莹莹被白总管威胁时,她率先冲上前保护邱莹莹并上门为她讨还公道;她把自己的漂亮服饰借给邱莹莹,告诉她怎么面试;她在生活和人际交往中,总是帮助关照邱莹莹和关雎尔,但她自己再艰难窘迫,也不愿意在别人面前露出自己的疲态。善良和虚荣造就了她的表里不一,也屡屡给她带来别人对她的误解。虚荣的樊胜美也有她的底线,她有着强烈的自尊。在她的哥哥出事后急需要用钱时,她拒绝了安迪借给她的钱,她想要和她平等地交往;她也拒绝了刘总的趁人之危,不愿用身体换取金钱。内心高傲的樊胜美因为出生在一个极度重男轻女的家庭中,她不得不承担起家庭的重任,原生家庭就是一个无底洞,耗尽了她所有的积蓄,还在源源不断地向她索求金钱上的帮助。软弱的她无法摆脱这种困境,又极度渴望能过上层社会的生活,这种家庭隐痛是她极度自卑的根源,她的自卑又造就她的极度自尊和虚荣。所以她不得不在职场社会中,玩心计、耍手段,利用圆滑处世的方法获得男士在经济物质上的馈赠,却又不愿意正视自己的这种现状,绞尽脑汁地在每个人面前维护着自己是和他人处在平等地位的形象。

　　樊胜美虽有光鲜的外表,却是五个女孩子中生活压力最大的。在当今社会中,她就是从农村走向城市的青年的缩影,家庭不能为远在异乡的孩子们提供任何帮助,却还要孩子们的接济,孩子们要想尽办法在大城市里落地生根，还要面临婚姻家庭的问题，特别是对女性而言，这将是人生最大的难题，而房子就成了最大的保障。樊胜美对男人的基本标准是要有一套房子，却不愿意和对方共同实现。在传统的社会观念里，男主外，女主内，绝大多数女性认为，房子是女性婚姻保障的必需品，把安全感、保障感的心理寄托在男性身上，渴望通过婚姻改变现有的生活现状，一劳永逸，这种心理是典型的女性对于父权社会和体制的认同。所以，樊胜美在婚姻市场撞得头破血流，始终受到大家的轻视和误解。在残酷的现实面前，樊胜美终于清醒过来了，认识到大家的帮助只是暂时的，要想过好生活，只能靠自己，如果自己不能在人格上独立起来，生活将永远面临困境。在欢乐颂22楼姐妹们的帮助下，她克服了爱慕虚荣和优柔寡断的性格弱点，改变自己的习惯思维模式，果断地处理了家庭纷争，真实地表现自己，活出了真正的大姐大的风范，也展现了一个真正的职场熟女的风采。

【节选】

第一册

第七章　江湖规矩

邱莹莹听得白主管话里有话，差点儿一口热血喷涌出来。她忍无可忍，直接奔到财务部经理面前。"经理，我向你举报，白主管假公济私，打击报复，玩弄花招不给我报销。……

邱莹莹一点儿不客气，扯着嗓门大声说出来，不怕别人听，就怕别人听不见。顿时，好几个部门的人竖起了耳朵。

……

邱莹莹来到人事部，居然是人事部经理亲自出面与她会谈。可如此高的荣誉，内容却极简单。"小邱，因为今天发生的事涉及公司利益，公司决定暂停你的工作，同时终止小白的一切工作。我们会本着公开透明的原则彻查此事，并调查你在此事中扮演的角色。查清之前，我们暂时替你保管你的出入门卡。"

◆ 第五章 梦中乌托邦——女性觉醒 ◆

……

邱莹莹想想自己问心无愧，便摘下脖子上挂的门卡，交给人事部经理。但出门拐弯，就遇见白主管与两个保安一起也来人事部。又一次的狭路相逢，白主管投以快刀一般的注视。邱莹莹不甘示弱，冷笑道："敢跟你叫板，不怕你犯坏，走着瞧。"说完昂首而走，仿若斗鸡。

……

樊胜美点头道："换我也是一样的考虑。我再补充一条，就是小邱上司的想法。这世上谁屁股都不干净，多多少少都有些把柄，没人纯洁。因此谁都不喜欢不懂江湖规矩的人。小邱，你就是那种不懂江湖规矩的人。连白瘟生都看错你，他略施手段，我怀疑他最初目的不过是让你妥协，让你私下找他保证守口如瓶，或者他还可以趁机讨点儿小便宜，可他想不到你没规矩。所以你乱拳打死老师傅，这是江湖人最不乐见的事。你经理也不会乐意见到，江湖规矩第二条，屁股不干净的人最怕身边人是嘴巴关不住的，你们经理看到你当众揭短，他以后肯定不敢用你了。只要他拒绝用你，你的暂停可能就变成被辞退，理由就是安迪说的窝赃包庇，你喊冤的地儿都没有，他们甚至可以起诉你。"

第二册

第十一章 一个耳光

"关，我真的在想，要是哪个有钱人看上我，我真的结婚算了。真辛苦哦。"

"真这么想？"

邱莹莹呆呆看着天花板，认真地想了会儿，"凭我这长相，有钱人干吗看上我。还是靠自己吧，别做梦了。"

"真这么想？"

"你只会说这四个字吗？好吧，我说实话，还是靠自己，踏实。"

邱莹莹是22楼五个女孩子中最弱的一个，作为一个职场菜鸟，没有漂亮的外表，没有有钱的爹妈，没有人脉资源，甚至在为人处世的成熟聪明程度上，不如关雎尔，就是一个不会看眼色、粗线条的小女生。可她又是五个女孩子中最容易满足的、幸福指数最低的，也是得到最多家庭温暖的小女生。

邱莹莹刚上班不久，就犯了职场大忌，和在同一公司的同事白主管谈恋爱。头脑简单的邱莹莹恋爱大过天，没有心思参加职业培训学习，眼里、生活中全是白总管。同住的樊胜美、关雎尔提醒她，要以学习为重、要注意看男人的人品、同一公司职员谈恋爱要回避，可惜邱莹莹全当耳旁风，毫不在意。当富家女曲筱绡得知这件事后，就要主动对白总管的人品进行试验，白总管果然上当，可邱莹莹依然选择相信白总管。在曲筱绡的捣乱下，白总管的人品终于坍塌，邱莹莹愤而分手。分手后的白总管在工作中不断刁难邱莹莹，在激动愤怒之余，邱莹莹终于忍不住在公司的公开场合中与白总管开战，并公开举报白总管损害公司利益，其结果却是自己被公司暂停工作。面对前男友兼公司主管的中伤，邱莹莹并没有低头，"乱拳打死老师傅"，揭露其猥琐的嘴脸。她不懂白主管的激将法，也不懂职场规则，凭一时冲动，结果却是连累自己失去了工作。职场新人邱莹莹踏上了艰难的求职道路，幸运的是，在招聘会上，她凭着豪气、自来熟的性格，很快找到一份咖啡销售工作。对销售毫无经验的她，先是帮助老板制作网络销售平台，后来又每天出去跑客户源，努力工作。在和男友应勤一起遭遇歹徒袭击时，她却挺身而出保护男友。她似乎总是会遇到各种麻烦，但是，在制造和解决麻烦的过程中，我们看到的是真诚、勇敢并能为自己负责的现代女性。

《欢乐颂》中的五个女孩子，只有邱莹莹为人直白简单、不敏感，是一根筋的"傻大姐"。可是她享受到家庭的关爱却是其他几个女孩子没有的，这是她最幸福的地方。邱莹莹出身工人家庭，用她的话说，虽然她的爸爸也很希望有个儿子，但只有一个女儿，那也必须是要爱的。所以当她失恋又失业后，她的爸爸第一时间赶过来安慰鼓励她，做饭给她吃，给她

第五章 梦中乌托邦——女性觉醒

经济上的支持,给她寄食物,并让她多和朋友分享。在这样充满爱的家庭长大的邱莹莹有着劳动阶层的吃苦耐劳,有着强大的韧性和不屈不挠的精神。和所有女生一样,邱莹莹喜欢好吃的甜品、美丽的服饰,也想找个有钱的男朋友,但她头脑清醒,有自己的交友原则。她看到樊胜美打扮得花枝招展地赴宴,她很羡慕,但也明白,这种生活和她无关。她在推销产品的路上,遇到坏人跟踪,一口气跑回去,她对关雎尔说:"要是哪个有钱人看上我,我真的结婚算了。"身在异乡,仅凭没有任何根基的自己一个人打拼,实在很辛苦。邱莹莹的这句话,可能是很多女孩子在职场奋斗过程中,在身心俱疲的时候,都会做的白日梦。但是紧接着,邱莹莹立刻清醒了,"还是靠自己,踏实"。安迪的朋友奇点邀请她们去豪华私人山庄,她选择拒绝,因为没有钱,要攒钱交房租,樊胜美劝说不用出钱,可她依然拒绝,说"亲兄弟,明算账,朋友一起玩,要么AA,要么不去,不占别人大便宜。"对人真诚、表达直白的邱莹莹让曲筱绡和安迪改变了对她"傻大姐"的看法,使她显得格外可爱。邱莹莹的身上也寄托着家人的希望,留在大城市是她和家人的梦想。当她把希望梦想寄托在恋爱婚姻时,白总管的欺骗打破了她的幻想和依赖,她明白要想留在大城市,首先要生存,然后才有资格去想其他的事情,所以她踏踏实实投身于工作,努力追求富足生活,克服困难开拓销售市场,不断提高自己的销售业绩,并从工作中找到自信和成就感。

邱莹莹自尊自强自立的品质对一个女性而言,是非常可贵的。现代社会中,很多女性以外貌、青春为资本,喜欢收取礼物,享受免费吃喝,这种行为习惯是一种依附他人的心理现象,也是一种不自尊的表现。而自立自强是做人的基本准则,也是一种优秀品质,面对人生困境,不能消磨意志,更要自立自强,才能开创人生新局面。

【节选】

第二册

第十章 无赖行径

关雎尔轻轻嘟哝,"又是变相相亲,我们说好的,我考评结果出来前别让我分心。"

但关母还是听得清楚,"只是见个面,你别太排斥。而且妈妈也不会给你找个乱七八糟的人来干扰你的考评。唉,只是这一脸痘痘……真破相。囡囡你早该告诉我又痘痘爆发,妈妈可以早点儿催促你吃清火食物。这可怎么办呢,只能掩盖。"关母说到做到,费劲地从前座挤到后座,一头摔进关雎尔的怀里。但她很快揉揉脖子起身,掏出化妆袋,一把揪住躲闪的女儿,强行给女儿"整容"。

关雎尔除了嘀嘀咕咕嘴巴里提出反抗,拿强悍的妈妈没办法。"还说只是见个面,还说呢。"

"第一印象才最重要。你别扭来扭去,妈妈给你上点儿遮瑕膏。"

"又不是没人要,着急什么呢。"

"上回来我们家的那个小伙子,叫林渊?我们看着不错,你又不要,跟你一说你就烦。今天吃饭你可不许露出一脸不耐烦,马阿姨是妈妈同事,马阿姨丈夫是我领导舒行长,人家一家给我们面子才见面吃饭。记住啊。"

"不要再给囡囡施压了,我们说好的,孩子的事看缘分,别做作。"关父在前面打圆场。

关雎尔只能干瞪眼,要是爸妈来前就跟她说明,需要跟什么舒行长马阿姨一家吃饭,她准找各种借口逃脱。可知女莫若母,妈妈早料到她会来这么一招,才会先斩后奏,将她逮上车了再说,看她还能往哪儿跑。关雎尔不禁想到,曲筱绡会跟她父母尖叫,闹得她父母无可奈何,也会动员22楼全体将屋子弄得一团糟,吓退相亲团,若是曲筱绡遇到这种事会怎么办。

◆ 第五章 梦中乌托邦——女性觉醒 ◆

  关雎尔出身小康家庭,是个听话的乖乖女。她是刚刚走进职场的实习生,在工作中认真负责,有上进心,努力想通过公司的成绩考评。所以她不断地向樊胜美请教处理职场关系的江湖规则,向安迪学习解决工作问题的方法,逐渐成长为有能力的职场白领。温柔善良的关雎尔还是其他四个人之间的调合剂。姐妹间只要有矛盾争吵,她必定从中调和,但这并不代表她是个老好人,她有自己的处事原则和标准,如果姐妹们的言行不当,她也会直言不讳地表示唾弃。刚出校园的关雎尔很诚实听话,因她的过错导致楼下房屋漏水一事中,她准备承认责任,樊胜美却让她先隐瞒不说,她就立刻给她妈妈打电话询问该如何处理。同学林师兄约她一起开车回家,她不断地纠结与林师兄同行是否安全,当拒绝林师兄后,她又担心林师兄是否生气。辞职的同事李朝生约她出行旅游,她无法直接拒绝,不停地说着"可是……"。妈妈逼她相亲,告诉她,女人干得再好,也是要嫁人的,所以当前的首要任务是赶紧找个好男人,而不是只知道工作。她无法反抗妈妈强势的爱,充满着被父母操控的烦恼。庆幸的是,关雎尔在不断地学习,也在不断地成长,她对婚姻、对事业有了自己的看法。林师兄和相亲的对象都是不错的婚恋对象,门当户对,而关雎尔对他们没有任何感觉,故而对他们一直保持着礼貌的距离。直到遇见谢滨,关雎尔开始了她的恋情。毫无疑问,这段恋情受到父母的反对,一向温顺的关雎尔在此时则展现出了自己对爱情自由的向往,追求个人幸福的主见与坚持。同时,她的勤奋工作也得到了回报,并从工作成就中感受到了无可替代的快乐与满足。

【节选】

第一册

第十一章 骂战

  这个周一,曲筱绡的公司开始走上正常运营轨道。她作为总经理,当然有不按作息时间上班的权利,尤其是谁都知道她是太子女,谁都不指望她真正做事。

　　大家，包括她的父母，都认为，正常情况下，曲筱绡应该上班迟到。然而，曲筱绡心中有所图，因此她不正常了。她所图的很简单：她要有别于她的两位同父异母哥哥，从行为上，到能不能靠自己本事赚钱这件事上，她要与两位哥哥形成极端反差。

第二册

第五章　其乐融融

　　曲筱绡大为不屑。"小关，我说你嫩，你是一点儿都不必辩解的。安迪是你以为的人吗？安迪一向做事精准，有几分把握说几分话，而且她也有这份底气这份胆魄。她说跟魏兄分手，即使你看到她对魏兄藕断丝连，可你还是得相信她说分手就是分手了。她不像你们小女生。明明对着男朋友心里大喊着要要要，嘴里偏扭扭捏捏地说不。再退一万步，即使她和魏兄没分手，可现在男未婚女未嫁，安迪是自由身。你是看见安迪戴了魏兄的订婚戒指还是看见安迪跟魏兄的爹娘见面了？为啥安迪不能趁结婚前多比较几个多找点儿欢乐呢？不比较你怎么知道谁是最好。我看中包，是因为他能让安迪大笑。一个现在就不能让安迪大笑的男人，你还指望他婚后让安迪大笑吗？告诉你们，小关和小邱你们学着点儿。男人，恋爱时候躲躲藏藏露出来的小坏，结婚后肯定变成大坏；恋爱时候花头百出献宝一样端给你的优点，结婚后肯定缩水。"

　　曲筱绡，精灵古怪，富二代出身，她不用像邱莹莹那样只能凭着两条腿出去跑业务，不像樊胜美背着沉重的家庭负担，也没有关雎尔身上承受的中国家长式关爱。她活得自由自在，却免不了要卷入与同父异母的哥哥争夺家产的风波，她不得不自行创业，想要有所成绩证明自己的能力。曲筱绡的身上体现最明显的就是"解放"。她是享乐主义者，说话"毒舌"，为人讲义气，自诩"狐狸精"，在不同的男性身边优哉游哉。她对赵医生一见钟情，随即展开了猛烈的追求，可这却并不妨碍她和其他男性的交

◆ 第五章　梦中乌托邦——女性觉醒 ◆

往。小说中，安迪对婚姻具有恐惧心理，引发安迪和魏渭分手，包总又开始追求安迪。22楼的姑娘们纷纷站队表态，这段情节实际上就暴露了几个女孩子不同的婚恋态度。邱莹莹觉得魏渭心地好、稳重，和他在一起能够白头到老。关雎尔觉得还是不要轻易对安迪和包总的关系下定义。樊胜美觉得合适最重要，魏渭可能比包总在感情上更专一。关雎尔的谨慎、樊胜美和邱莹莹对婚姻的务实态度，让曲筱绡嗤之以鼻，曲筱绡觉得她们几个表面上看都是现代女性，内心里却是小脚老太婆，在她们眼里，人这一辈子就吃饭睡觉结婚生孩子。曲筱绡则认为，以安迪的能力，"她需要别人的专一别人的担当？该是别人怕她看不上才是！"她的这段话就表明了自己的婚恋观，她觉得男性发展成男朋友，只有一个条件，你要有一见钟情的感觉，要有一种内心的冲动，这样才够格做男朋友。曲筱绡试图唤醒22楼姐妹们被压抑、被规训的欲望，表达了她在婚恋选择中，对女性自我物化的不屑。身体解放和思想解放互为表里的方式，在曲筱绡身上得到很好展示。曲筱绡以自身的女性魅力故意揭露白总管的猥琐心理；在初次谈判场合中，她用蓝牙耳机寻求场外的安迪进行援助；樊胜美的哥哥惹了一帮无赖上门闹事，她带着人马直接打过去。她用这些看起来不够光明正大却很有效的小伎俩，对禁锢在女性身上的条条框框极尽嘲讽，直接用享乐主义和实用主义代替了女性贤良淑德的美名。

【节选】

第一册

第一章　新邻居

三位女孩齐齐回头，见一位足有一米七左右的瘦高女子，穿着运动服似是刚锻炼回来，短发、大眼、小嘴，笔挺的鼻梁。论理，这样的打扮该是英姿飒爽的，可瘦高女子微笑之间，竟然很显妩媚。美女！

……

安迪哑然失笑。她睡足六个小时，不需要闹钟就准时起床，沿记忆中的道路去公园跑步，回来先将两片面包放入吐司炉，设定时间；接着将一杯牛奶放入微波炉，设定时间；最后将一只鸡蛋打入电源连接定时器的煎锅，设定时间。然后她进入洗手间盥洗。出来，一切就绪，已经不烫，正好享用。这一切，她用一个周日的时间设定了最佳路径，绝不用走回头路，绝对是最短线路。她的时间便是靠活学活用运筹学而利用率极高。因此，她出门时候早已神清气爽，正好与小迷糊关雎尔形成绝佳对比。

在《欢乐颂》里的五个女孩子中，安迪可能是最符合我们对现代女性的想象标准。她是个美女，但从不化妆打扮，海外名校博士毕业，有着超强的数字记忆和逻辑推理能力，在职场独当一面，是个不折不扣的金领。她的工作生活都严格遵守计划安排，讲效率，严于律己。工作中的专业素养和能力让同事都敬畏她，高智商的头脑让她在处理人际关系时，既能给予对方冷静理智的建议，又能在力所能及的范围内给予关照。和欢乐颂的姑娘们在一起时，她经常提供用车和游玩的方便；她给曲筱绡充当谈判桌上的同声翻译，帮助关雎尔修改年度总结，默默地买下了邱莹莹推销的咖啡，给予樊胜美物质上的支持。这是安迪善良、富有人情味的一面。同时，因为童年的记忆创伤，安迪又患有心理疾病，她害怕和他人的过分亲近，自身作为女性散发出来的魅力让她恐慌和羞耻，更害怕与异性产生感情。在和魏渭相处时，虽然两人有很多共同点，可她的心理隐疾让她始终无法真正面对魏渭。她在和包总在一起时，首先是被对方感性的外表所吸引，更重要的是，包总真实坦率、热情奔放的性格，让她逐渐放弃过去，接纳自己的美好，有勇气面对恋爱婚姻。

小说《欢乐颂》中，既有精英女性的烦恼，也有平凡女生要面对的现实问题。她们的人物形象和其他都市言情类小说中的女性形象形成了鲜明对比，脱离了男才女貌、爱情至上的情节设置，取而代之的是干练积极的职场女性形象，情感家庭不是生活的全部，怎样在职场打拼，怎样在奋斗中实现自己的人生价值，才是生活的真谛。同时，小说中对职业素质、工作态度、人际关系处理等方面的描述，对我们也有着现实指导意义。欢乐颂的五个女孩子来自不同社会阶层,有着不一样的人生观,都受到各自家庭背景、教育程度和性格的影响和制约,也都有各自的不完美之处。在社会环境和生活的磨砺下,她们逐渐对自我价值、道德、情感等方面有了清醒的认识,在她们不断成长的过程中,她们慢慢意识到,女人的幸福要靠自己,而女人幸福的基础首先应该就是人格独立,只有自强自立,才能实现自我价值,才是当代的新女性。

二、两性平等

《绾青丝》

作者波波,女,2001年开始在网上写文,2002年出版小说《花神的女儿》,2003年被聘为重庆文学院首届创作员,2004年中篇童话《睡美人》收入《2003年中国奇幻文学精品》丛书。另著有长篇小说《珠子》《追》等。《绾青丝》[①] 于2007年由花山文艺出版社出版。2017年7月12日,《2017猫片·胡润原创文学IP价值榜》发布,《绾青丝》位列86位。

【简介】叶海花从21世纪穿越到了古代,她的前世受过大大小小很多伤害,可即便如此,她依然有放不下的心结,希望找到一个为自己绾青丝的人,找到心灵真正的归宿。在小冥王的帮助下,叶海花借尸还魂,来到大奸臣的女儿蔚蓝雪身体上。孰料,刚一睁眼的叶海花就发现自己成为青楼老板楚殇复仇的工具,随即,叶海花被卷入到了朝廷和江湖、朝廷和侯门之间的纷争之中。在这样充满危险、算计的人生中,谁才是为她绾青丝的人……

【节选】

第五章 前世

"我相信,"我温柔地握住他柔软的小手,"我相信你跟他们不一样。

[①] 波波. 绾青丝[M/OL]. 网络版:起点女生网[2006-08-11]. https://www.qdmm.com/book/72613/.

可是好男人，也未必适合婚姻，你还记不记得我的父亲。他与我母亲也算是因'爱'而结合的婚姻，可是婚姻光有爱是不够的，因为父亲的古怪懒惰和不谙世事，三十年来，我母亲一个人苦苦支撑这个家，每天辛苦工作回家还要操持家务，在外为人处世也全赖母亲，家里大凡小事都离不开她。所以我母亲过世之后，家里的顶梁柱倒了。我父亲这样一个好手好脚无病无疾的人，却因为出奇懒惰生活不能自理的理由，在母亲过世一周后就续了弦，他需要一个保姆来照顾他的生活。多么可笑，我父亲，他不需要爱情，也不需要婚姻，他需要的只是一个保姆。但是他请不起花钱的保姆，所以他需要一个妻子，一个不花钱的保姆，所以他就需要婚姻了。但是妻子虽然是不用花钱，却要用爱情骗来，所以，他就需要爱情了。一切的存在，都是因为他自己的需要而被需要、而存在。多可笑呵，冥焰，我的父亲，他不是一个坏人，可是，他仍然会给别人带来伤害。冥焰，这就是婚姻，它是如此世俗，在自私的人面前，不堪一击。婚姻是这样可怕的东西，我怎么敢要？"

第十五章　买卖

我冷笑着讽刺她："金大娘，你若像这样做生意，赔死都不知道是怎么死的。这契约上可写明了何时付款与我？你若要拖个十年二十年的，叫我找哪儿讨钱去？"

金大娘脸色一白，这才真的确定我不是好糊弄的主儿，强笑道："那依姑娘的意思？"

我想了一下，道："需得注明锦绣庄每半月便结一次账给我，你们的销量份额我没法掌握，所以得有个基数，就按你们给官府上税的销量份额来乘以百分之五的提成比例。不用拿现钱给我，用契约上的名字给我在钱庄里开个户头，全存进去，存入钱庄时写好契约，提款时须得……"想了一下，用密码恐怕是行不通，得有个信物才好办，我身上唯一值钱而别人又没有的东西……，我伸手摸了摸脖子，有了主意，"提款时须得有人拿了这块玉去，方能提钱。我每半个月都会去钱庄查账，若是发现提不出银子，大娘可别怪我……"

第十六章 卡门

月娘一怔，我不待她开口，继续道："我用我初次登台的歌曲，作我的花名，从今天起，我的名字，叫作'卡门'！"

是的，卡门。这个美丽的吉普赛女郎，这个令男人爱得发疯又恨得发狂的妖精，她狂野、随性、奔放、倔强、勇敢、自由、洒脱、真实，她是一阵风，任何人都别想困住她，即使你卑微地奉献上你的爱情，她也不屑一顾。任何人都夺不走她对自由的渴望，跟着你走向死亡，她愿意，却不愿意跟着你一起生活！

20世纪八九十年代，黄易的《寻秦记》穿越历史小说、席娟的《交错时光的爱恋》穿越言情小说，开启了穿越题材的小说创作。2004—2007年，是网络穿越小说的发展时期，穿越小说的类型化得到创新，穿越时空多元化，穿越故事也推陈出新。2010年后，众多网络穿越小说先后出版纸质图书受到读者追捧，不断搬上银幕，席卷影视圈，一时成为IP热点，是网络穿越小说的巅峰时期。创作于这一时期的《绾青丝》被称为网络穿越小说的经典之一，与其他穿越小说的复仇、宅斗、宫斗、言情等主题相比，《绾青丝》所包含的类型元素极多，有穿越、言情、修真、玄幻、神话等。小说中虽然人物众多，内容庞杂，可是主人公只有一个，就是女主人公叶海花，其他所有人都是配角，所有的故事都是围绕叶海花而展开，由此可见，小说是典型的女频作品。

现代女孩叶海花外貌普通，在被深爱的男人一次又一次欺骗后，无奈踏上了相亲之路，等到终于要到谈婚论嫁之时，却因身患乳腺癌要割掉一个乳房而吓跑了未婚夫，回想到自己父母的婚姻模式，即使不是坏男人，也依然会对女性带来伤害。因此，叶海花不要爱情，也不要婚姻。因病去世的叶海花保留了前世的记忆，在地府徘徊期间和冥王之子冥焰成为好友，在冥焰的帮助下，叶海花的灵魂转世到了天罂皇朝当朝宰相蔚锦岚的女儿蔚蓝雪身上。当叶海花（蔚蓝雪）苏醒后，发现自己处在青楼之中，是冷酷帅公子楚殇的仇人之女，正遭遇着被逼表演接待客人的局面。为了报复楚殇，叶海花在表演时演唱了法国歌剧《卡门》中的片段，为了日后生存，叶海花用自己的绘画技能和锦绣庄金大娘签订商业合同。在表演台上，狂野又忧郁、火辣又性感的叶海花一举成名，楚殇对她的感觉开始莫名难言，宇公子对她一掷千金，凤歌和她情趣相投。在众多的美男子之间，叶海花陷入到对宇公子的迷恋之中，可又摆脱不了楚殇对她的监控。宇公子利用叶海花和楚殇的关系，设计抓获了名为倚红楼老板、实为江湖无极门门主的楚殇。获得自由的叶海花为了忘掉宇公子、楚殇这些不愉快的记忆，离开了京城，奔赴沧都，与锦绣山庄的金大娘合作，开始了自己的从商之路。

  小说的第一卷讲述了女主人公叶海花前世的遭遇和今世所面临的境遇。在穿越小说中，主人公在穿越后通常有两种重生方式：一种是以过来人的身份重新开始自己的又一次人生，可以规避人生风险，可以衡量得失，做出最有利于自己的人生选择；另一种是灵魂重生，主人公的精神意识没有消失，重新进入到另一个肉身中，利用新主人的身份开始新的生活。不管是哪种方式的穿越重生，这两种方式的相同之处都在于对自己第一人生空间的厌恶与摒弃，也带有对难堪的过去、失败人生的一种反思，所以穿越后的主人公们的思想行为往往会有大的改变，这是对过去缺憾的一种弥补。所以《绾青丝》中的叶海花不相信爱情婚姻，特别是当她苏醒后就遭受到楚殇的强暴，更是加重了她对男性嘲讽报复的心理，她给自己起的艺名"卡门"就隐喻着她要做一个自由的、不受约束的、不被男性所统治的这种女性，她与金大娘的商业合作，也反映了她要经济独立的思想。只有经济独立，女性才有资格在男权社会中掌握话语权。

◆ 第五章　梦中乌托邦——女性觉醒 ◆

【节选】

第一百零八章　旧仇

"等等！"不等云峥出声，那云夫人立即唤住我，"你这是什么态度？我的话还没说完呢就想走，小户人家果然没有规矩，就凭你也配得上……"

"母亲！"云峥淡淡地开口，打断云夫人的聒噪，脸色沉下来，"你的话太多了！"

"峥儿，娘是为你着想，也不知道公公这次犯了什么糊涂，给你挑了这么个媳妇儿，娘亲帮你挑了……"云夫人似乎对云峥极为畏惧，见他脸色不好，顿时挂上一脸讨好的笑容。

这些个豪门大户，真当随便谁都可以任他们挑来拣去？我差点笑出声，赶紧忍住，轻咳了一声，那云夫人被我打断说话，极为不耐，转头瞪了我一眼，面带不屑。我也被她的态度弄得上了火，冷笑一声道："夫人，我若想嫁给云峥，谁也挡不住！"

"你……"那云夫人听了我的话，微微一怔，立即勃然大怒，站起来就欲发难。我不等她开口，接着道："同理，我若不想嫁给云峥谁也逼不了我！"

为了扩大绣庄经营范围，叶海花聘请了迂腐木讷的书生安远兮为主管，结识了永乐侯府的老太爷。叶海花的精明能干被永乐侯的老太爷所器重，想要她成为永乐侯侯爷云峥的妻子，帮助云峥执掌家业。两个人的身份如云泥之别，自然遭到云峥母亲的反对。面对云母的质问，叶海花的回答表现出了强烈的自信，并没有因为对方的高贵身份和朝堂地位而用感情和婚姻去做交换。幸运的是，性格温和、淡定包容的云峥给予叶海花无限的信任和爱，叶海花终于对他敞开心扉，坦言自己的来历，并且与他产生了最深厚真挚的爱情。遗憾的是，云峥终究没有抵抗过病魔而去世。为了保护侯府众人，避免卷入朝廷纷争，叶海花强忍悲痛，在安远兮的支持帮助下，带领大家远赴海外开拓新生活。

— 171 —

在网络小说中，"女性向"是支撑网络文学半边天的一个文学类别。千千万万的女性作者和读者得到了群体性话语表达机会，在这些作品和读者留言里，潜藏着对女性解放、男女平等的重新诠释。在这种背景下，"穿越"和"女尊"成为其中的重要类别。《绾青丝》既是穿越小说，也是女尊小说，大女主叶海花既美丽又多情，既精明能干又富有才情，既会赚钱还会生活，小说中的所有男性都是英俊帅气的肌肉男，而且几乎都被她所迷倒。这种以女性视角对男性的审视，赋予了女性在感情和婚姻中的积极主动选择权，而非被动接受感情和婚姻。大女主叶海花一方面对待仇人心狠手辣，另一方面对待朋友又事事为人着想；一方面当她看到凤歌、宇公子、安远兮、云铮这些不同类型的美男子时，她不由得产生喜爱之情，另一方面又因对爱情的不信任产生的自我保护意识，使她的骨子里透着冷漠与无情。这种人物设定，是把女性放在和男性平等的地位上来进行情感、金钱、生活的支配选择，女性的强势得到了充分的体现。主人公叶海花渴望并追寻忠贞的爱情，可是云峥去世后，她也没有将自己困囿于对过往感情的回忆与追悼中，而是积极乐观地生活，勇于主动追求新的幸福。对于事业，叶海花更是利用现代技能以及智慧，在男尊女卑的古代社会中，成功地掌握着经济资源。

年轻漂亮、有才能有钱的叶海花，可以说是现代成功女性的缩影。她努力创造财富，尽情享受生活，追求爱情，不委屈自己，她的信念就是"我的命运我做主"。小说中对于叶海花这个女性形象的塑造正契合了网络上曾经传播的新世纪好女性标准："上得了厅堂，下得了厨房；杀得了木马，翻得了围墙；开得起好车，买得起新房；斗得过小三，打得过流氓。"

三、精神自由

《知否？知否？应是绿肥红瘦》

作者笔名，关心则乱。晋江文学城签约作者。《知否？知否？应是绿

◆ 第五章　梦中乌托邦——女性觉醒 ◆

肥红瘦》是一部长篇言情小说，2010年在晋江文学城连载①，2012—2013年出版台湾繁体中文版。2018年12月根据同名小说改编的电视剧《知否？知否？应是绿肥红瘦》上演。关心则乱的其他作品有《HP同人之格林童话》《如鲠在喉》等。

【简介】盛家六姑娘明兰年幼时遭遇生母去世、父亲不重视、嫡母不慈爱的困境，幸得祖母疼爱，亲自抚养她长大。长大后的明兰，聪颖貌美，在盛府的妻妾斗争中，在嫡庶女儿的纷争中，她藏起聪慧，掩盖锋芒，在不断的打压中逆境成长，在面临各种困境时依然自立自强。在成长过程中，明兰结识了平宁郡主的儿子齐衡、医官世家子弟贺弘文、宁远侯府二公子顾廷烨。在顾廷烨的策划下，明兰嫁进了宁远侯府，面对侯府复杂的人际关系和微妙的朝廷政治，明兰和顾廷烨两人在管家业、整侯府、铲奸佞、除宵小的过程中，解除了彼此间的误会，建立了深厚的感情，最终明兰与丈夫一同协助明君巩固政权，二人也收获了美满的人生。

【节选】

第十二回　明兰与三只呆鹅

躺在暖和的炕上，明兰小小地叹了口气，其实盛老太太不用担心，从接受这个身份的那一天起，她就在想过自己的将来了。显然这是个很正常的古代世界，森严的等级制度，明确的封建规则，没有一点意淫的社会环境，她不可能离家出走去当侠女，也不可能异想天开去创业，更加不敢想象去宫里讨生活，她唯一能做的就是经营好自己的生活。

人类的幸福感是通过比较得来的，如果周围人人都比你惨，哪怕你吃糠咽菜也会觉得十分愉快，庶女们之所以痛苦，是因为一起长大的嫡出姐妹往往会有更好的人生，看着一个爹生的、一起长大的姊妹处处比自己

---

① 关心则乱.知否？知否？应是绿肥红瘦［M/OL］.晋江文学城［2010-11-29］.https：//www.jjwxc.net/onebook.php？novelid=931329.

强，心里不痛快是必然的。

但是，如果不和嫡女去比较呢？明兰假设自己出生在一个食不果腹的农家，或是更差，生在一个命不由己的奴仆家呢，比起这些，她已经好很多了，目前的生活让她至少衣食无忧，还算是微有薄财；父亲也不是贾赦之流、乱嫁女儿的烂人，家庭也还算殷实。

像她这样的古代女孩，人生已经被写好轨迹——按照庶女的规格长大，嫁个身份相当的丈夫，生子，老去；除了不能离婚，很可能得接受几个"妹妹"来分老公之外，和现代倒没很大的区别。有时，明兰会很没出息地想：这样也不错。

如果生活不顺遂，老天硬要给她安一个悲惨的人生，哼，那就要命一条要头一颗，真的无路可走，她也不会客气；她不好过，也不会让亏待她的人好过，到时候白刀子进红刀子出，大不了鱼死网破，谁怕谁，她可是被泥石流淹死过的人！

前世在法院任职的姚依依在支边的路途上遭遇泥石流后，穿越到盛府年仅五岁的庶出六小姐盛明兰身上。盛家有嫡出的大哥哥长柏、姐姐华兰和如兰，他们都和自己的母亲王夫人一起生活，庶出的三哥哥如枫和姐姐墨兰，他们有受宠的生母林姨娘亲自照料，唯独五岁的六小姐明兰（姚依依）面临着生母刚刚去世、父亲又顾不上她的困窘境遇。盛府的老祖母明事理、晓大义，眼见明兰没有人疼爱，决定亲自抚养教导她。祖母要抚养明兰这件事引起了林姨娘和祖母之间的暗战，祖母借这场风波想要考查一下明兰的心性与品质。和其他穿越小说中的大女主不同，姚依依没有经商能力，没有文艺才干，没有复仇心理，更没有想要做事业的雄心壮志。她穿越后首要面临的是生存问题，年龄太小，力量太弱，又有嫡庶姐妹间的争风吃醋，如何活着，如何让自己活得好一点，才是她当前的首要问题。前世的姚依依是个乐天派，她很快接受了明兰这个新身份，坦然接受了自己的现实处境，不消极、不抱怨。她觉得，人的幸福感是通过比较得来的，因此，反而很庆幸自己起码衣食无忧，起码不会流离失所，就这样平平安安过一生，也没有什么不好的。但是如果真的无路可走，她也会反抗到底的。节选中的这段心理描写，体现了明兰易于接受现实，能安然处之的性格，但骨子里仍保留着作为现代人努力抗争的反抗精神。

为了更好地教导盛家的姐妹们，祖母请来了宫里的孔嬷嬷，教授她们礼仪规矩。有着现代人灵魂的明兰，一点也不想学习，但她没有反抗的资本，她知道要想立住脚，就要从头开始学习。因此，在学习过程中，明兰认真学习古代小姐们的礼仪，调和如兰和墨兰两位姐姐的争吵，用记笔记的方法记录上课知识点，努力让自己过得轻松愉快一点。孔嬷嬷告诉祖母说："明兰淡泊、明净、豁达，好像什么都看明白了，却又不清冷，还是开开心心的，稳重守礼。"

这个时期的明兰虽然在生活上有祖母照顾，但在家里根基不稳，上要迎合父亲和嫡母的喜好，下要在姐妹间的斗争中保全自己，而自己也不可能一辈子躲在祖母身后度日。她不得不处处装傻充愣，这种为人处世的方法使她避免了不少麻烦，祖母的悉心教导更让她学到了不少与人交际、保护自己的方法。在古代的世俗礼教中，明兰尽可能地约束自己的内在情感需求，不断自我调节，淡化自我情感和现实的冲突对立，因此，绝大多数时间里，明兰都能让内在的自我情感和现实和谐相处，遵循追求快乐的做人原则，从而获得一种精神上的自由。

【节选】

第八十六回　偏房、妾室、丫鬟都不行

明兰静了一会儿，道："曹姑娘的确是个可怜人。"

"你倒好心！"老太太冷笑。

"不，孙女是个自私之人。"明兰抬头朗声答道，"曹姑娘再可怜，也不能叫孙女让步！她想进门，做梦！"

老太太这才气平了些，慢慢匀了呼吸，道："你怎这般死心眼！没有

他贺屠户，咱们便要吃带毛猪不成？老婆子我还没死呢！闭眼前，定要给你寻个妥帖的好婆家！"

明兰脸上浮起苦涩的微笑，慢慢抚上老太太的膝盖，道："祖母，世上哪有十全十美的夫婿？哪有真正妥帖的婆家？！"

盛老太太心头大震，却倔强地瞪了明兰一眼："你就瞧着贺弘文这般好？"

"不，他并不是最好的。"明兰异常冷静，眼睛直直地看着老太太，"这些年来，祖母为孙女的婚事寻了多少人家，可最终您还是属意贺家，这是为何？因为，您也知道弘文哥哥着实是个品行端方的君子，自立自强，温厚可靠，他自小便发愿不想纳妾；您选来选去，还是觉着弘文哥哥最好，不是吗？"

盛老太太一阵语塞，愤愤地转过头去。

明兰轻轻抚上老太太的膝盖，语声哽咽："那年我搬去暮苍斋，祖母您说，没有人能为孙女遮挡一辈子风雨的，孙女记下了。……如今，外头的风雨打进屋子来了，祖母怕孙女受委屈，又想替孙女关上门窗遮住风雨；可是，这不成呀。凭什么？凭什么要我们退让？！"

明兰的语气忽然激烈起来，声音像是在敲击铁锤般的坚决："人活一辈子，路上总有许多不平坎坷，总不能一瞧见坑洼就绕开了！我要跨跨看，拿泥沙填上，搬石头铺平，兴许走过去便是一条通途！怎能一遇到不如意，就否决了好容易相来的人家！"

盛老太太心头震动得异常厉害，老眼湿润得迷蒙起来，看着自己一手养大的女孩，不知何时竟然这般勇敢果决，她自己缺的就是这么一份坚韧，当初太容易放弃了，这番话说下来，老太太也犹豫了："你觉着……能行？"

明兰摇摇头，眼神一片清明："难说。兴许弘文哥哥能不负老太太所愿，但是，也许弘文哥哥心里恋着曹姑娘也不一定，若是如此，我便认

◆ 第五章 梦中乌托邦——女性觉醒 ◆

命！谋事在人，成事在天；孙女尽过力了，剩下的，瞧老天爷罢。"

在祖母跟前耳濡目染长大的明兰，看上去可爱柔弱，实际上懂分寸，能看清事情的本质，心里明白有数。随着明兰的长大，容貌艳丽、性格可人、进退有礼的她吸引了众多长辈的目光，成为长辈们心中好媳妇的人选。可明兰庶出的身份又注定她不能嫁给有地位仕途的官宦人家。因此，祖母早早地开始为她筹谋打算。祖母年轻时的好朋友贺老太太，家里世代以行医为生，有一个孙子贺弘文行事端方稳重，医术高明，在没有家里任何兄弟姐妹帮衬下，仅凭他一己之力，就能撑起贺家的重担，足见其能力之强。在祖母和贺老太太的默允下，明兰和贺弘文都觉得彼此是合适的婚姻人选，二人相处得也很轻松愉快。可就在此时，贺弘文家里被流放在外的曹姨妈和表妹突然回来了，她们家境窘困，贺母及曹姨妈希望表妹能嫁给贺弘文为妾，以改变她们当前生活的境况。虽说贺弘文对明兰的心意非常坚定，但面对着柔弱的贺母和卑微的曹家表妹，明兰无比郁闷烦躁，她选择了三个人面对面地谈话。在曹家表妹说"我什么也不会与你争的，我也争不过……"的时候，明兰坚定决绝地表明了自己的观点："没有哪个女子会把自己的夫婿拿去可怜旁的女子，所以偏房、妾室、丫鬟统统不行。"这次的谈话让祖母很生气，觉得明兰不应该和别的女子去争。但作为有着现代女性思想的明兰却能够体会到古代女子的悲哀，也能够认清自己面临的婚姻选择，她觉得即使是这样的局面，还是应该争取自己该得的幸福，不能一遇到困难阻碍就退缩。

作为穿越类小说，女子的情感婚恋是穿越人生后的一次重大重新抉择的机会，是对前世情感缺憾的弥补，也是现代女性意识的一种体现。明兰的前世没有经历过任何情感挫折和伤害，穿越后的明兰能够认可自己庶出的身份，接受古代男尊女卑的现实，见识到自己家庭中妻妾争风的闹剧，所以，明兰对自己的婚姻没有极其强烈的自由平等的意识和愿望，可现代人的思维也让她仍然保留着抗争精神。在小说故事情节中，随着明兰的长大,盛家女人们之间的冲突、女人们交际圈里的矛盾逐渐变得激烈,明兰性格中深层次的特征,以及现代女性的意识慢慢显现出来。明兰第一次小试牛刀,帮助好朋友余嫣然对付曼娘的挑衅,这件事情表现了明兰的冷静聪慧、见识非凡。后来又通过描写明兰和齐国公府公子齐衡之间的交往,体现了明兰能看清自己现实处境,不痴心妄想用婚姻改变命运,明哲保身的做人智慧。再到祖母和明兰选择贺弘文作为婚姻对象的过程中,明兰清醒地认识到古代婚姻的弊端,但她既不盲目悲观,也不放弃对事情最好结果的追求与努力,展现了她性格中勇敢果决的一面。最后,在顾廷烨的巧施妙计下,明兰嫁入了宁远侯府,成为顾廷烨的妻子,明兰采取既来之则安之的态度,配合顾廷烨共同对付继母的算计,整顿侯府秩序。既是夫妻又是战友的两个人,在经历了朝廷风波、妾室阴谋、康姨妈刁难等诸多事件后,明兰和顾廷烨迎来了彼此的真心相待,明兰也收获了自己真正的幸福。

【节选】

第一百八十八章 世间之道,她还是不懂

威北侯府,正院侧厢,屋内还隐隐残留着生产过后的血腥气味,张夫人稳稳地坐在床前的一把太师椅上,脸上已无半分昨日的伤痛哀毁。

"这回连你爹都病倒了,你若再不清楚明白些,也妄为张家的女儿了。"

张氏刚换了一身干净里衣,听了适才一番话,喏嚅道:"娘又何必……"

"我又何必?!"张夫人勃然大怒,伸手一指床边一个妈妈怀里抱着的婴儿,大声道,"你是我们张家的女儿,侯府的正房太太,府里的奴才居然也敢动手,可见姓邹的已把手伸到哪里了?今日他们敢推搡你,明日就敢要了这孩儿的命!"

……

张夫人苦口婆心:"女子虽弱,为母则强。你若只自己一个人,死了

◆ 第五章 梦中乌托邦——女性觉醒 ◆

便死了,不过是我们两个老不死的伤心一场。可如今你有了孩儿,你忍心看他窝窝囊囊地活着么,因不受父亲待见,看他受兄姐欺负,被下人慢待么?!"

……

她将婴儿小脸亲了又亲,垂泪道:"娘说得是。是我想左了,可如今……"

……

张夫人见女儿转了心意,才露出淡淡的笑容:"我们也非歹毒之人,本来想着邹夫人死得早,你与她妹子好好处着,也不是不成。谁知这贱人居然敢拿姐姐的孩儿来做戏,那时我便知这贱人心不好,非得收拾了……"

……

"你和姑爷这般冷着,也不是个法子。你又脸皮薄,不肯低声下气,我得给你寻个台阶,不是那日,也是别日。"张夫人正色道,"这次是个极好的机缘,不但除了一半祸患。姑爷此刻必对你心存歉疚,这回他再来瞧你时,你可不许再给冷脸子瞧。为着孩子,你也得服软,该哭就哭,该说委屈就说委屈,该柔弱就柔弱,把人给我拢住了,听见没有!"

……

张夫人站起身来,坐到女儿身旁,抚着她的背,慈爱道:"芬儿呀,世上哪有事事如意的。好日子要过,坏日子也得过下去,还得过好了。"

本章节选中的张氏是英国公府的独女,明兰的朋友,也是书中众多女子中的一位。在皇帝的安排下,英国公府的女儿嫁给了威北侯侯爷沈从兴。表面上看这是一场门当户对的婚姻,实际上,沈从兴的原配夫人已经去世,他感念原配夫人的情意,让原配夫人的妹妹做了自己的妾室。对于这场政治婚姻,张氏尽管不情愿也不甘心,可也只能接受。婚后的张氏不愿意也不屑于争风吃醋,对婚姻采取了不迎合、不抵抗的消极态度,其结果就是被邹姨娘欺负。在邹姨娘的故意顶撞推搡下，张氏出现难产危机。看到女儿的一味退让却落得让自己面临着生命危险，英国公和夫人亲自过来为女儿主持公道。张氏是高门贵女，正直清高，但仅凭正直是无法在内宅中处理人际关系，特别是还要和其他的女人争夺宠爱，而在婚姻关系中，如果只有清高也是无法维系良好的夫妻关系。因此，张母特地教导女儿，作为张家的女儿，侯府的正房夫人，张氏本应该有底气、有硬气，如果因为对婚姻的不满而消极对待，只会让敌人乘虚而入，最后自己和子女将面临危险的局面，所以不仅仅为了自己，更是为了孩子，也要放低身段，用心思笼络丈夫的欢心。张母告诉女儿："好日子要过，坏日子也得过下去，还得过好了。"这句话说出了年长者的人生智慧。张氏听进了妈妈的劝说，等到丈夫沈从兴过来看她时，她不由得抱着丈夫痛哭了一场，不知是哭自己无可奈何的妥协，还是哭这天下女子的命运。

　　明兰见证了张氏的生产风波以及由此引起的朝堂风波，虽然最后的结果是邹姨娘被休，张氏夫妻和睦，父子情深，皆大欢喜。可女子的这种婚姻现状、生存环境让明兰极其郁闷。她内心疑惑：作为女人，是不是比起在傲气的坚持中枯萎凋零，还不如在圆滑的妥协中好好生存呢？

　　小说《知否？知否？应是绿肥红瘦》里描绘了众多女子对待婚姻的不同态度及由此带来的不同命运。盛家的林小娘和王夫人为了一个男人的宠爱斗争了一辈子；娇媚的墨兰一心想攀附高门，用尽心机终于嫁到永昌侯府，却还是踏上了和生母林小娘一样的道路，和无数个妾室争夺男人的宠爱；端庄秀美的华兰知书达礼，用贤惠和温柔忍受了十年终于可以脱离婆婆的制约；鲁莽直爽的如兰，自己选择了清贫的读书人文炎敬，却在婚后收敛了自己的暴躁脾气，知道要用手段笼络丈夫的心；还有软弱的淑兰、活泼的品兰、骄傲的廷灿；等等。这些女子都为自己的婚姻努力争取过，也都面临着各自的婚姻困境，她们面对人生道路的选择、解决婚姻问题的方法都可以给我们带来启示。

◆ 第五章　梦中乌托邦——女性觉醒 ◆

　　主人公明兰从小就知道藏拙，不让自己成为嫡、庶之争的靶子，凡事不出头，可她也知道多一点父母亲的疼爱对自己有好处，因此面对盛老爷，明兰从不曾因薄待而怨恨，也不曾因冷落而生疏，仿佛他真的是一个慈父，明兰见到他就笑眯眯的，哄得盛老爷开开心心，盛老爷对她也颇为疼爱，但凡有些什么好东西，也从不漏了明兰。面对嫡母王氏，明兰从来就不拘谨，不论何时，都笑语嫣然，举止自然大体，王氏也不会给她使绊子。明兰的这种做法告诉我们，"柔弱胜刚强"。长大后的明兰，通透豁达，知道齐国公公子齐衡不是自己能够攀得上的家庭，她仔细思量，小心避嫌；虽说贺弘文有个想要做妾室的表妹，可作为综合条件较好的选择对象，明兰也努力争取，不放弃任何机会；在顾廷烨通过耍手段将明兰娶回家后，面对着复杂的家族纷争，明兰积极扮演好夫人角色，配合丈夫清扫一切障碍；而在面对她和顾廷烨的感情危机时，明兰也见事明白，及时表白自己的情感态度，成功化解顾廷烨心中的疑虑，最终两人互剖真心、坦诚相待。通过明兰择偶一事，我们应该明白，生活需要有理想、有梦想，但不能有幻想，不能好高骛远，而应该脚踏实地，努力前行，选择适合自己的环境，这是一种人生智慧。每个人的一生都是不断前行、不断奋斗的历程，自己不努力拼搏，就什么都不会得到，可有时候我们尽了最大的努力，结果仍然不如人意，那么在没有选择的情况下，我们不撞南墙、不钻牛角尖，能够安之若素就是一种积极的人生态度。最后，当我们在面对不熟悉、不喜欢的环境时，更应该像小说中的明兰一样，快速适应环境，找到正确的位置，建立良好的人际关系，创造有利于自我发展的环境，这样才能让自己得到最大限度的自由，让自己获得最大程度的幸福，这也是大多数成功者具备的共同能力。

　　综观三部小说，《欢乐颂》属于现代都市女频小说，《缚青丝》《知否？知否？应是绿肥红瘦》既是穿越小说，也是古言女频小说。三部小说都以女性视角描写了女性在职场、社会及家庭中的种种现状及面临的社会压力，表达出了强烈的女性意识。《欢乐颂》中的五个女孩子都有较高的教育程度，她们承担着和男性一样的社会责任，可在她们的人生追求和情感追求中，免不了仍然会以男权社会的传统标准来要求自己，在经过了现实与理想的冲突后，《欢乐颂》的女孩子们逐渐摆脱了社会赋予她们的所谓的女性角色标签，将自己定位为一个独立自主的自然人，有独立自由的思想意识和思考能力，个人的主体性得到彰显。《绾青丝》恰恰相反，作为一本典型的大女主小说，主人公叶海花的穿越是对前世女性身份地位的彻底颠覆。虽然穿越后的人物所处环境不太理想，但叶海花凭着现代女性的技能谋略及高智商和高情商，一路开挂，以两性平等的态度和"我是女王"的气势，在小说中成为商界大佬，同时，一些不同类型的美男子也纷纷成为她的裙下之臣。这种情节设置完全打破了男女的性别规范，完全站在女性主义的立场，带着复仇般的快感，从事业、生活、爱情、生理的角度进行自己的欲望表达。同为穿越文的《知否？知否？应是绿肥红瘦》与《绾青丝》相比，则显得平淡温和。主人公盛明兰一直以来所求的仅仅是努力生活，融入社会，平静安稳地过日子。这种心态是主人公为了生存的无奈之举，作为一个拥有现代灵魂的女性，理性才是铭刻在骨血之中的真性情。因此，一旦出现用温情解决不了的冲突时，明兰的老庄思想是她行为的第一准则，当这条准则也不能解决问题时，现代女性的勇于反抗、不逆来顺受的理性精神便成为她为人处世的底线。所以，小说中的明兰虽然一直面临着禁锢她自由的社会家庭环境，但她的精神意志能够不受外力所影响，始终处于一种自由的状态，努力为自己营造一个良好的环境。总而言之，不论在哪个年代，哪个社会，女性人格独立是实现和他人建立良好关系的基础，也是对自我价值认定的基础。无论女性是单身、结婚、离婚，还是成为母亲，都要自始至终保持自我，而不要成为别人的附属，更不要依靠别人的评价才能生活。两性平等体现在对事业、情感、家庭、生活、梦想的追求上，在生理、心理、消费的欲望表达上，在男女两性的规则和权益上。只有人格的独立，才有可能达到两性的平等。最后，如果我们受条件制约、环境限制，那我们在顺应环境的前提下，还应该拥有精神的自由。能够在自我意识外，拥有一定的"想象力"，可以超出现实之外；应该有"良知"，明辨是非善恶；有"独立意志"，不受外界影响，自行其是。这样的女性才是真正的现代女性，才是作为女性的真正觉醒。

第六章

人生多烦恼——世情百态

网络小说在发展的过程中，类型的区分逐渐细化，其中，架空历史的穿越、宫斗或现代都市的情感纠葛、商场战争等类型小说，越来越受到读者的追捧，甚至成为 IP 热点，搬上银幕。这些作品主要是描写以个人权势、男女情感、家庭荣耀、复仇等为目的展开的心计、谋略上的较量，小说故事情节往往一波三折，具有悬疑感，写出了主人公们无奈苦涩的人生，以及在这样的人生境遇中，他们如何用"情"处理各种人际关系，如何用智谋改变自身的命运。

"情"的表现形式不外乎三种：爱情、友情、亲情。在漫长人生路上，这三种情感将伴随我们一生，这三种情感也共同构成了我们多姿多彩的人生，从而演绎出世情百态，而围绕这三种情感产生的利益纠葛，也是引起人类冲突矛盾的根本原因。网络小说《琅琊榜》《后宫·甄嬛传》《D级危楼》既写出了人生的黑暗、人类的无情，同时，也写出了在面对残酷人生时，主人公们的处世原则，以及人与人彼此之间的错综复杂的情感。

在人生的三种情感状态中，关于爱情，杜拉斯说过："没有爱情就没有小说。"任何一部文学作品，故事里或多或少都有爱情的味道，而爱情却是反映人的道德与信念、人格与品质的一种感情之一，因此，言情小说经久不衰。友情，有时坚不可摧，有时又薄如蝉翼，它是我们每个人在人生道路上都离不开的一种情感。人生也许可以没有爱情，却不能没有友情，季羡林说："朋友是抵抗忧愁、不愉快和恐惧的保卫者。"友情可以是你身处寒冬时,带给你的那一缕温暖;也可能是在你看不见时,插向你背后的那把刀。亲情,是人类所有情感的基石,也是我们传统文化诞生的土壤,是最无私的一种情感。可并不是所有的亲情都是无私的。

我们每个人从一出生开始,就有了不可抛弃的各种情感,我们都希望用真情换取真情,人生一帆风顺,可有时难免事与愿违,在面对心理扭曲、利益至上的人时,在面临环境的恶劣不公时,所有的善良、真诚都会苍白无力。高尔基曾说过:"文学就是人学。"因此,通过阅读文学作品,我们可以从中体会真实的人生,学会如何面对逆境,创造和谐环境,可以从中受到启发,在人生旅途中,正确选择人生道路,正确对待坎坷挫折,正确对待亲情、友情和爱情。

一、人生路多歧　情义为先

《琅琊榜》

《琅琊榜》是女性作家海宴的长篇小说,于2006—2007年在起点中文网进行连载[1],2007年首次出版,2015年9月被改编成同名电视剧上演,由孔笙、李雪导演,胡歌、王凯、刘涛等主演。2015年《琅琊榜》获第一届网络文学双年奖银奖,2016年,《琅琊榜》获2016年中国版权金奖作品奖。

【简介】南梁时期,赤焰军少帅林殊随父南征、率七万将士抵抗邻国大渝进攻,却被奸臣陷害,皇长子祁王全家赐死,七万赤焰军将士命丧梅岭。少帅林殊身中剧毒被救,后又经过削骨易容之痛,化身天下第一帮江左盟盟主梅长苏。十二年后,因江湖琅琊榜对其评价"江左梅郎,麒麟之才,得之可得天下",梅长苏成为大梁太子和誉王争相招揽的对象,他暗中却和靖王萧景琰联手,最终辅佐萧景琰登上太子之位,为赤焰军七万冤魂及祁王雪洗污名。可是,随即而来的是大梁国狼烟四起,为了保家卫

---

[1] 海宴. 琅琊榜 [M/OL]. 起点中文网 [2006-11-25]. https://book.qidian.com/info/86464/#Catalog.

国，梅长苏重披战袍，以林殊身份重回沙场，继续着曾经的少帅林殊没有完成的责任。

【节选】

第一卷　江左梅郎

第十七章　择主

萧景琰的目光如同冰针般地刺了过来，语声不带有任何的温度："你……到底是谁？"

"太子和誉王都不是我的朋友，他们在招揽我，"梅长苏自嘲般地一笑，"你知道琅琊阁是怎么评价我的吗？'麒麟之才，得之可得天下'，如果连发生在诸位皇子身上的这些大事都不知道，我又怎么能算得上什么麒麟之才呢？"

"这么说，你是在刻意收集这方面的隐秘和资料，为自己以后的行动攒本钱了？"

"没错。"梅长苏快速道，"当麒麟有什么不好？受人倚重，建功立业，说不定将来还能列享太庙，万世流芳呢。"

靖王眸色幽深，语音中寒意森森："那么先生是要选太子呢，还是要选誉王？"

梅长苏微仰着头，视线穿过已呈萧疏之态的树枝，凝望着湛蓝的天空，许久许久，才慢慢地收了回来，投注在靖王的身上，"我想选你，靖王殿下。"

第二卷　风云初动

第三十一章　误解

"你真的在意郡主的感受么？"靖王冷笑一声，"提醒她防患于未然，不过是个小小的人情，也不能趁机让越妃和太子加罪，你当然不满足了。现在的结果多完满，我拼死相救，场面激烈，郡主对我感激不尽，将来一旦有所争斗，云南穆府自然会大力支持我。这就是你想达到的目的，对不

◆ 第六章 人生多烦恼——世情百态 ◆

对?"

梅长苏有些怔忡,慢慢转动着眼珠,半晌方道:"难道殿下以为,我是故意隐瞒郡主,好让事情一步步发展下去,以谋取最大的利益?"

"难道不是吗?"靖王紧紧地盯住他的眼睛,"你明明知道事情会发生在昭仁宫,你明明事先有机会提醒郡主,为什么不说?有时间让她当心,就真没时间说出越妃二字?"

看着靖王咄咄逼人的脸,梅长苏的神情却有些游散。他实在是想都没有想到靖王居然会误会到那个地方去,可见人的心思啊,果然是最深不可测的,你永远都不能说,自己把握住了另一个人的想法,所以即使是曾经亲密无间的父子,也可能会被流言侵蚀。

……

"靖王殿下的话我谨记了。日后会小心。"梅长苏接着道,"但我也有几句话想要跟殿下说。你不能一概反感所有的权谋。要对付誉王和太子这样的人,光靠一腔热血是不行的。有时候,我们必须要狠,要黑,要辣,稍有松懈,就会万劫不复。对于这一点,你应该不会不明白吧?"

萧景琰眉头紧攒,却又深知此言不虚,只觉得胸口如同被塞了一团东西似的,难以描述那种厌恶的感觉。

梅长苏凝视着他每一丝的表情变化,语调依然冷硬:"殿下有时难免会心里不舒服,但必须忍着。我知道你的底线在哪里,所以不会触犯它。但我也有我的手段和行事方法,殿下恐怕也要慢慢适应一下。你我都有共同的目的,为了这个,牺牲一点个人的感受,又有什么大不了的?"

第三卷 翻云覆雨

第四十九章 推心置腹

"对童路坦然相待,用人不疑,这就是我的诚心;留他母妹在手,以防万一,这就是我的手腕,"梅长苏冷冷道,"并非人人都要这样麻烦,但对会接触紧要机密的心腹之人,诚心与手腕,缺一不可,我刚才跟殿下讨论的，也就是这样的一个观点。"

靖王摇头叹息道："你一定要把自己做的事，都说得如此狠绝吗？"

"我原本就是这样的人，"梅长苏面无表情地道，"人只会被朋友背叛，敌人是永远都没有'出卖'和'背叛'的机会的。哪怕是恩同骨肉，哪怕是亲如兄弟，也无法把握那薄薄一层皮囊之下，藏的是怎样的一个心肠。"

第五卷 恩怨情仇

第九十五章 伤逝

梅长苏眯了眯眼，语声冷冽地道："这次会猎陛下一定会邀请大楚使团一起参加，你跟靖王安排一下，找机会镇一镇宇文暄，免得他以为我大梁朝堂上的武将尽是谢玉这等弄权之人，无端生出狼子野心。"

蒙挚心中微震，低低答了个"好"字，但默然半晌后，还是忍不住劝道："小殊，你就是灯油，也不是这般熬法。连宇文暄你都管，管得过来吗？"

梅长苏轻轻摇头，"若不是因为我，宇文暄也没机会见到我朝中内斗，不处理好他，我心中不安。"

"话也不能这么说，"蒙挚不甚赞同，"太子和誉王早就斗得像乌眼鸡似的了，天下谁不知道？大楚那边难道就没这一类的事情？"

"至少他们这几年是没有的。"梅长苏眸中微露忧虑之色，"楚帝正当壮年，登基五年来政绩不俗，已渐入政通人和的佳境，除了缅夷之乱外，没什么大的繁难。可我朝要是再像这样内耗下去，一旦对强邻威慑减弱，只怕难免有招人觊觎的一天。"

网络小说《琅琊榜》与同名电视剧的火爆带动了琅琊这个地方，山东临沂在秦汉时被称为"琅琊郡"，是诸葛亮的故乡。《琅琊榜》的主人公梅长苏被称为"麒麟才子，得之可得天下"，与诸葛亮"卧龙、凤雏，二者得一，可安天下"的评语如出一辙，而梅长苏在小说中表现出神机妙算、运筹帷幄的智谋及命运，又和诸葛亮极其相似，所以小说篇名为《琅琊

第六章 人生多烦恼——世情百态

榜》，同时也借用诸葛亮的形象表现了主人公的人物特征。《琅琊榜》中的女性形象很少，笔墨寥寥，小说不以爱情博取读者眼球，脱离了以女性情感为主体的古文小说，但又从男性的情谊、信念与权谋的角度出发，描写了男性间真挚的友谊与男性的复仇斗争。

主人公梅长苏是天下第一帮"江左盟"的盟主，也是位居琅琊榜首的"麒麟才子"，还是十二年前在梅岭冤死的七万赤焰军的少帅林殊。从他进入京城的第一天，他就成了大梁国的太子和誉王极力拉拢的对象。他游走于太子和誉王之间，玩弄权谋，打破了大梁朝廷势力纷争的平衡。实际上，梅长苏进入京城的目的是复仇，是为了替十二年前蒙受不白之冤被迫害致死的祁王太子满门、背负叛国罪名的林帅、所有被冤死的赤焰军将士们讨回公道，他要为这些人洗脱罪名，让始作俑者受到惩罚与制裁。小说随着梅长苏就此展开了云谲波诡的阴谋算计。从表面看，《琅琊榜》描述的是男人之间在朝廷上的斗争，其主人公梅长苏，是死而复生的赤焰军少帅林殊，他的归来是为了复仇，小说中的故事情节围绕着复仇而展开，所以有的读者认为《琅琊榜》是中国版的《基督山伯爵》。但这部小说讲述的又不仅仅是简单的复仇故事，也不是几个男人在朝堂上的谋略比拼，它超越了一般的宫斗权谋，最终体现的是人间正义以及人性中的情义。

要想复仇就必须站到权力的最高点，要想为冤案平反，就必须先夺皇位。在大梁皇帝的几位皇子中，梅长苏选择了出身低微、没半点人脉的靖王萧景琰。他要辅佐萧景琰，让他当上皇帝，表面的理由是扶持一个没有任何根基的皇子当上皇帝，才能显示自己的麒麟之才，真实的原因则是基于对萧景琰人品的信任。但梅长苏既不能告诉萧景琰自己的真实身份，也不能告诉他自己的目的是复仇。所以两人在暗中开始合作的时候，彼此间有不少的摩擦和冲突。在本章节选中，梅长苏幼时的好友、曾经的未婚妻霓凰郡主陷入了誉王母子的圈套，误饮毒酒，梅长苏发现时已晚，只能通知萧景琰前去搭救。这样一件事情，是梅长苏在和誉王进行阴谋较量时所没有想到的，可在萧景琰看来，却是梅长苏故意设计陷害霓凰郡主，然后让自己前去搭救，以换取霓凰郡主的信任与支持，两人的第一次合作就产生了极深的误解。梅长苏想到的是人心最不可测，人永远都不要说你能把握对方的想法。萧景琰的怒气则来源于他认为谋士做事是没有原则底线的，朝堂上的阴谋诡计不应该用于战场上的军人，作为镇守大梁边境安宁的霓凰郡主更不应该成为朝堂上的棋子。在这次的冲突中，实际上也向读者提出了一个问题：我们在攀登事业顶峰的过程中，在成就大事业的过程中，甚至在和竞争对手的抗争中，需不需要心计权谋？如果需要，那么我们的原则和底线是什么？这个问题，在他们两人的合作初期被反复提起，也是他们两人分歧的根源。而这个答案，也在小说中被反复证实，答案也正是小说所体现的价值所在。

在梅长苏的暗中操控下，朝廷上风云变幻，太子和誉王连连失利，靖王逐渐走入朝堂之上，走进众人眼中。在此期间，梅长苏不断地帮助靖王，引导他改变做人做事的方法和策略。他暗中协助靖王，自己背负阴谋算计的名声，让靖王以纯臣的形象站在朝堂上；他营救庭生，只因庭生是去世的皇长子祁王的孩子；他保护霓凰郡主，呵护着这个保护大梁南境的女将军；他劝说国舅爷言阙放弃报仇，因为以暴制暴是解决不了任何问题，还会伤及更多的无辜。梅长苏就是这样小心翼翼地通过自己的权谋，掩饰他对待旧友、袍泽的浓厚情义，殚精竭虑地用计策揭露朝廷的黑暗，以便能够为大梁及百姓带来更多的福泽。从表面上看，梅长苏精于权谋，善于算计，冷酷无情，所以萧景琰劝说道："你若如此待人，人必如此待你。"但是事实上，梅长苏并不沉溺于阴谋诡计之中，他的所有算计都只针对敌人，他从来都没有把无辜者作为谋略中的棋子。当蒙挚提议要收服皇帝身边的大太监高公公时，梅长苏拒绝了，因为他不想让靖王的母亲静妃卷入到夺嫡的纷争中；当誉王夺嫡失败被废时，梅长苏用移花接木之计，保全他怀有身孕的遗孀性命，他甚至教导萧景琰说："身为阴诡之士，行阴诡之术，虽是夺权利器，却终非正途。"可见，梅长苏辅佐萧景琰不是以夺取权力为终极目标，而是为了替赤焰军平反，也是为了扭转朝廷颓

第六章 人生多烦恼——世情百态

势,并以开创大梁盛世为最高理想。所以当大楚使团来访时,梅长苏还要费尽心思,为朝廷谋划算计,只是为了重振大梁的国威。在小说结尾处,当外敌入侵、国家危难之时,梅长苏毅然决然,不愿"苟延性命于山水之间",选择了放弃生命,而重新做回林殊,继续承担林殊的责任,重披战甲,再驰沙场,"大梁的生死存亡,难道不比我一人安危更加重要",这既是梅长苏所有谋算的终极目标,也是他始终唯一坚持的人生目标。

【节选】

第二卷 风云初动

第三十一章 误解

"你听着,苏哲,"萧景琰的声音仿佛是从紧咬的牙根中挤出来的一般,"我知道你们这些谋士,不惮于做最阴险最无耻的事情,我也知道你们这些人射出来的冷箭,连最强的人都不能抵御。但我还是要警告你,既然你认我为你的主君,你就要清楚我的底线。霓凰郡主不是那些沉溺于权欲争斗的人,她是十万南境军的总帅,是她承担起了军人保国护民的责任,是她在沙场上浴血厮杀,才保住你们在这繁华王都勾心斗角!像你这样一心争权夺势的人,是不会知道什么是军人铁血,什么是战场狼烟的。我不允许你把这样的人也当成棋子,随意摆弄随意牺牲,如果连这些血战沙场的将士都不懂得尊重,那我萧景琰绝不与你为伍!听明白了吗?"

第三卷 翻云覆雨

第四十九章 推心置腹

"我只是……不想让人觉得我跟誉王是一派的……太子和誉王,谁的身边我都不想站……"

"虽然是有些委屈你,但我保证不会有什么过分的事让你办。再说你被压制多年,大家应该能够理解……"

"我并不在乎世上的人怎么看,"靖王的牙根微微咬紧,视线有些不稳,"可是死去的人应该也是有英灵的,我不想让他们看到这样一幕……"

第六卷 刀光剑影

第一百二十章 隐刺

萧景琰说这句话时声音并不大，但整个语调却透着一股烈性的铿锵之意，梁帝半垂的眉睫顿时一颤，慢慢抬了起来，微带混浊的眼睛一眯，竟闪出了些锋利的亮光，定定地落在了靖王的脸上。

……

其实这时靖王只需解释几句诸如"并无此意"啦，"不是对当年案情有什么异议"啦之类的话，事情也就扯开了，夏江再是元老重臣，毕竟身为臣属，也不可能非揪着死追烂打，但是靖王毕竟是靖王，十三年的坚持与执拗，并不是最近这短短半年多的时间可以磨平的，甚至可以说，正是近来陆续发现的一些真相，使得他心头的愤激之火烧得更旺，所以此时此刻，虽然他明知表面上爱听不听的梁帝其实正等着品察他的反应，但要让他无视自己的真实内心说些圆滑献媚的话，萧景琰实在做不到。

"当年的事情如何发生的，我的确不知道，我只知道，当我奉旨出使东海离开京城时，祁王还是天下景仰的贤王，林帅还是功勋卓著的忠良，赤焰军还是匡护大梁北境的雄师，可当我回来的时候，却被告知他们成了逆子、叛臣、罪人，死的死，亡的亡，除了乱坟与灵牌，我甚至连尸首也没有看到一具，却让我如何分证清楚？"

……

"儿臣并非对父皇有任何不满，儿臣只是认为，祁王素来……"

"是庶人萧景禹！"梁帝突然怒意横生，高声道，"还有什么林帅，那是逆臣林燮！你学没学会该怎么君前奏对？！"

靖王狠狠咬住了下唇，牙印深深，方稳住了脸上抽动的肌肉。蒙挚立即跪下，低声道："陛下，年节将近，请暂息天子之怒，以安民生之泽……"

"景琰也少说两句吧，"誉王也轻声细语地劝道，"当着我和外臣的面，哪有这么顶撞父皇的？"

◆ 第六章　人生多烦恼——世情百态 ◆

其实从开始论辩以来，靖王只有两句话是对梁帝说的，这两句都没什么顶撞之意，但誉王这罪名一扣下来，倒好像景琰说的任何话都是有意针对梁帝的，实在是一记厉害的软刀子。

靖王萧景琰性情耿直，与已去世的皇长子祁王交好，与赤焰军少帅林殊更是有兄弟情谊，因一直对祁王和赤焰军反叛一案心存疑虑，不满皇上和太子及誉王在朝廷上的做法，所以长年待在军营，远离朝廷纷争。靖王在朝廷里是个不得势的王爷，是个不受皇上喜欢的儿子。对于太子、誉王频繁向梅长苏示好的行为，他不屑一顾，更瞧不上梅长苏玩弄人心的做法。当他决定与梅长苏携手合作夺嫡时，他的初衷也仅仅是替祁王平反，为天下百姓造福。可是两人的第一次合作就产生了分歧，萧景琰误会梅长苏利用霓凰郡主，在两人的争执中，他的一番话，掷地有声，表明了他行事的原则：虽然他决定参与夺嫡，但有所为有所不为，不能为了达到目的，而不择手段地以他人为棋子，特别是那些为国尽忠，浴血沙场的战士们。这番话既阐明了萧景琰行事的底线，也体现了他的性格人品。在梅长苏的帮助下，萧景琰开始慢慢调整自己的行为，有意识地选择优秀的臣子们进行交际活动。而对于太子和誉王的百般示好，梅长苏劝他不要太冷淡，可以虚与委蛇，可是萧景琰依然表示他不想和他们有过多的交往，哪怕只是敷衍应付，他也不想这样做，他怕对不起冤死的这些兄弟和战友。《孟子》说："人有不为也，而后可以有为。"有所为，有所不为，是一个人的原则；有所不为，而后有所为，是一个人的修行。只要做事有底线，做事有禁区，可以称得上是君子了。萧景琰无疑就是这样的君子。他参与夺嫡，不是为了争权夺利，而是因为只有这样做，才能为受冤屈的人们正名，才能真正改变朝廷的政治风气，为百姓造福，才能重振大梁的国威，免受外敌入侵。虽然在夺嫡过程中免不了要使用诡计，但守住做人的底线，是他做人的基本原则。在萧景琰终于被封为亲王，越来越受到皇帝重视的时候，他接着就面临了来自敌人的打压和陷害。誉王和夏江蛇鼠一窝，两人联手设计，故意重提十二年前的祁王和赤焰军谋反一案，在皇帝面前陷害他。如果萧景琰足够聪明、足够圆滑，他会避开和皇帝发生正面冲突，他会赞同皇帝当年的做法。可是俗话说得好，江山易改，本性难移，萧景琰重情重义、正直刚毅的品格始终不会改变。明明知道这是个圈套，也明明知道他的回答会让皇帝大发雷霆，他仍然不愿意违背自己的良心，选择实话实说。他的回答让皇帝雷霆大怒，可是他依然不愿意承认自己的错误。这就是萧景琰，人品高贵，刚正不阿，这也是梅长苏选择扶持他的重要原因。作为一个皇子，他有着坚定的做人原则和底线，不为强势力低头，不趋炎附势，坚持正义，这是多么难能可贵的品质啊，这也是一个人身上最宝贵的品格。现代社会中，太多的人为了达到目的而费尽心机，从而迷失了自我，抛弃了道德底线。但是在萧景琰的身上，我们看到了什么是真正的君子，就是在任何时候，在任何境遇下，都要守住做人的基本原则和底线。

【节选】

第四卷　山雨欲来

第七十三章　祭奠

梅长苏唇角含笑，将目光慢慢移开。夏冬此时的想法，他当然知道。放眼整个京城，除了那些明白他真实目的的人以外，其他的人在知道他已卷入党争之后，态度上或多或少都有变化，哪怕是言豫津和谢弼也不例外。若论始终如一赤诚待他的，竟只有一个萧景睿而已。

在别人眼里，他首先是麒麟才子苏哲。而在萧景睿的眼中，他却自始至终都只是梅长苏。

无论他露出多少峥嵘，无论他翻弄出多少风云，那年轻人与他相交为友的初衷，竟是从未曾有丝毫的改变。

萧景睿一直在用平和忧伤却又绝不超然的目光注视着这场党争。他并不认为父亲的选择错了，也不认为苏兄的立场不对，他只是对这两人不能

◆ 第六章 人生多烦恼——世情百态 ◆

站在一起的现实感到难过,却又并不因此就放弃自己与梅长苏之间的友情。他坚持着一贯坦诚不疑的态度,梅长苏问他什么,他都据实而答,从来没有去深思"苏兄这么问的用意和目的"。此非不能也,实不为也。

包括这次生日贺宴的预邀,梅长苏可以清清楚楚地看见那年轻人亮堂堂的心思:你是我的朋友,只要你愿意来,我定能护你周全。

萧景睿并不想反抗父亲,也不想改变梅长苏,他只想用他自己的方式,交他自己的朋友。

霁月清风,不外如是。可惜可怜这样的人,竟生长到了谢府。

第五卷　恩怨情仇
第一百零二章　流放

由于重伤痊愈不过月余,萧景睿的脸色仍是苍白,两颊也消瘦了好些,但他的眼眸依然温和,只是多了些沉郁,多了些忧伤和茫然。面对如姐如师的夏冬,他拱手为礼,语调平稳地问道:"夏冬姐姐有何事,可须景睿代劳?"

"你觉得我像是有何事呢?"夏冬挑起一抹寒至极处的冷笑,面上杀气震荡,"不须你代劳,你只要让开就好。"

萧景睿与她酷烈的视线相交片刻,仍无退缩之意:"家母在此,舍弟在此,请恕景睿不能退开。"

"我又不是要为难长公主和谢弼,关他们什么事?"

"但姐姐要为难之人,却与他们相关。"

夏冬狭长的丽目中眼波如刀,怒锋一闪,在萧景睿脸上平拖而过,"你以为……自己挡得住我吗?"

"挡不挡,与挡不挡得住,这是两回事。景睿只求尽力。"

萧景睿是谢府的公子,身世奇特,因在襁褓中就遭遇江湖人士的追杀以致母亲在混乱场面中分不清楚谁是自己的儿子,所以萧景睿干脆就有了两个父亲和母亲:一个是赫赫有名的宁国侯府谢家,父亲是侯爷,母亲是大梁长公主；一个是名满江湖的天泉山庄，爹娘是天泉山庄庄主和夫人。连他的姓都是皇帝所赐的国姓"萧"。他从小在两个家庭中轮流长大，拥有双重身份，既是宁国侯谢家的大公子，也是天泉山庄卓氏门中的二少爷，受尽家人的宠爱，还有几个相亲相爱的兄弟姐妹。萧景睿很幸运，两位母亲对他关怀备至，兄弟姐妹尊重他、爱护他。萧景睿很幸福，既享受着家庭无微不至的温暖，又在朝廷和江湖享有一定的地位；既是一位江湖武林高手，还是一位潇洒俊朗的公子哥。这样一个出身的公子，就好像我们当今社会的富二代、高富帅，更为难得的是，这位皇亲贵胄的公子哥，身上没有一点骄娇二气，待人彬彬有礼，显得家教极好。他作为梅长苏的朋友，邀请梅长苏到金陵散心养病，对待梅长苏，他关怀体贴；进了家门，对待侯府的仆人，他温和有礼；对待谢家的二弟，他包容谦让；对待他最好的朋友言豫津，他真心实意。真诚是他为人处世的基本原则。

萧景睿的父亲谢玉老奸巨猾，重利轻义。谢玉在十二年前，联合夏江制造了赤焰军谋逆的惨案，令赤焰军七万忠魂冤丧梅岭，这场惨案也是赤焰军少帅林殊人生的分水岭，从此，世上没有了林殊，江湖中多了一个梅长苏。所以梅长苏和萧景睿交朋友，和他一起回金陵，这些都是梅长苏复仇计划中的一部分。意外的是，萧景睿如清风朗月，虽是侯门子弟，却一点也不像他父亲谢玉那样精于谋算，他不想卷入朝廷纷争，想法总是很单纯。他知道梅长苏是各方势力想要招揽的"麒麟才子"，他也知道梅长苏化名为苏哲和他一起进入金陵的目的不简单，但他始终觉得，梅长苏的人生选择，和他看重梅长苏，想要和他成为朋友是两回事。因此，他视梅长苏为朋友，想和他分享自己的快乐，同时也想分担朋友的忧愁。当梅长苏拒绝了他的陪伴时，他会闷闷不乐；当梅长苏答应出席他的生日宴会时，他会兴高采烈；当好友言豫津苦心劝说他："你的心太热、太软、太实在了，所以听我的，拉开一点距离，大家只保持泛泛之交的关系不好吗？……我敢肯定他现在脑子里没有半分余暇想到你，如果你还像以前一

第六章 人生多烦恼——世情百态

样热辣辣地把他当成好朋友的话,将来吃亏的、受伤害的人一定会是你,你明白吗?……"他虽然觉得有道理,但人与人之间相互的微妙感觉又不是三言两语说得清的。所以萧景睿对待梅长苏始终如一,不管他是否暗中布局,掌控局势,不管他和自己的父亲是不是对立面,也不管在政治上谁对谁错,他一直坚持着坦荡不疑的态度,从不放弃他们的友情。

在萧景睿生辰的这一天,梅长苏终于揭开了他父亲谢玉的虚伪面孔。事实总是残酷的,萧景睿是谢府真正的孩子,可父亲谢玉一直把他作为可以掌控江湖天泉山庄的棋子,利用萧景睿让天泉山庄庄主夫妇为自己卖命。真相的揭露,间接导致萧景睿的爹娘、天泉山庄庄主夫妻被捕,他的妹妹谢琦因难产去世。他自己原来是长公主的私生子,他在襁褓时被人追杀的幕后之人竟是谢玉。这一连串的变故让一向温和的、有风度的侯府公子不知道应该何去何从。然而,萧景睿又是勇敢的,在天泉山庄庄主被人暗杀的危急时刻,他毫不犹豫地保护着自己名义上的爹娘;在夏冬寻谢玉报仇时,他挺身而出,为了自己的母亲兄弟,而去保护这个对他从没有父子之情的谢玉;面对大楚来寻找他的同父异母的妹妹,他也温柔待之。在经历了身份境遇的巨变后,萧景睿终于明白他和梅长苏不能再成为朋友了,他选择了暂时离开,去往大楚看望他素未谋面的父亲。萧景睿的人生,再也回不到以前,面对友人们,他也无法用从前的态度和情感去对待,对于设计让他家庭破碎的梅长苏,他的感情是复杂的,但有一点是他可以肯定的,那就是无怨、无恨,这其实就已经是一种宽容了。

萧景睿的人生不管是处在高位,还是跌落低谷,他始终秉持着不计仇恨、温厚大度的性情,对所有人都具有包容心,这种赤诚之心可以让他得到更多的平静和幸福。人生在世,不可能永远一帆风顺,在面对人生重大变故、重要选择时,如何宽厚对待、冷静选择,是一种大智慧,在人生变故中,不埋怨、不迁怒,才是个人真正的成熟。

《琅琊榜》改编成影视剧上演后，一时成为文化热点。虽然故事里有精彩的宫斗权谋，但其核心还是体现了众多人物对国家民族的忠贞之心、对父母兄弟的孝悌之爱、对朋友的侠义之情。梅长苏在计谋中表现出来的大义，萧景琰为人方正性格中的坚持、霓凰郡主在情感上的守候、萧景睿遭遇变故后的选择，他们始终坚持着"情义"二字，秉持着君子之道，端然自处，矢志不移，闪烁着人性之光。

二、职场竞争　友情何去何从

《后宫·甄嬛传》

作者流潋紫 2006 年在晋江文学城连载《后宫·甄嬛传》[1]，后在新浪博客继续连载，于 2007—2009 年陆续出版纸质图书，共 7 册，并获得第二届腾讯网"作家杯"原创文学大赛冠军。2011 年，由郑晓龙导演，孙俪、陈建斌主演的电视剧《甄嬛传》登上各大卫视，2012 年在中国台湾、香港地区和新加坡播出，此后，亦在韩国、日本及东南亚国家播出，2015 年则在美国 Netflix 网站付费播出。作者的另一部小说《后宫·如懿传》也于 2018 年被改编成影视剧上演。

【简介】少女甄嬛和沈眉庄、安陵容情同姐妹，三人作为秀女一同入宫，被迫卷进了大周朝后宫女人们争宠的斗争中。后宫里的华妃风头正盛，无人能及，在见识到华妃的狠毒后，甄嬛装病以避其锋芒。无意中，甄嬛在花园偶遇自称是清河王玄清的皇上玄凌，就此受宠，封为莞嫔。此时的沈眉庄也圣眷正浓。甄嬛和沈眉庄的受宠和友情让华妃感到危机重重，于是华妃设计让沈眉庄陷入"假孕"危机而被禁足失宠，甄嬛也在被华妃责罚的过程中小产，幸得清河王玄清的相助，才得以保全自己的性命。甄嬛由此情绪低落而失去皇上玄凌的宠爱。失宠后的甄嬛在后

---

[1] 流潋紫. 后宫·甄嬛传（修订典藏版）[M]. 浙江：浙江文艺出版社，2011.

◆ 第六章　人生多烦恼——世情百态 ◆

宫中受到诸多的羞辱和轻视，在好友沈眉庄的帮助激励下，甄嬛终于明白，在后宫中，一味退让和避其锋芒是不能自保的，只有皇上的宠爱才是自己的护身符。甄嬛决定联手其他妃嫔，和华妃抗衡。恰逢朝堂上慕容家因手握军功而独揽其权，皇上下令诛杀慕容家，华妃失势。甄嬛、沈眉庄和敬妃联手陷害华妃，使她打入冷宫后被皇上赐死。华妃死后，后宫的斗争并没有结束，原来皇后才是那个隐藏最深的人物。皇后设计，让甄嬛误穿已去世的纯元皇后故衣，使得皇上大怒，从而被禁足。甄嬛心灰意冷，在生下女儿绾绾后，自请出宫礼佛。甄嬛在甘露寺修行的日子非常凄苦，也常常受到寺中管事的欺负，幸好清河王玄清的别宫就在甘露寺附近，两人之前就有数面之缘，只因彼此的身份而保持着距离。甄嬛在甘露寺的这段时间里，玄清经常来河边探望，也倾尽其力地帮助她。山林之间，甄嬛和玄清私订终身并有了身孕，她也不再想回到宫中去了。可是突然之间，传来玄清身故的消息，甄嬛为了保住玄清的孩子，万般无奈下决定回到宫中。经皇上身边总管李长相助，皇上和甄嬛重拾旧好，甄嬛复宠。就在甄嬛回宫的前一晚，玄清居然没有死回来了，两人含泪话别。带孕重回后宫的甄嬛自然受到众人的怀疑和刁难，皇后也频频设计陷害，终于引起皇上对孩子的怀疑。为了帮助甄嬛不再被皇上猜疑，甄嬛入宫前的好友、太医温实初挥刀自宫。沈眉庄受惊，早产生下一子后去世。皇上又赐毒酒让甄嬛亲手杀了玄清，玄清用自己的死彻底消除了皇上对甄嬛的怀疑。自此，甄嬛彻底黑化，为了权力，为了报仇，她除掉了背叛友情、曾经陷害她的安陵容，斗垮了皇后，成为后宫中的第一人。当皇上病重之际，她在汤药中下毒，又用言语刺激，最终皇上受激猝死，甄嬛成为太后。

《后宫·甄嬛传》讲述了女人之间的斗争。在后宫，那些美丽又智慧的女子，为了爱情，为了权力，为了一个并不值得爱的男人，勾心斗角，尔虞我诈，将青春美好的年华都虚耗在了这场永无止境的斗争中。后宫的斗争,是血腥和残酷的,没有绝对的善与恶、爱与恨,也没有绝对的赢家。重要的是活着,并且还要活得很好。而这些女人们到底是为男人而活,还是为自己的生存而战呢?

【节选】

第一册
第三章 棠梨合心

温实初实在不是我内心所想的人。我不能因为不想入选便随便把自己嫁了。人生若只有入宫和嫁温实初这两条路,我情愿入宫。至少不用对着温实初这样一个自幼相熟又不喜欢的男子,与他白首偕老,做一对不欢喜也不生分的夫妻,庸碌一生。我的人生,怎么也不该是一望即知的,至少入宫,还是另一方天地。

第一册
第四章 华妃世兰

一想到此,我仍是心有余悸。华妃虽然态度暧昧,但目前看来暂时还在观望,不会对我怎么样。可是万一我圣眷优渥,危及她的地位,岂不是要成为她眼中钉肉中刺,必欲除之而后快。那我在这后宫之中可是腹背受敌,形势大为不妙。爹娘要我保全自己,万一我获罪,连甄氏一门也免不了要受牵连!

我望着满地细碎凋落的金桂,心中暗暗有了计较。

……

温实初很快就到了。我身边只留流朱、浣碧二人服侍,其他人一律候在外边。温实初搭了脉,又看了看我的面色,眼中闪过一丝疑惑,问道:"不知小主的病从何而起?"

我淡淡地说:"我日前受了些惊吓,晚间又着了凉。"

我看他一眼,他立刻垂下眼睑不敢看我。我徐徐地说:"当日快雪轩

◆ 第六章　人生多烦恼——世情百态 ◆

厅中大人曾说过会一生一世对甄嬛好,不知道这话在今日还是否作数?"

温实初脸上的肌肉一跳,显然是没想到我会这么问一句,立刻跪下说:"小主此言微臣承受不起。但小主知道臣向来遵守承诺,况且……"他的声音低下去,却是无比坚定诚恳:"无论小主身在何处,臣对小主的心意永志不变。"

我心下顿时松快,温实初果然是个长情的人,我没有看错。抬手示意他起来:"宫中容不下什么心意,你对我忠心肯守前约就好。"我声音放得温和:"如今我有一事相求,不知温大人肯否帮忙?"

第二册

第四章　意难平

我望着窗纱上浮起绚烂彩色的阳光,不由道:"辛苦?只怕来日的辛苦更是无穷无尽呢。"秋阳近乎刺目,刺出眼中两行清泪,和着方才在玄凌面前的强颜欢笑,酿成了种种不堪的委屈,忍耐着蒸发在袅袅如雾的檀香轻烟里。

……

他给我这样的特权,让我的地位在后宫如云的女子间越发尊崇。

午后的阳光疏疏落落,淡薄似轻溜的云彩,浮在地面上,是春闺少女一个幽若的梦。我将香炉捧到窗前,玄凌正埋首书案,闻香抬头,见我来了微微一笑,复又低头。

然而我心里明白,华妃之事带来的委屈和怨气并未因这样的静谧而消退。我犹带微笑,得体地隐藏起不想也不该显露在他面前的情绪,对着他笑靥如花,温婉中带一些天真。这样的我,他最喜欢。

……

第三册

第三十九章 兰折

空气冰冷，鼻端有生冷的疼痛感觉，手脚俱是凉的。慕容世兰死了，这个我所痛恨的女人。

我应该是快乐的，是不是？可是我并没有这样的感觉，只是觉得凄惶和悲凉。十七岁入宫策马承欢的她，应该是不会想到自己会有今日这样的结局的。这个在宫里生活纵横了那么多年的女人，她被自己的枕边人亲自设计失去了孩子，终身不孕。

她所有的悲哀，只是因为她是玄凌政敌的女儿，且因玄凌刻意的宠爱而丧失了清醒和聪慧。

……

我并不是个良善而单纯的女子。我逼疯了秦芳仪、丽贵嫔，亦下令绞杀了余氏。我何曾清白而无辜。我和宫里每一个还活着、活得好的人一样，是踩着旁人的血活着的。

第六册

第五章 算来一梦浮生

我怅然醒转，眼前是颐宁宫陌生而华丽的殿宇，重重珠帘外，有一只燕子轻悄悄飞过，低婉一声。炉中乳白的香烟如一脉游丝幽幽细转，昏黄的斜阳一抹拂过九龙影壁，落进深深庭院。空落落寥无一人，我才惊觉自己已是一朝太后。

我不过三十余，已是一朝太后。

太后？我凄然轻笑，再多荣华富贵，不过是披着华裳的孤魂野鬼一般的女子。

《后宫·甄嬛传》是网络小说中的"宫斗"类型小说。"宫斗"类型小说在 2007 年左右，从"穿越"类型小说中独立出来，《后宫·甄嬛传》

◆ 第六章　人生多烦恼——世情百态 ◆

正是发表于"宫斗"类型小说的成熟时期,而它也涵盖了"宫斗"类型小说的所有元素。"宫斗"类型小说中的故事已不再把爱情作为叙事重点,而转向了宫廷斗争以及暗算计谋。所以当《后宫·甄嬛传》被改编成电视剧播出以后,一方面,红极一时,进入东南亚甚至美国的影视产业,成为最强的文化输出力;另一方面,因为剧中的阴谋算计,导致不少持传统观念者认为这是一种"比坏"的价值观,但是《求是》《人民日报》也先后发表文章,为《后宫·甄嬛传》正名。这样一部"宫斗"小说为何会引起民间和官方的争论,这部小说展现了"宫斗"类型小说的哪些艺术特色呢?其背后又有什么样的文化现象呢?

与传统文学作品或传统言情小说中的女性形象相较而言,《后宫·甄嬛传》的女主人公甄嬛是一个复杂的、不完美的人物。她虽然不主动害人,可在对待敌人时,心狠手辣,绝不是个善良之人;在适当条件下,她也愿意帮助别人;她渴望能获得真诚的感情,却能始终保持头脑清醒,不盲目相信对方;对于他人的善意,她心怀警惕,并能很好地利用这份善意,达到自己的目的。这就是小说的主人公甄嬛。

甄嬛知道一入侯门深似海,进宫后她就没有自由,也没有爱情,甚至前路茫茫。可当和她从小一起长大的温实初向她表白时,她却宁愿进宫去追寻另一番天地,也不愿意和没有爱情的温实初过上平淡的生活,她说:"我的人生,怎么也不该是一望即知的,至少入宫,还是另一方天地。"由此可见,主人公甄嬛一开始就不具备传统女性的温婉柔弱,也不是被动接受、听天由命的性格,而是富有一种冒险精神,明知后宫生活不是她想要的,但和相夫教子的平静日子相比,她愿意来一场人生的赌博。这就好比我们对人生道路的选择,是选择安稳平静的、没有风险的、可以预知的生活,还是高风险却高收益的未知道路呢?如果把主人公甄嬛在后宫的斗争过程看作是一个人生职场的奋斗历程,《后宫·甄嬛传》能给我们带来很多启示。

刚入宫，甄嬛就见到了华妃的狠厉，为了自保，她装病躲避锋头，她利用温实初的情意，成功让温实初成为她同一阵营的人。作为新人，在不熟悉环境的情况下，选择避宠，无论其本意如何，其目的是先蛰伏一段时间，利用这段时间看清楚人性（上至皇后、华妃，下至奴才、宫女），达到知己知彼，方能慢慢崭露头角。甄嬛经过一个冬天的蛰伏，收服了自己的手下，拥有了自己的亲密战友，温实初、沈眉庄、安陵容等，并从一系列宫斗事件中，初步分析了宫中的情况，了解宫中各方的势力。此时，甄嬛有信心可以出去应对各种人物了。杏花春雨时节，她展露各种才华，礼貌地应对其他的人和事，征服了皇上的心，此时的甄嬛很风光，她要帮助沈眉庄和安陵容稳固地位，帮助皇后打击华妃，甚至帮助皇上处理政务。但是，随着锋芒越露，危险也伴随而来。在这个过程中，因为知己知彼，所以虽然有华妃的不断陷害，甄嬛还是能规避重要风险。至于皇上，在经过了真心付出没有得到回报后，甄嬛也明白了，和皇上是不能谈感情的，尽管她的心里有真心错付的难过、对曾经温情的不舍，可还是能认清现实，摆正自己的位置，对华妃和皇上的质疑，做到兵来将挡、水来土掩，最后甄嬛终于把华妃送上了黄泉路。这时候，人们往往会面临两种道路，要么一飞冲天，到达一个更高的位置；要么就此摔落，掉到下面。甄嬛就属于后者，飞得太快太高，得罪了幕后的一把手，后宫中最高位者皇后。又因前期过于参政，也引起了大老板皇上的不满，最终被皇后陷害，一落到底。在遇到生活或工作中的重大变故时，心态很重要，俗话说，得意时不张扬，失意时不消沉，顺境不失态，逆境不失志。甄嬛在被幽闭期间，调整心态，认清自己的处境，并彻底放弃对爱情的幻想，在安排好自己女儿归宿的同时，也为自己找到了一条出路——出宫礼佛。

在甄嬛和华妃相斗的这个过程中，其实最大的赢家是皇后，达到了一石二鸟的目的。甄嬛的遭遇就好像我们在学习或工作中，经过千辛万苦，好不容易以为自己熬出了头，结果却为他人作了嫁衣，境遇一落千丈。面

◆ 第六章 人生多烦恼——世情百态 ◆

对这种情况,有人选择彻底放弃,有人可能会想不开,也有人会选择就在底部慢慢等待,寻找机会翻身。甄嬛选择了出宫,换个活法,换个老板。甄嬛在宫外的日子虽然辛苦,但很甜蜜,她遇到了玄清,这个一直在默默帮助她的男人,收获了真正的爱情,也有了物质生活保障。正当她准备重新开始新的人生时,听到了玄清遇害的消息。甄嬛的果敢、谋略、胆量在这一刻爆发了。为了保护玄清的孩子,为了更好地生存、更多的权力,她选择了回宫继续战斗。此后的甄嬛一改被动接招的做法,选择主动出击,把潜在敌人逐一解决,战斗力一路上升,最后成为后宫中一人之下、众妃之上的熹贵妃。可惜没有一个人能永远保持一种特定的地位不会改变,人生奋斗的过程中非上即下。虽然熹贵妃上和皇上交好,下有一帮盟友支持,但只要有皇后在,她就会面临危险,而因为玄清的缘故,皇上的态度也永远是不可把控的,危险永远都是潜在的。为了自己和孩子们的安全,也为了替死去的人复仇,甄嬛只能继续斗争,直到成为掌握权力的最高者。在小说的结尾,甄嬛终于斗死了皇上,当上了太后,所有人都臣服在她的脚下,可是她的友情、爱情、亲情也都一去不回。这就好比是很多人拼命奋斗了一辈子,功成名就时才发现,原来一直拼命想得到的东西,并非真正想要的,而真正想要的,最终都没有得到。

【节选】

第一册

第九章 棠梨莞嫔

正在心神不定间,却只见眉庄和陵容携了手进来。眉庄满脸喜色,兴奋得脸都红了,一把拉着我的手紧紧握住,喜极而泣道:"好!好!终于有了出头之日了!"

陵容急忙向我福一福道:"参见莞嫔小主。"

我慌忙扶她道:"这是做什么?没的生分了。"

陵容笑着道:"眉姐姐欢喜疯了,我可还醒着神。规矩总是不能废的,要不然知道的说姐姐你大度不拘小节,不知道的可要说我不识好歹了。"

三人牵着手坐下,浣碧捧了茶进来,问了安。眉庄笑道:"好,你们小姐得意,这一宫的奴才也算熬出头了。"浣碧笑着谢了退了下去。

......

眉庄握住我手,正色道:"事到如今,恐怕不是你一己之力避得开的。你已经受人瞩目,若是现在逃避,将来也只有任人宰割的份。"她手上加力一握,"况且,有皇上的保护总比你一个人来的好吧?"

陵容拍拍我的手安慰道:"姐姐别忧心,现下最要紧的就是把身子养好,成为名副其实的莞嫔。"

眉庄眼中闪着奇异的光芒,点头道:"陵容说的不错。只要你我三人姐妹同心,一定能在这后宫之中屹立不倒。"

第二册

第二章 端妃月宾

华妃道:"并非妹妹多疑,只是觉得姐姐似乎与甄婕妤很相熟呢。"

端妃淡淡一笑,"本宫与婕妤之前只有两面之缘,初次相见也是在温仪周岁礼上。华妃这么说是意指本宫有意维护么?"说着伤感摇头,"本宫病躯本不宜多事,何必要做谎言袒护一位新晋的婕妤。"

......

一路桐荫委地,凤尾森森,渐行渐远,四周寂静只闻鸟鸣啾啾。贴身侍女远远跟随,我半扶着端妃手臂,轻声道:"多谢娘娘今日为嫔妾解围。只是……"

她只是前行,片刻道:"你无须谢本宫,本宫要帮你自有本宫的道理。"

......

她再不说下去,向我道:"此事是针对婕妤而来,婕妤善自保重。本宫可以护你一时却不能事事如此。"

◆ 第六章　人生多烦恼——世情百态 ◆

我道："是。谢娘娘费心周全，嫔妾有空自当过来拜访娘娘。"

她摇头，许是身体不适，声音愈加微弱，"不必。病中残躯不便见人。何况……"她婉转看我一眼，轻轻道："本宫与婕妤不见面只会多有裨益。"

我虽不解，然而深觉端妃为人处世别有深意，亦出其不意。遂颔首道："是。"

第三册
第十一章　桃花流水去

陵容摇头道："我不管，我只要姐姐好好的便可。"陵容的泪一滴一滴落在裙上，化作一个一个湿润的圆晕。她道："自姐姐再度得皇上爱幸后，我便觉出姐姐和我生分了不少，可是因为皇上也宠幸我的缘故么？"她的态度坚定而凛然："妹妹在宫中无依无靠，唯有姐姐和皇上。若因为皇上的宠幸而使姐姐生疏，妹妹我宁愿只要姐姐的。"

我心思动了动，并无忘记前事，只叹息道："陵容，我并不是这样的意思，只是……"

陵容没有再让我说下去，她哀婉的声音阻挡了我的："姐姐，眉姐姐已经和咱们生疏了，难道你也要和我生分了么？咱们三个是一块儿进宫的，我虽然比不上眉姐姐和你一同长大的情谊，可是当日在甄府一同度过的日子，妹妹从没有一日忘怀。"

陵容的话字字挑动了我的心肠。甄府的日子，那是许久以前了吧。陵容寄居在我家中，一同起坐休息，片刻也不离开，连一支玉簪子也要轮换着带。那样亲密无间。宫中的岁月，消磨了那么多东西，连眉庄亦是生疏了。我所仅有的相识久远的，只剩了陵容一个。

我真是要与她生分了么？

……

我拂一拂裙上挽系的丝带，道："亲好而又防范，才是宫中真正对人之道吧。槿汐，宫中太冷漠，夫君之情不可依，主仆之情也有反复，若往日姐妹之情也全都罔然不顾，宫中还有何情分足以暖心。陵容虽然有时行事言行出人意料，但她对有些人还是有几分真心的吧。"

……

我道："人心善变我也明白，我自然会小心。"

《后宫·甄嬛传》中的女子们，有的清丽脱俗，有的雍容华贵，有的甜美可人，有的妩媚娇艳，而她们所处的后宫就像《红楼梦》中的大观园，是一个女子的世界。在这个世界中，既有女人间的友谊，又有女人间的斗争，友情与利益经常交织在一起。所以，甄嬛需要朋友，沈眉庄和安陵容；她也需要同盟者，她选择了资历深的端妃和敬妃，既给予对方真切的帮助，又许以一定的利益。这样的友情结盟也是她获得胜利的重要原因。在后宫中，女子之间的关系无非就是忠诚的主仆、因利结合的同盟者、双方彼此欣赏却不能交好的对手，以及真诚的朋友。小说中的皇后之所以一直隐藏幕后，玩弄于几个女子于股掌之间，除了心计智谋以外，还有一个忠诚的仆人剪秋。剪秋对皇后是无尚的崇敬、十分的忠心和万分的服从，皇后的阴谋诡计都是经剪秋的手完成的。但是剪秋对皇后来说，只是一个恭顺的、听话的、卑微的奴才。她们不仅在地位上不平等，在心灵上是更加的不平等。华妃和曹贵人之间就纯属于利用关系，她们俩虽同住一个屋檐下，两人也常常秉烛夜谈，可是在她们之间，华妃的地位高于曹贵人，华妃又正是得宠之时，所以华妃恩威并施、仗势欺人、飞扬跋扈，利用曹贵人的女儿争宠。而曹贵人表面上对华妃是唯唯诺诺，心里面却恨不得华妃立即得到报应，故源源不断地给华妃出一些损人不利己的馊主意，使得华妃四面树敌，被动之极。同时，曹贵人又在不断地出卖华妃的各种信息，在华妃倒台后，她更是落井下石，想要置她于死地。甄嬛和端妃之间，虽然也属于利益同盟者，但相比华妃和曹贵人，她们的行事有底线，做人也彼此留有余地，加上有共同的敌人，所以她们之间有适当的相互维护和支持。端妃作为宫中最资深的妃子，能慧眼识人，找到甄嬛这个

◆ 第六章 人生多烦恼——世情百态 ◆

刚入宫的新人作为同盟者,而甄嬛也懂得回报,给予端妃想要的东西,两个聪明人在一起,就能快速达成一种默契。当然,不是所有的女子都要争宠,也不是所有的女子都要为了迎合他人而卑躬屈膝。小说中的滟常在叶澜依是后宫中的独特存在,作为驯兽女出身的她,不把珠宝、地位放在眼里,我行我素,从不攀附上位者,也不刻意讨好皇上。她第一次见到风头正盛的甄嬛时,不卑不亢的态度,坦荡洒脱的行为,让甄嬛对她一直惺惺相惜。她出身低微,因而时刻不忘清河王玄清的良善,在知道皇上杀害玄清后,她毅然刺杀皇上为玄清报仇。

甄嬛在后宫的朋友中,沈眉庄是她从小一起玩到大的姐姐,安陵容和她有着同居之谊,三个人在入宫前也曾住在一个屋檐下,情同姐妹。入宫后,沈眉庄崭露头角,甄嬛装病避祸,安陵容条件最弱,在两个好姐妹不能帮忙的情况下,她只能暗中投靠皇后这棵大树,成为皇后的一颗棋子,安静地等待机会。三个人因为出身、性格的不同,各自走上了不同的人生道路。沈眉庄是大家闺秀出身,但她的骨子里有侠气、有傲气,性格刚烈,有自我解放意识。在沈眉庄刚进宫时,她还是个情窦初开的女子,满腔真心对待皇上,结果是被陷害、被不信任,再加上甄嬛的被陷害,她深感皇家无情,所以她选择皇太后作为自己的倚靠,退避后宫,也不愿再对皇上付出情感,反而和太医温实初产生了情意。面对自己的情感,她是清醒的、勇敢的、敢爱敢恨的一个人。她和甄嬛两人出身相同,三观一致,从小一起长大,都受过良好的教育,有很高的才情。在甄嬛不断进行宫斗的过程中,只有沈眉庄自始至终在背后支持她、帮助她。她的正直坦荡使她在甄嬛被责罚,她又势单力薄的情况下,能不惧华妃势力,挺身而出为甄嬛仗义执言,不会因她的失势而退避三舍;在甄嬛被宠册封时,也不会因她的得宠而心生妒忌,也使她能在临终时把孩子托付给甄嬛。虽然在和华妃斗争的过程中,她和甄嬛之间有误解,但真正的友谊是经得起考验的。她们并没有因为误解而失去彼此的友情,也没有因为情同姐妹就必须要分享彼此的隐私，更没有因为彼此保留了自己的隐私而心生嫌隙，她们尊重对方的隐私，尊重对方的选择，更加难能可贵的是互相保护对方的选择。和她们两个人相比，安陵容是小家碧玉，从小在家庭的妻妾斗争中长大，养成了自卑又自负的性格，她外表温柔，内心狠毒。甄嬛在入宫前对她多次伸出援手，入宫后曾数次救她于水火之中，也曾真心把她当作姐妹。可安陵容始终以楚楚可怜的外表博取大家的同情，用低姿态来迎合大家的喜欢，心理上却把别人的帮助当作施舍，总觉得别人瞧不起她。所以她在欺骗、害人、下毒的道路上越走越远，最后自掘坟墓。三个人同时入宫，入宫后也一起度过互相扶持的艰难时光，在残酷的后宫斗争中，最后却只留下甄嬛一个人倍感孤独。

那么什么才是真正的朋友呢？朋友间又该如何相处呢？孔子曰："益者三友，损者三友。友直，友谅，友多闻，益矣。友便辟，友善柔，友便佞，损矣。"孔子提出的这些交友标准具有极高的参考价值。沈眉庄正直豁达，安陵容卑微小心，不恰好就是孔子说的益和损吗？但是，如果按照孔子所说的标准交友，是不是就能收获真正的友谊呢？不一定。我们每个人在年轻时，总会有自己的闺蜜或哥们，我们常常会因为关系亲密而分享彼此的秘密，也会因关系亲密而要求对方在为人处世中始终和自己是同一阵线，甚至还会因为关系亲密而不分彼此。是不是这样就能证明我们友情的强大呢？不是的。真正的友情是可以分享彼此的快乐，分担彼此的痛苦，可以给予你精神上的支持，也可以带给你物质上的援助。但绝不是用友情的名义打探对方的隐私，不是用友情的名义胁迫对方做出不当的行为，更不是以友情的名义无度索取对方的东西或享受对方的情感，从而没有了人与人之间的界限感和分寸感。真正的友情是朋友间保持一定的距离，才能使友谊长存。因此，在人生的道路上，希望我们能做沈眉庄，能有一个像沈眉庄那样的朋友。

《后宫·甄嬛传》中的宫斗可以看作是甄嬛的人生奋斗经历，但这种奋斗的动机及精神支柱，不再是主流传统宫廷剧中的爱情，或家国天下作为自己的人生价值或追求目标。甄嬛和后宫里的女人们，不相信爱情，也没有伟大的理想，她们只是一群想活下去或活得更好的小女人。在甄嬛或其他女人身上，我们看不到无条件的牺牲和奉献，更多的是一种等价交换的同盟关系。但就是这样的角色塑造，在电视剧播出后反而收获了大量观众的喜爱。相比以前的文学作品中，女主人公以苦情面貌出现，处处忍辱负重、默默牺牲，最后以原谅和感化敌人获取胜利，实现和平善良世界的故事，反观《后宫·甄嬛传》中的甄嬛在面对敌人时，毫不手软，用其人之道，还治其人之身，保护自己、亲人、朋友以及其他无辜者的行为，更容易为当代青年所接受。小说是以第一人称进行叙事，所以我们总能在各种阴谋斗争的背后，感受到甄嬛的不得已与不忍心，正是甄嬛这种无奈和悲悯的复杂情怀，使她的计谋手段里面，少了争权夺利的狠毒，始终保持着一份可贵的宽恕与善意。这种价值观念也正是融合了在当代社会市场竞争原则下的道德观念，这种道德观念里包含了儒家的侠义精神、家庭伦理以及个人主义的奋斗观。由此，作者成功地塑造了甄嬛这个经典性的复杂人物。

三、爱恨情仇　人生如何选择

《D级危楼》

《D级危楼》是一篇现代都市小说，作者无弦是晋江原创网专栏驻站作者，著有长篇小说《迟迟钟鼓初长夜》、短篇小说《三万英尺》等作品，是今古传奇武侠征文大赛大奖获得者。本小说于2008年在晋江原创网上连载，2009年出版[1]。

【简介】陈之夏是一个清冷孤高，又带着点慧黠妩媚的少女，她和她

---

[1] 无弦. D级危楼［M］. 宁夏：宁夏人民出版社，2009.

的朋友们都是学校沙鸥剧团的成员，她们在学校一起度过阳光般的甜蜜生活。可是，生活原来并不是看上去的那样美好，每个人都有着自己难以言说的痛苦和秘密。团长陆桥长期遭受家庭暴力，无心学习，患有抑郁症；家庭贫困的周宛妄图通过出国摆脱自己的出身，却惨遭流产之痛；漂亮的辛唯出身于单亲家庭，却爱上了一个已婚男性；温和善良的阳光少年丛恕和年长自己八岁的老师秘密恋爱；而陈之夏自己，因为父母重男轻女，对自己的长年冷漠而患有盗窃癖。陈之夏为人成熟，有心机，对同学们有着极强的防范心理和报复心理，也曾经为了报复自己的弟弟而酿下大错。为了证明自己的魅力，她主动和学校里的风云人物简行一交往，后来却因为自卑而分手。当陈之夏发现好友辛唯爱上的人是自己最亲的小叔之后，对辛唯展开了疯狂报复。与此同时，陆桥、周宛和丛恕的生活也出现了各种各样的挫折，令人绝望。值得欣慰的是，丛恕善良、包容，他给予了陈之夏最美妙的爱情，也给予了他的朋友们最真挚的友情。只是在那个夏天，一切在高潮中戛然而止：英俊少年丛恕自杀身亡。

多年以后，陈之夏已经嫁给简行一，过上了普通人的生活。只是突然有一天，她发现了丈夫的外遇。在一层层谜团背后，她找到了第三者，丛恕的妹妹丛容，也发现了丛容破坏自己婚姻的目的：复仇。丛恕死亡的真相终于浮出水面。与此同时，陈之夏和简行一对于爱情婚姻的疑问，也在这个巨大考验面前得到了解答。

【节选】

第二章　斯芬克斯之谜，十九年不得解

之夏看到桌上的菜不少，心里一动，等坐下才看清，其实还是陈得愿爱吃的。合她口味的清淡的菜一个没有。

明明是挨这么近的几个人，却好像有一层厚厚的玻璃挡在那里。之夏想推，想砸，想撞，可是始终徒劳无功。

这是之夏的斯芬克斯之谜，穷尽十九年都无法知道答案。为什么，为

◆ 第六章　人生多烦恼——世情百态 ◆

什么自己的生活跟别人都不一样。

正常的生活很难吗？难道不是应该唾手可得？她陈之夏是犯了什么错要跟别人不一样？

有时她想，给我一个答案好了，哪怕是一个特别狠心的答案，让我彻底死了这条心。告诉我，我不是你们亲生的，多好啊，我也不用茫然这么多年了。

……

她选了一所学校，特意离家不远也不近，不近是为了有挂念的可能，不远是为了可以最快地回归。可是，她又天真了。

她的家，其实只是那一张张汇款单。

那是她刚满十八岁的初秋。她所有的单纯、热烈、憧憬，随着枝头的黄叶一片一片落下，只剩一颗光秃秃的心。

后来有一次，小叔叔企图安慰她，说了一句："人和人是讲缘分的。哪怕是父母和子女也是如此。"

原来血缘也不能带来缘分。她默默地低下头。

小叔叔又说："你爸爸妈妈不可能不愧疚。但是孩子你知道，不是所有人都能坦然面对他们的错误，而宁愿选择遗忘。"

她记住了这句话。如果有片刻的软弱或者又起了不切实际的希望，她就用来提醒自己。

陈之夏，是被遗忘的错误。

所以，她要被人记得，不管以什么方式。

第十章　终章

好像又回到很多很多年前，少女陈之夏踏着砖缝中冒出小草的台阶走到门口。那是校园偏僻一隅的一座老砖房。夏天快到了，外面的墙壁上爬满绿色的藤蔓。

正是夕阳落下的时候。金黄的温暖光色透过古老的雕花窗棂照射在那个小小的有着光洁木制地板的舞台上,而下面的观众席沉浸在阴影里。如此强烈的光线对比,可以清晰地看到空气里的浮尘飞扬。

舞台上坐着的四个人是之夏最好的朋友,丛恕抱着把吉他正在那里咧着嘴笑,辛唯十分淑女地把长裙铺开,陆桥盘膝坐着好像在想什么心事,周宛身子朝前倾着听着别人说话。

......

她需要一场审判。

辩方证人准备出庭。一个高大但是瘦削的男人快步走了出来,而他身后的门外似乎还有两个女子。之夏全身猛地一僵,向前倾去,紧紧抓住栏杆。

目光只交流了刹那,就说明了一切。

《D级危楼》有别于其他校园小说或都市小说的热烈浪漫,讲述了一段残酷的青春岁月,以及主人公各自在生活中的痛苦挣扎,既纯真又黑暗,既丑陋也美丽。刚进入大学校园的陈之夏漂亮、古灵精怪,看上去和其他女孩一样,是一个阳光少女。可谁也不知道,她这十九年来一直都在想,她为什么和别人不一样。父母极度重男轻女,她在家里是永远被遗忘的那一个,小小的陈之夏希望被人记住,不管用什么方法,都希望被人记住。就这样,外表阳光开朗的陈之夏,却有着不可言说的毛病,看到简行一的漂亮钢笔,她忍不住占为己有;看到桌上的精美校徽,她放进了自己的口袋;看到不认识的小朋友的精致礼物,她有要拿走的冲动。因此,陈之夏厌恶自己,也为无法摆脱这种心理而恐惧。所以,她非常孤独。在家里,只有小叔叔对她最好;在校园,只有沙鸥剧团的丛恕把她当好哥们,周宛、辛唯和她惺惺相惜。可是,丛恕喜欢年长他八岁的女老师,辛唯爱上的是已婚男士。当她知道好友辛唯喜欢的人是她的小叔叔时,她觉得亲情、友情都受到了背叛。在极度痛苦中,她主动和简行一成了恋人,却并没有享受到恋爱的甜蜜。她信奉的是,"只要不付出真心就不会受到伤害,越凉薄,就越安全"。世上的所有事情中,唯有人性、情感太复杂,难以

◆ 第六章 人生多烦恼——世情百态 ◆

辨析；生活中的是与非、对与错又会经常模糊了界限。每个人在行动的开头时，想得太简单，等到犯错时，要么一错再错，要么选择遗忘，要么选择面对。父母知道陈之夏的心病在哪里，但是这么多年都是这种重男轻女的状态，他们也就选择了遗忘。

不知是不是冥冥之中的安排，陈之夏、周宛、辛唯、陆桥、丛恕他们这些有故事的人，走到了一起，每个人都在自己的黑暗人生中挣扎。陈之夏为了报复父母的偏心，算计了自己的弟弟，为了报复辛唯，而疯狂破坏她的名声；周宛一心想要摆脱自己贫困家庭的拖累；辛唯为了爱情，失去了学业和工作；丛容为了替哥哥丛恕报仇，充当第三者，刻意破坏陈之夏和简行一的婚姻。他们每个人都厌倦着自己的行为，都想过要放弃自己甚至放弃生命。在他们中间，唯独丛恕是个例外，丛恕虽有过一段不堪的恋情，但他能很快调整自己，振作起来，他温柔地对待沙鸥剧团的每个成员，帮助他们每一个人，他鼓励陈之夏"好好活着，别让自己再出事"。最终他们的一场自杀游戏，推动事件走向黑暗，导致他们的青春彻底垮塌。多年后，陈之夏终于能够面对自己的内心，正视自己的错误，进行一场道德的审判。丛恕的爱和宽容，也使得所有犯下罪的人能够勇敢地面对自己的过错与黑暗。

《琅琊榜》和《后宫·甄嬛传》两部古言小说，一部是男人在前朝的谋略，一部是后宫女人们的斗争。《D级危楼》，一个充满了青春的残酷和现代人所背负的不堪生活，一个却能勇于挑战生活中的逆境，完美逆袭。《后宫·甄嬛传》被网民们调侃为职场的晋升手册，作品中充斥着形形色色的各类人物及复杂的人际关系。三部小说都写出了人性的复杂、生活的黑暗、命运的不公，也都描绘了主人公们在人生道路上的种种挣扎与奋斗、算计与较量。当人们在面对人生的种种挫折、打击、痛苦，感到绝望时，会用什么样的态度，采取什么样的行动，做出什么样的选择，这一切都能反映出个人的意志、品格和情感，也最能引发我们对人生的深刻理解和感悟。《琅琊榜》中，梅长苏、霓凰、萧景琰、萧景睿他们面对冤屈与不公，始终坚守的是情义与大义。《后宫·甄嬛传》的众多女子，为了名利，利用友情，相互侵轧，最后甄嬛成了最大赢家，却依然感受不到幸福。《D级危楼》里的年轻人，每个人都有自己犯错的理由，每个人都想逃避自己的过去，每个人也都做过错事，幸运的是，他们终于勇敢地选择了面对自己。

　　社会上总有不平，人生中总会犯错，我们也许还会遭遇嘲讽、欺骗，也许还会看到生活中的难堪与黑暗。但这所有的一切，都不能成为我们犯错的借口，不能成为我们随波逐流的理由。在面对人生逆境、面对他人恶意时，我们可以用智慧改良环境，用智谋改善处境，理性寻觅良师益友，冷静对待生活的善恶成败。

参考文献

[1] 周志雄. 网络文学的发展与评判 [M]. 北京：人民出版社，2015：179.

[2] 邵燕君. 网络文学经典解读 [M]. 北京：北京大学出版社，2016：33.

[3] 李航天. 网络女性文学中的女性意识探究 [D]. 安徽：安徽大学，2016.

[4] 周志雄. 野性的活力——论抗战题材的网络小说 [J]. 创作与评论，2013，173（9）：120-124.

[5] 唐东堰，雷奕，陈彩林. 网络与新媒体文学 [M]. 北京：北京大学出版社，2018：153.

[6] 网络单日播放量达3.6亿，电视剧《琅琊榜》掀收视热潮——超越《宫斗权谋　追求人间正义》[N]. 新华日报，2015-10-16（12）.

[7] 谢力，李鹏程. 迎接网络文艺的黄金时代 [M]. 北京：中国文联出版社，2017：116.

[8] 王婉波. "女性向"网络小说中的女权意识及其悖论——以"女尊文"为例分析 [J]. 网络文学评论，2018（2）：60-67.

[9] 李萱. "梦幻"与现代女性小说书写的新质素 [J]. 广西师范学院学报（哲学社会科学版），2017，38（5）：15-20.

[10] 赵明，汪洋. 论网络文学经典化的可能性 [J]. 湖北工业大学

学报，2017. 32（3）：76-79.

[11] 郑珊. 论"女性向"穿越小说中的"异托邦"[D]. 内蒙古师范大学，2020.

[12] 周志雄，孙敏. 文化视野中的网络都市言情小说[J]. 山西大学学报（哲学社会科学版），2018，41（4）：25-32.

[13] 罗群. 从网络文学和传统文学的关系看网络文学的基本特征[J]. 长江丛刊，2016（14）：30-31.